세계의 미디어
엘레나 페란테의 소설을 격찬하다

위기에 봉착한 여성의 심리를 끔찍하게 묘사한 걸작이다.
이탈리아 현대 문학의 거장이라는 페란테의 명성을 확인시켜준다.
미국_시애틀 타임스

페란테의 언어는 그녀만이 갖고 있는 세계다.
때로는 심술궂고 때로는 폭력적이다. 버림받은 여성의 심리를
깊이 있게 관찰한 매섭도록 직설적인 소설이다.
미국_더 뉴요커

엘레나 페란테는 제임스 조이스의 『율리시스』처럼
도시의 풍경을 활기차게 그려낸다. 나폴리는 햇볕이 내리쬐지만
으스스한 도시다. 피폐한 삶과 아둔한 유령들로 가득 차 있다.
미국_타임아웃 뉴욕

『성가신 사랑』은 우리의 부모를 둘러싸고 있는
미스터리를 경이롭게 그려낸 소설이다.
미국_매리 웝 리뷰

페란테의 글은 원초적이고 솔직하다.
과감한 언어로 독자들을 새로운 발견의 여정으로 이끈다.
영국_온라인 독립 서평단체 레디 스테디 북

『성가신 사랑』은 심리 미스터리 소설이다.
페란테는 마치 전력 공급원으로부터 너무 멀리까지 뻗어나간
전선처럼 한 개인의 성격이 합선되고 부식되는 순간들을 그려낸다.
미국_뉴욕타임스

익명으로 남고자 하는 페란테의 결정은 독자들에게는 큰 선물이자
그녀의 대담한 창의적 표현이다.
미국_퍼블릭 북스

세상의 모든 문학 독자는 '엘레나 페란테'라는 이름으로 쓰인
그 모든 것을 읽어야 한다.
미국_보스턴 글로브

부도덕한 가족사를 읽는 독자들에게 페란테의 소설은 안성맞춤이다.
미국_컴플리트 리뷰

촉감적이고 아름답게 절제된 문장으로 페란테는 한 가족을
산산조각 내버리는 가정폭력을 다룬다.
미국_퍼블리셔스 위클리

페란테의 글은 '분노'라는 단어로 자주 표현되지만, 더 적절한 단어는
'힘'이다. 그녀의 글은 강력하다. 페란테는 강력한 작가다.
미국_트위드 매거진

'최고의 문학'이라는 표현 말고 더 좋은 수식어를 찾을 수 없다.
프랑스_엘르

도리스 레싱 이후 페란테만큼 여성의 정체성에 대해서
이토록 심오하고 신랄하게 쓴 작가는 없다.
미국_월 스트리트 저널

페란테는 익명의 작가이지만 이탈리아 최고의 작가다.
너도나도 SNS를 이용하고, 뻔뻔한 자기 프로모션이 당연히
여겨지는 시대에 정말 경이로운 일이다.
미국_일렉트릭 리터러처

페란테의 소설은 이전에는 없었던 걸 말하고 있다.
그것이 무엇이라고 규정짓기는 쉽지 않다.
너무나 흥미로워서 독자들은 자신들이 어디에 있는지도 잊게 한다.
친구도 버리고, 잠자는 것도 포기한다.
영국_런던 리뷰 오브 북스

페란테의 글은 우아하면서 짜릿하다. 면도날같이 날카로우면서
신비하게도 부드럽다. 당신이 어느 오후에 읽게 될 이 소설은
당신의 남은 인생을 함께할 것이다.
미국_리터러리 헙

올가가 직면하는 모든 것은 그녀 생각의 일부가 되고,
또 그것이 언제나 그곳에 존재했던 것처럼 그녀에게 흡수된다.
이것이 바로 페란테의 글쓰기가 특별한 이유다.
영국_런던 리뷰

나쁜 사랑 3부작 제2권

I giorni dell'abbandono
by Elena Ferrante

버려진
사랑

엘레나 페란테 지음
김지우 옮김

한길사

"가장 큰 실수는 그와 함께 있어도
내가 살아 숨 쉬고 있음을 느끼지 못하게 된 지가
이미 오래인데도 그 없이
살 수 없다고 믿었던 일이다."

1

4월의 어느 날 오후, 점심식사를 마친 남편은 나와 헤어지고 싶다고 했다. 남편은 식탁을 치우면서 내게 그 사실을 통보했다. 아이들은 평소처럼 방에서 티격태격하고 있었고 우리 집 개는 라디에이터 옆에서 잠결에 그르렁거리고 있었다.

남편은 자기도 혼란스럽다고 했다. 매사에 피곤하고 만족감이 없는 데다 갈수록 소심해지고 있는 것 같다고 했다. 남편은 지난 15년간의 결혼생활과 아이들 이야기를 한참 늘어놓고는 그렇다고 아이들이나 내게 불만이 있는 것은 아니라고 했다. 남편은 어린아이처럼 찡그린 표정으로 자신을 어딘가로 이끄는 작은 속삭임이 들린다고 했다. 오른손을 산만하게 움직이기는 했지만 남편은 말하는 내내 평상시와 다름없이 침착하고 평온했다. 남편은 모든 것이 자기 탓이라고 하더니 싱크대 앞에 우두커니 서 있는 나를 내버려두고 조심스레 현관문을 닫고 나가버렸다.

나는 널찍한 부부 침대에 홀로 누워 비통한 마음으로 밤새 생각에 잠겼다. 최근 우리 관계를 아무리 돌이켜봐도 심각한 위기의 징조는 없었다. 나는 남편을 잘 알고 있었다. 그는 온화한 사람이었다. 집과 가족의 일상밖에 몰랐다. 우리 부부 사이에는 비밀이 없었다. 우리는 아직도 포옹하고 키스하는 것을 좋아했다. 남편은 가끔 나를 눈물이 날 정도로 웃길 줄 아는 사람이었다. 그런 그가 정말로 내 곁을 떠나려 한다는 사실을 나는 도저히 믿을 수 없었다.

남편 물건이 집에 그대로 있고 그가 아이들에게 인사조차 제대로 하지 않았다는 사실을 깨닫고 나서 나는 별일 아닐 거라고 확신했다. 일상적인 불만에 대해 한 번쯤 과민한 반응을 보이는 거라고 생각했다. 소설 속 주인공처럼 말이다.

남편이 이러는 것이 처음은 아니었다. 침대에서 뒤척이다보니 그때 일이 생각났다. 여러 해 전, 그러니까 우리가 사귄 지 6개월밖에 안 됐을 때 남편은 내게 키스를 하고 나서 더 이상 나와 만나고 싶지 않다고 했다. 남편에게 푹 빠져 있던 때라 그 말에 내 혈관이 오그라들고 몸이 얼어붙는 것 같았다.

남편이 가버린 후 나는 추위에 떨면서 홀로 산 엘모성 돌난간 아래로 펼쳐진 빛바랜 도시와 바다를 바라보았다. 그랬던 남편이 닷새 만에 쑥스러워하면서 내게 전화를 걸어와 이별 통보를 한 것은 갑작스럽게 찾아온 공허감 때문이었다고 변명했다. 남편의 그 말은 내 머릿속에 새겨져 오랫동안 맴돌았다.

남편이 그 말을 다시 꺼낸 것은 그로부터 수년이 지난 후, 그러니까 지금으로부터 5년이 채 안 되었을 때였다. 그때 우리 가족은 남편이 다니는 폴리테크니코 대학의 동료인 지나라는 여자와 가깝게 지냈다. 지나는 똑똑하고 교양 있고 집안도 좋은 여자였는데 얼마 전 남편을 잃고 열다섯 살짜리 딸과 둘이 살고 있었다. 토리노로 이사온 지 몇 달 지나지 않았을 때 지나가 우리에게 강이 바라다보이는 예쁜 집을 소개해주었다.

처음에 나는 토리노가 싫었다. 도시 전체가 금속처럼 차가운 느낌이 들었다. 하지만 얼마 지나지 않아 우리 집 발코니에서 도시의 사계절 풍경을 즐길 수 있다는 사실을 알게 되었다. 가을이면 발렌티노 공원의 녹지가 울긋불긋 물들었고 바람결에 나무에서 떨어진 낙엽들은 안개가 자욱한 허공을 떠돌다 포강의 잿빛 수면을 향해 무리지어 날아갔다. 봄이면 시원한 강바람이 반짝이는 강물을 가르며 불어와 나뭇가지와 새싹에 생기를 불어넣었다.

나는 토리노에서의 삶에 빨리 적응했다. 여기에는 지나 모녀의 도움이 컸다. 모녀는 내가 불편하지 않게 정성을 다해 도와주었다. 나를 데리고 다니면서 길을 가르쳐주고 믿을 만한 가게들을 소개해주었다. 하지만 모녀의 친절에는 어딘지 수상한 구석이 있었다. 내가 보기에 지나는 내 남편 마리오에게 빠져 있는 것 같았다. 그 정도로 애교가 지나쳤다. 가끔 나는 남편을 대놓고 놀리기도 했다. 나는 남편 마리오에게 말했다.

"당신 애인한테서 전화 왔어."

그러면 마리오는 그렇지 않다고 하면서도 은근히 흐뭇해했고 우리 부부는 함께 그 일을 웃어넘겼다. 그러면서 우리 부부와 지나의 관계는 점점 더 가까워졌다. 지나는 하루도 빠짐없이 우리 집에 전화를 걸었다. 마리오에게 어디론가 같이 가 달라고 부탁하기도 했고 가끔은 자기 딸 카를라까지 끌어들여 딸의 화학 숙제를 도와달라고도 했고 절판된 도서를 구해달라고도 했다.

대신 지나도 우리 가족 모두에게 인심이 후했다. 우리 집에 올 때마다 항상 나와 아이들을 위한 선물을 잊지 않았고 내게 자기 소형차를 빌려주었다. 주말에 가서 쉬라며 케라스코 근처에 있는 자기 별장 열쇠를 내어주기도 했다. 별장에서 편하게 지낼 수 있었기 때문에 우리는 기꺼이 지나의 친절을 받아들였다. 비록 딸과 함께 갑자기 들이닥쳐 우리 가족의 주말을 엉망으로 만들어놓기도 했지만.

상대방의 친절에는 또 다른 친절로 보답하는 것이 인지상정인지라 호의는 결국 사슬이 되어 우리 가족을 옭아맸다. 마리오는 어느새 카를라의 후견인이라도 된 듯 죽은 아빠 대신 카를라의 선생님들과 상담하러 다녔다. 언젠가부터는 눈코 뜰 새 없이 바쁜 와중에 카를라에게 화학 과외까지 해주기 시작했다.

어떻게 해야 할까? 나는 한동안 지나를 멀리하려 했다. 시도 때도 없이 남편의 팔짱을 끼고 웃으면서 귓속말하는

그녀의 모습이 눈에 거슬렸다. 그러던 어느 날 모든 것이
명확해졌다. 어린 카를라가 복도에서 과외 수업을 마치고
작별 인사를 하면서 마리오의 뺨 대신 입술에 키스하는
광경을 부엌문을 통해 목격한 것이다. 그 순간 나는 내가
경계해야 할 대상이 과부 엄마가 아니라 딸이었다는 사실
을 알게 되었다.

카를라는 아마 자기도 모르는 사이에 자신의 나긋나긋
한 육체와 불안한 눈빛이 내 남편에게 어떤 힘을 행사하
고 있는지 가늠하고 있었을 것이다. 남편은 그런 카를라
를 그늘진 곳에서 햇볕이 눈부시게 내리쬐는 새하얀 벽을
바라보는 듯한 눈빛으로 바라보고 있었다.

우리는 그 일에 대해 차분히 대화를 나눴다. 나는 언성
을 높이거나 지나칠 정도로 거칠게 행동하는 것을 싫어했
다. 나의 친정 식구들은 시끄럽고 유난스러운 사람들이었
다. 특히 사춘기 시절에는 두 손으로 귀를 막고 입을 꾹 다
문 채 자동차 소음으로 시끄러운 살바토르 로사가에 있는
나폴리 고향집 방구석에 틀어박혀 있을 때조차 내 삶이
지나치게 요란스럽게 느껴졌다. 그 당시에는 날카로운 말
한마디나 부주의한 몸짓만으로 모든 것을 엉망으로 만들

어버릴 것 같았다.

　나는 되도록 말을 아꼈고 말을 하더라도 신중하게 하는 법을 익혔다. 무슨 일이 있어도 서두르지 않으려 했다. 버스를 탈 때도 뛰지 않았고 매사에 멍한 눈빛과 애매모호한 미소로 시간을 끌며 최대한 천천히 반응했다. 직장 생활을 하면서 나의 그런 행동 방식은 더 굳어졌다. 다시는 나폴리로 돌아가지 않기로 결심하고 로마로 떠난 후 나는 2년 동안 항공사 고객 상담실에서 일했다.

　결혼한 다음에는 엔지니어인 마리오의 근무지를 따라 전 세계를 누볐다. 장소를 옮길 때마다 생활 방식도 변했다. 변화에 대한 불안감을 통제하기 위해 인내심을 가지고 모든 감정을 속으로 삭이는 데 익숙해져야 했다. 주변 사람들의 이목을 끌지 않기 위해 목소리를 내리깔고 차분한 어조로 말해야 했다.

　그런 자기 통제력은 걱정할 정도는 아니었지만 그 시절 우리 부부가 직면했던 위기를 해결하는 데 큰 도움이 되었다. 우리는 며칠 동안 아이들이 듣지 못하게 목소리를 최대한 낮추고 서로에게 치유할 수 없는 상처를 주지 않기 위해 말을 조심하면서 침착하게 의견을 나누며 잠 못

이루는 긴 밤을 보냈다. 마리오는 자기 증상을 정확하게 설명할 줄 모르는 환자처럼 모호하게 굴었다. 나는 마리오의 감정이 어떻고 그가 무엇을 원하며 내가 무엇을 기다려야 하는지 끝까지 알지 못했다.

그러던 어느 날 오후, 마리오는 겁에 질린 표정으로 직장에서 돌아왔다. 어쩌면 정말로 겁에 질린 것이 아니었을 수도 있었다. 그가 내 표정에서 읽어낸 두려움이 반사된 것이었을 뿐인지도 모른다. 확실한 것은 내게 무언가를 말하려고 입을 여는 찰나 그가 생각을 바꿨다는 것이다.

나는 남편의 심경 변화를 눈치챘다. 단어들이 남편의 입안에서 바뀌는 모습이 눈앞에 보이는 듯했다. 하지만 나는 그가 원래 내게 하려던 말이 무엇인지 알고 싶은 호기심을 떨쳐내버렸다. 힘든 시기가 끝났다는 것만으로도, 일시적인 현기증에 불과했다는 사실을 깨닫는 것만으로도 충분했다.

그때도 남편은 공허감이라는 단어를 썼다. 몇 년 전에도 했던 그 말을 평소답지 않게 여러 차례 강조했다. 그는 공허감이 머릿속에 자리 잡는 바람에 제대로 보고 제대로 들을 수 있는 능력을 상실해버렸다고 했다. 하지만 이제는 다 끝났다고, 이제는 전혀 혼란스럽지 않다고 했다. 다음 날부터 남편은 지나는 물론 카를라와도 연락을 끊었다. 화학 과외도 그만두고 평상시의 모습으로 돌아왔다.

지난 세월 우리 부부가 겪은 감정의 굴곡은 고작해야 이 정도였다. 그날 밤 나는 이 두 사건을 곰곰이 되짚어보았다. 그러다 도저히 잠이 오지 않아 캐모마일 차라도 한 잔 마시려고 물을 끓였다.

마리오는 원래 그런 사람이라고 나는 생각했다.

'몇 년 동안 문제없이 잘 지내다가 아무것도 아닌 일로 혼란에 빠지지.'

지금도 무언가가 그를 혼란스럽게 한 것이다. 나는 걱정하지 않기로 했다. 정신을 차릴 때까지 기다려주기만 하면 된다. 나는 두통을 가라앉히기 위해 차가운 유리에 이마를 갖다 대고 어두운 공원이 보이는 창가에 한참을 서 있었다.

나는 자동차 주차하는 소리가 날 때까지 움직이지 않았다. 아래를 내려다보니 남편은 아니었다. 5층에 사는 카라노라는 음악가였다. 그는 고개를 푹 숙이고 무슨 악기인지 알 수 없는 악기 케이스를 어깨에 메고 가로수길을 따라 올라오고 있었다. 광장에 있는 나무에 가려 카라노의 모습이 사라지자 나는 불을 끄고 침대로 갔다. 시간 문제일 뿐이다. 며칠만 지나면 모든 것이 해결될 것이다.

2

일주일이 지나자 남편은 결심을 실행에 옮겼을 뿐 아니라 잔혹할 만큼 이성적인 행동으로 자신의 의지를 확고하게 드러냈다. 처음 얼마 동안 남편은 매일 오후 4시면 어김없이 아이들을 보러 집으로 돌아와 큰아들 잔니와 이야기하고 막내 일라리아와 놀아주었다. 가끔 셋이 함께 오토를 데리고 밖으로 나가기도 했다. 오토는 우리 집에서 키우는 순둥이 셰퍼드였다. 셋은 오토를 데리고 공원에 가서 막대기나 테니스공을 던지며 놀았다.

나는 부엌에서 일하는 척했지만 속으로는 불안에 떨면서 마리오가 내게 와서 대체 무슨 생각을 하고 있는지, 그의 머릿속에 있는 헝클어진 실타래를 드디어 풀었는지 말해주기를 기다렸다. 남편은 집을 나서기 전에 나를 보고 가기는 했지만 마지못해 그러는 기색이 역력한 데다 갈수록 불편한 마음을 노골적으로 드러냈다.

나는 뜬눈으로 밤을 지새우며 세운 전략에 따라 남편에게 너그러운 말투로 이야기하고 가끔 기분 좋은 농담까지 해가며 거짓으로 온화한 태도를 보이며 평소와 다름없는 편안한 일상을 연출했다. 남편은 내 그런 태도에 고개를 절레절레 내저으며 내가 너무 착하다고 했고 나는 그런 남편의 말에 감정이 복받쳐 그를 껴안고 키스하려 했다. 하지만 그럴 때마다 남편은 나를 뿌리쳤다. 자기는 이야기하러 온 것뿐이라고 했다.

남편은 지난 15년 동안 내가 어떤 인간과 살았는지 깨닫게 해주고 싶다고 했다. 그러면서 어린 시절의 끔찍한 기억과 사춘기 시절에 저지른 추악한 짓거리와 청년기에 겪은 정신적인 문제 등을 늘어놓았다. 남편은 어떻게든 자기를 깎아내리려 했고 나는 남편의 광적인 자기비하를 멈추게 하려 했다. 그러나 남편은 내가 무슨 말을 해도 넘어오지 않았다. 그는 어떻게 해서든 내가 자기가 말하는 대로 자신을 봐주기를 바랐다. 그는 자신이 진실된 감정을 느끼지 못하고 평범하기 짝이 없는 데다 직업적으로 표류하고 있는 아무짝에도 쓸모없는 인간이라고 했다.

나는 마리오의 말에 주의 깊게 귀를 기울이다 차분하게 반박하곤 했다. 아무런 질문도 하지 않았고 극단적인 선언도 피했다. 그저 나는 항상 그의 편이라는 사실을 이해시키려고만 했다.

솔직히 말하면 겉으로만 침착했을 뿐 얼마 지나지 않아 겁이 날 정도로 강한 분노와 불안감이 거센 파도처럼 나를 덮쳐왔다. 어느 날 밤 문득 어린 시절 나폴리의 어두운 기억이 되살아났다. 마치니 광장 뒤편에 있는 고향집 건물에 살던 여자에 대한 기억이었다. 그녀는 덩치가 크고 언제나 활기가 넘쳤다. 그녀는 어딜 가든 세 아이를 꽁무니에 달고 다녔다. 장을 보러 가기 위해 번잡한 길을 지날 때도 마찬가지였다. 그녀가 야채며 과일, 빵 따위를 잔뜩 사서 돌아올 때면 세 아이는 엄마 치맛자락과 물건으로 가득 찬 장바구니에 달라붙어 엄마를 따라왔다.

그녀는 즐거워하면서 장난스럽게 말을 걸며 아이들을 데리고 다녔다. 내가 건물 층계참에서 놀고 있으면 걸음을 멈추고 짐을 계단에 내려놓은 다음 주머니를 뒤져 나와 내 친구와 자기 아이들에게 사탕을 나눠주었다. 그녀는 힘들게 일하는 것에 대해서 자부심을 느끼는 것 같았다. 몸에서는 언제나 새 천에서 나는 좋은 냄새가 났다.

그녀는 아브루초 출신의 빨간 머리에 눈동자가 녹색인 남자와 결혼했다. 그녀의 남편은 외판원이어서 자주 차를 끌고 아쿠일라로 출장을 갔다. 그에 대한 기억이라고는 땀을 많이 흘렸으며 피부병에 걸린 것처럼 얼굴이 항상 발그스름했다는 것뿐이다. 가끔 발코니에서 아이들과 함께 놀아주기도 했는데 그럴 때면 아내가 명랑한 목소리로 들어와서 저녁을 먹으라고 할 때까지 화장지로 다양한 색상의 국기를 만들었다. 그러다 두 사람 사이에 문제가 생겼다.

부부는 내가 한밤중에 잠에서 깰 정도로 한동안 큰 소리로 싸웠다. 둘이 싸우는 소리는 톱니로 건물과 도로의 포석을 벅벅 긁어대는 것처럼 들렸다. 광장을 가로질러 아치형으로 길게 구부러진 야자수 나뭇가지까지 울려 퍼지는 긴 절규와 흐느낌에 나뭇잎이 두려운 듯 바르르 떨렸다.

남자는 페스카라 출신의 여자에게 반해 집을 떠났고 그 후 그를 본 사람은 아무도 없었다. 그때부터 이웃집 여자는 매일 밤 흐느껴 울기 시작했다. 침대에 누워 있으면 그녀가 소리 높여 우는 소리가 들렸다. 절망에 찬 그녀의 흐느낌이 거대한 망치처럼 벽을 허물고 들려와 나를 두렵게 했다.

어머니는 같이 일하는 아줌마들과 함께 그 여자 이야기를 했다. 그들은 천을 자르고 바느질을 하면서 쉴 새 없이 입을 놀렸다. 그동안 나는 작업 테이블 아래서 핀과 초크 따위를 가지고 놀면서 엄마와 아줌마들이 하는 말을 곱씹곤 했다. 엄마와 아줌마들은 안타까움과 걱정스러움이 뒤섞인 어조로 남자 관리를 제대로 못 하면 모든 것을 잃는다느니 누군가를 지나치게 사랑했다가 사랑받지 못하고 모든 것을 잃은 여자의 말로는 어떻다느니 하면서 파탄 난 사랑에 대해 이야기했다.

결국 이웃집 여자는 모든 것을 잃었다. 이름마저 잃어버렸다. 그녀는 '불쌍한 여자'가 되었다. 그녀의 진짜 이름은 아마 에밀리아였을 것이다. 이제 사람들은 그녀를 '불쌍한 여자'라고 불렀다. 땀을 많이 흘리던 빨간 머리 사내가 사라진 후, 부정한 기운의 녹색 눈동자가 사라진 후 '불쌍한 여자'는 가슴이 갈가리 찢긴 채 울며 괴로워했다. 축축한 손수건으로 손을 닦으며 사람들을 만날 때마다 남편에게 버림받았다고 했다. 남편이 자신에 대한 기억과 감정을 지워버렸다고 말하고 다녔다. 그러면서 손가락 마디가 새하얗게 될 때까지 손수건을 쥐어짜며 탐욕스런 짐승처럼 보메로 언덕 너머로 도망가버린 사내에게 저주의 말을 퍼부었다.

나는 언젠가부터 여자의 적나라한 고통에 혐오감을 느끼기 시작했다. 그때 나는 여덟 살이었는데 그녀를 보고 있으면 내가 창피했다. 이제 '불쌍한 여자'는 아이들을 데리고 다니지 않았고 전처럼 좋은 냄새를 풍기지도 않았다. 삐쩍 마른 몸으로 뻣뻣한 자세로 계단을 내려왔다. 가슴과 엉덩이와 허벅지의 풍만함을 잃었고 동안이던 통통한 얼굴과 환한 미소도 잃었다. 뼈는 앙상했고 피부는 창백하다 못해 투명해보였다. 두 눈은 보랏빛 웅덩이 속에 빠진 것처럼 보였고 손은 축축한 거미줄 같았다.

언젠가 어머니가 외쳤다.

"'불쌍한 여자'가 소금에 절인 멸치처럼 비쩍 말라버렸어!"

그날 이후 나는 매일같이 '불쌍한 여자'가 장바구니도

들지 않고 퀭한 눈으로 비틀거리며 현관을 나서는 모습을 훔쳐보았다. 나는 '불쌍한 여자'에게 새롭게 부여된 본성에 대해 알고 싶었다. 팔다리 위로 소금 알갱이가 반짝이는 푸른 회색빛이 감도는 생선의 본질이 무엇인지 알고 싶었다.

내가 마리오에게 다정하고 사려 깊은 태도를 보인 것은 그때의 기억 때문이기도 했다. 하지만 얼마 지나지 않아 남편이 떠벌리는 과장된 신경쇠약 증세며 고통스러웠던 유년 시절과 사춘기 시절 이야기에 뭐라 대답해야 할지 알 수 없었다.

열흘 새 아이들을 찾는 발길마저 뜸해지자 마음속에서 날 선 앙심이 커져갔다. 남편이 나를 속이고 있다는 의심까지 들었다. 나는 사랑에 빠진 여성의 모든 미덕을 갖추고 남편의 이유 모를 위기를 잘 넘기도록 도와줄 준비가 되어 있다는 것을 보여주기 위해 최선을 다하고 있는데 남편은 일부러 내게 혐오감을 느끼게 하려고 애쓰는 것 같았다. 내 입에서 당신은 형편없는 인간이고 더는 못 참겠으니 어서 꺼지라는 말을 나오게 하려고 작심한 것 같았다.

얼마 지나지 않아 의구심은 확신이 되었다. 남편은 별거할 필요가 있다는 사실을 내가 받아들이도록 도와주고 싶은 것이었다. '당신 말이 맞아. 우리는 끝났어'라는 말이 내 입에서 먼저 나오게 하고 싶은 것이었다. 하지만 나는 그때도 평정심을 잃지 않았다. 나는 과거 다른 문제에 직면했을 때와 마찬가지로 여전히 신중하게 행동했다. 겉으로 드러나는 마음의 동요는 정리 정돈을 제대로 하지 못하고 이따금씩 손가락에서 힘이 빠져나가는 정도였다. 불안감이 커질수록 물건을 집을 때 손가락에 힘이 잘 들어가지 않았다.

거의 2주 동안 나는 입속에서 맴도는 질문을 애써 참다가 마리오의 거짓말을 도저히 못 들어줄 지경이 되자 그를 몰아붙이기로 했다. 나는 남편이 좋아하는 고기 완자를 넣은 파스타 소스를 준비한 뒤 로즈마리를 넣고 오븐에 익힐 감자를 썰었다. 하지만 음식을 하면서도 즐겁지 않았다. 마음에 없는 요리를 하다 보니 통조림 따개에 손을 베이고 와인 병을 떨어뜨리는 바람에 유리 조각과 와인이 사방으로 흩어졌다. 와인 방울이 새하얀 벽에 튀었다.

그 와중에 거칠게 행주를 집으려다 설탕 통까지 떨어뜨리고 말았다. 한없이 길게만 느껴지던 찰나의 순간 설탕비가 처음에는 대리석으로 된 주방 작업대에 그러고는 와인으로 더러워진 바닥에 쏴 하고 쏟아지는 소리가 귓가에 울렸다. 순간 기절할 듯한 피로감이 밀려와 엉망이 된 주방을 내버려두고는 오전 11시밖에 안 됐는데도 아이들을 포함한 모든 것을 잊고 침대에 누웠다.

잠에서 깨어나자 버림받은 아내라는 나의 새로운 신분에 대한 기억이 서서히 되살아났다. 나는 더는 못 참겠다는 결론을 내렸다. 나는 정신이 멍한 상태에서 일어나 주방을 정리하고 아이들을 데려오기 위해 서둘러 학교에 갔다. 그런 다음 남편이 아이들을 위해서라도 얼굴을 내밀기를 기다렸다.

남편은 저녁이 되어서야 집에 왔다. 기분이 좋아 보였다. 그는 나와 인사치레로 대화를 나눈 뒤 잔니와 일라리아의 방으로 가서 아이들이 잠들 때까지 그곳에 머물렀다. 나는 방에서 나오자마자 내빼려는 남편을 억지로 붙잡아 함께 저녁을 먹자고 했다. 나는 준비해둔 파스타 소스와 고기 완자와 감자가 담긴 냄비를 남편의 코밑에 들이밀었다. 그러고는 김이 모락모락 나는 마카로니 파스타에 검붉은 소스를 담뿍 담아냈다. 나는 남편이 그 파스타 요리에서 나를 떠나는 순간 잃게 될 수많은 것을 봐주기를 바랐다. 다시는 보지도 만지지도 쓰다듬지도 듣지도 못하고 냄새를 맡지도 못하게 될 모든 것을 말이다. 하지만 나는 참지 못하고 남편이 음식을 입에 넣기도 전에 묻고 말았다.

"다른 여자가 생긴 거야?"

남편은 미소를 지어 보이고는 조금도 부끄러운 기색 없이 그렇지 않다고 했다. 말도 안 되는 질문에 자연스럽게 놀라는 척했다. 하지만 나는 그런 남편의 태도가 미덥지 않았다. 나는 그를 잘 알고 있었다. 남편이 자연스러운 태도를 보이는 것은 거짓말을 할 때뿐이었다. 평소에는 그런 식으로 직접적인 질문을 하면 불편해했다. 나는 남편을 다그쳤다.

"그렇지? 다른 여자가 있는 거지? 대체 누구야? 나도 아는 여자야?"

그 일이 있은 후 처음으로 나는 소리를 높였다. 내게도 알 권리가 있다고 소리를 질렀다.

"이미 결정을 내렸으면서 날 희망고문하지 마!"

남편은 신경이 날카로워져서 시선을 내리깔고 내게 목소리를 낮추라는 손짓을 해보였다. 그제야 걱정하는 기색이 역력했다. 아이들을 깨우기 싫었던 거였다. 하지만 나는 그때까지 억눌러왔던 모든 불만이 터져 나올 것 같았다. 머릿속에서는 이미 그동안 하고 싶었던 말이 한 줄로 배열되고 있었다. 그 선을 넘어서면 할 말 못할 말을 가릴 수 없을 것 같았다.

"소리 낮추기 싫어."

나는 남편에게 내뱉었다.

"아이들도 당신이 내게 무슨 짓을 했는지 알아야 해."

남편은 접시를 바라보다 내 얼굴을 똑바로 쳐다보면서 말했다.

"그래. 여자가 생겼어."

남편은 적반하장 격으로 화풀이라도 하듯이 포크로 마카로니를 잔뜩 찍어서 입으로 가져갔다. 그렇게 해서라도 자기 입을 막고 싶어 하는 것 같았다. 굳이 하지 않아도 될 말은 하지 않으려는 것 같았다.

아무튼 제일 중요한 말은 나왔다. 남편이 사실대로 털

어놓기로 결정한 것이다. 모든 감정이 마비될 정도로 극심한 고통이 가슴속에 느껴졌다. 그의 말에 아무런 반응을 하지 못했다는 사실을 깨닫고 나서야 나는 그런 내 상태를 자각했다.

마리오는 평소처럼 규칙적으로 음식물을 씹기 시작했다. 그러다 갑자기 그의 입안에서 뭔가 깨지는 소리가 들렸다. 마리오는 씹는 것을 멈추고 포크를 접시에 떨어뜨리며 신음소리를 냈다. 입안에 든 음식물을 손바닥에 뱉자 파스타와 소스에 피가 섞여 나왔다. 그렇다. 정말 피였다. 새빨간 피였다.

나는 남편의 피 묻은 입을 슬라이드 영상을 바라보듯 멍하니 바라보았다. 마리오는 두 눈을 크게 뜨고 냅킨으로 손을 닦은 뒤 손가락을 입안에 집어넣어 입천장에서 유리 조각을 빼냈다.

마리오는 공포에 질린 눈으로 유리 조각을 쳐다보다가 내 앞으로 내밀었다. 그는 이성을 잃고 소리를 질렀다. 남편이 그 정도로 강하게 나에 대한 증오심을 드러낼 수 있을 거라고는 상상도 못 했다.

"이게 뭐야? 내게 이런 짓을 하고 싶었던 거야? 그런 거야?"

남편이 자리에서 벌떡 일어나 의자를 거꾸로 들어서 벽
돌에 꽂아 넣을 기세로 몇 번이고 바닥에 내리쳤다. 그는
내가 자기를 이해하지 못하는 비이성적인 여자라고 했다.
지금껏 단 한 번도 자기를 제대로 이해하지 못했다고 했
다. 우리가 이토록 오랜 시간 함께 있을 수 있었던 것은 그
의 인내심 때문이라고 아니, 아마도 자기가 못나서 그런
것일 거라고 했다.

"하지만 이젠 아니야!"

마리오는 내가 두렵다고 했다. 파스타에 유리 조각을
넣다니. 어떻게 그런 짓을 할 수 있단 말인가. 그는 나에게
미쳤다고 말하고는 아이들이 잠에서 깨는 것도 아랑곳하
지 않고 문을 쾅 닫고 나가버렸다.

3

나는 잠시 그대로 앉아 있었다. 남편에게 다른 여자가
생겼고 남편이 다른 여자와 사랑에 빠졌다는 사실만 머리
에 맴돌았다. 남편은 그 사실을 인정했다. 나는 자리에서

일어나 테이블을 정리하기 시작했다. 냅킨에 피가 맺힌 유리 조각이 있었다. 손가락으로 소스를 뒤져보니 아침에 떨어뜨렸던 와인병 조각이 두 개나 더 나왔다. 나는 참지 못하고 울음을 터뜨렸다. 나는 마음을 추스른 후 소스를 몽땅 쓰레기통에 버렸다. 그새 오토가 내 곁으로 다가와 낑낑거리기 시작했다. 나는 목줄을 찾아 들고 오토를 데리고 밖으로 나왔다.

그 시각 집 앞 작은 광장에는 아무도 없었다. 가로등 불빛이 나뭇잎에 가려져 있었다. 광장에 드리운 어두운 그림자들을 보니 어린 시절 두려움이 되살아났다. 평소에 개 산책은 남편의 일이었다. 마리오는 밤 11시에서 12시 사이에 오토를 데리고 나가곤 했다. 하지만 남편이 떠난 후 그 일은 내 몫이 되었다. 아이들과 개를 돌보고 장을 보고 점심 저녁으로 식사 준비를 하고 돈 걱정을 하고… 이 모든 것이 남편에게 버림받은 후 내게 찾아온 현실적인 문제들이었다. 남편은 내 모든 생각과 욕망을 앗아가버렸다. 이제부터는 계속 이렇게 살아가겠지. 둘이 함께하던 일을 나 혼자 감당해야겠지.

현 상황에 대응해야 한다. 계획을 세워야 한다.

나는 포기하지 말자고, 너무 앞서 나가지 말자고 다짐했다.

마리오가 다른 여자를 사랑한다면 내가 무슨 짓을 해도 소용없을 것이다. 뭘 해도 그에게 영향을 미치지 못할 것이다.

아파도 참아야 한다. 눈살 찌푸릴 만한 행동도 듣기 싫은 소리도 내지 말자. 그가 생각도 바꾸고 안식처도 바꿨다는 사실을 명심하자. 나 아닌 다른 여자의 품속으로 뛰어 들어갔다는 사실을 명심하자. '불쌍한 여자'처럼 될 수는 없다. 울면서 진을 빼는 일 따위는 하지 않을 것이다. 사춘기 시절 읽었던 소설 속 망가진 여자들처럼 될 수는 없다.

순간 사춘기 시절에 읽었던 책 표지가 눈앞에 떠올랐다. 과거에 내가 순수한 열정으로 가득 차 충동적으로 작가가 되겠다고 선언했을 때 프랑스어 선생님이 내게 읽어보라고 준 책이었다. 1978년, 그러니까 지금으로부터 20년 전의 일이다.

"이 책을 읽어보렴."

나는 그 책을 열심히 읽었지만 책을 선생님에게 돌려주

면서 건방진 말을 하고 말았다.

"이 책에 나오는 여자들은 너무 멍청해요."

교양 있고 유복한 귀부인들이 무심한 남편들의 손에 장난감처럼 부서져 버리는 내용의 책이었는데 그때 내 눈에는 그 여자들이 너무 멍청해 보였다. 나는 그들과는 다르다고 생각했다.

나는 재능이 뛰어난 여성들의 이야기를 쓰고 싶었다. 잃어버린 사랑에 대한 생각으로 머리가 꽉 찬 버림받은 아내를 위한 설명서가 아니라 말로는 이길 수 없는 여자들에 대한 이야기를 쓰고 싶었다.

그때 나는 어리고 교만했다. 나는 차양을 친 창문처럼 답답한 책이 싫었다. 창살 사이로 들어오는 햇살과 신선한 공기가 좋았다. 나는 산들바람처럼 상쾌하고 창틈으로 비춰드는 햇살에 먼지가 춤추듯 아른거리는 그런 이야기를 쓰고 싶었다.

나는 한 줄 한 줄 읽을 때마다 심연을 마주할 수 있게 해주는 글이 좋았다. 현기증이 날 듯한 깊이와 지옥의 어두움이 느껴지는 글이 좋았다.

그때 나는 평소와는 달리 단숨에 그 말을 내뱉었고 선

생님은 약간 가증스럽다는 눈빛으로 그런 나를 바라보면서 냉소적인 미소를 지었다. 지금 생각해보면 그 당시 선생님도 누군가를 또는 무엇인가를 잃어버렸던 것 같다. 그로부터 20년도 더 지난 지금 내게도 같은 일이 일어나고 있다. 나는 마리오를 잃어가고 있다. 어쩌면 이미 잃어버렸는지도 모른다.

나는 잔뜩 긴장한 상태로 빨리 뛰고 싶어 안절부절못하는 오토를 따라 걸어갔다. 축축한 강의 숨결과 함께 신발 바닥을 뚫고 올라오는 아스팔트의 냉기가 느껴졌다.

마음이 진정되지 않았다. 어떻게 말 한마디 없이 이렇게 나를 떠날 수 있단 말인가. 몇 년 동안 돌봐온 식물을 말려죽이듯 이런 식으로 갑자기 나에 대한 관심을 끊을 수 있다는 것이 불가능한 일처럼 느껴졌다. 마리오가 일방적으로 나에 대한 관심을 끄기로 결정했다는 사실을 나는 받아들일 수 없었다.

불과 2년 전만 해도 내가 먼저 그에게 나만의 시간을 가지고 싶다고 했었다. 몇 시간만이라도 집에서 벗어날 수 있게 일을 하고 싶다고 했다. 그때 나는 작은 출판사에 취업했다. 일에 재미를 붙였는데 마리오 때문에 그만두고 말았다. 얼마 되지 않는 푼돈이지만 나를 위해 쓸 수 있는 돈이 필요하다고 남편에게 말해봤지만 남편은 일을 그만두라고 했다.

"왜 굳이 지금 일을 하겠다는 거야? 힘든 시기는 지났잖아. 다시 글을 쓰고 싶으면 차라리 그렇게 해."

나는 남편의 충고를 받아들여 몇 달 만에 출판사를 그만두고 난생처음으로 가사 일을 도와줄 사람을 찾았다. 하지만 나는 글을 쓰지 못했다. 자존심만 높아져서 혼란스러운 시도를 하느라 시간만 낭비했다. 나는 실망해서 가사 도우미가 집 청소하는 모습을 바라보았다. 가사 도우미는 자긍심이 높은 러시아 여자였는데 비판이나 질책을 좀처럼 받아들이지 않았다. 나는 하는 일이 아무것도 없었다. 글도 못 쓰고 친하게 지내는 친구도 별로 없었다. 젊은 시절의 야망은 오래된 헝겊처럼 빛바랜 것이 되고 말았다. 나는 가사 도우미를 해고했다.

창작의 즐거움과 성취감을 제대로 누리지 못하는 마당에 다른 사람이 내 일을 하고 있다고 생각하니 참을 수가 없었다. 결국 나는 예전처럼 집안일과 아이들과 남편 뒷바라지에 매달렸다. 할 수 있는 일이 그것밖에 없는 것 같왔다. 그런데 그에 대한 보상이 남편의 배신이라니. 눈물이 나려 했지만 나는 끝내 울지 않았다. 강하게 보여야 한다. 정말 강해져야 한다. 이 역경을 이겨나가야 한다. 그것만이 내가 살길이었다.

나는 그제야 오토의 목줄을 풀어주고 추위에 달달 떨면서 벤치에 앉았다. 사춘기 시절에 선생님이 준 책에서 읽고 외워두었던 짧은 구절이 떠올랐다.

'나는 깨끗하다 나는 진실하다 나는 내 패를 모두 보여주었다'

아니다. 이 말은 탈선을 인정하는 말이다. 우선 어절 사이에는 언제나 쉼표를 찍어야 한다. 그 사실을 잊어서는 안 된다. 이런 말을 하는 사람은 선을 넘은 사람이다. 자기 찬양 욕구에 빠져서 제 발로 혼돈에 다가가는 사람들이다.

'사내들이 딱딱한 방망이로 뭘 해주는지 계집들은 하나같이 젖어 있다'는 말도 떠올랐다.

어린 시절 나는 그런 외설적인 말이 좋았다. 남성적인 해방감을 느끼게 해주었다. 지금은 나처럼 자기 통제력이 강한 사람의 입에서 외설적인 말이 나오면 광기의 도화선이 될 수 있다는 사실을 안다. 나는 눈을 감고 머리를 두 손으로 감싼 뒤 눈두덩을 가만히 눌렀다.

마리오의 여자… 나는 농염한 여자가 화장실에서 치마를 들어올리고 있는 모습을 상상했다. 그녀의 몸 위에 엎드려 땀방울이 맺힌 그녀의 엉덩이 위에서 작업을 하며 그 사이에 손가락을 집어넣고 있는 남편의 모습을 상상했다. 정액으로 번들거리는 바닥을 상상했다. 아니다. 그만하자. 나는 벌떡 일어나 휘파람을 불어서 오토를 불렀다. 휘파람을 가르쳐준 것도 마리오였다.

그런 장면이나 외설적인 말을 떨쳐버려야 했다. 망가진 여인들의 모습을 떨쳐내야 했다. 오토가 사방을 뛰어다니면서 공들여 소변볼 장소를 찾는 동안 성적으로 버림받았다는 상처 때문에 온몸이 손톱으로 할퀸 것처럼 아팠다. 나 자신에 대한 혐오감과 남편에 대한 향수 때문에 숨이 막혀 죽을 것만 같았다. 나는 자리에서 일어나 오솔길을 따라 걸으며 다시 휘파람을 불고 오토가 돌아오기를 기다렸다.

얼마나 오랜 시간이 흘렀을까. 나는 어느새 오토도 나도 어디에 있는지조차 잊어버리고 마리오와의 추억 속으로 빠져들었다. 애틋한 마음으로 가벼운 흥분과 가벼운 원망을 동시에 느끼면서 남편과 나누었던 사랑의 기억을 되짚다 내 목소리에 놀라 정신을 차렸다. 나는 혼잣말로 단조로운 노랫말처럼 '나는 아름답다. 나는 아름답다'라고 읊조리고 있었다. 순간 아래층에 사는 음악가 카라노의 모습이 눈에 들어왔다. 그는 가로수길을 가로질러 아파트 앞 작은 광장으로 향하고 있었다.

악기를 짊어진 다리가 길고 허리가 구부정한 검은 형체는 100미터 정도 앞에서 나를 스쳐 지나갔다. 나는 그가 나를 끝까지 못 보기를 바랐다. 카라노는 수줍어 하는 성격이라 타인과 관계를 잘 맺지 못하는 사람이었다. 그런 유의 사람들은 한 번 흥분하면 통제하기 어렵지만 다정할 때는 꿀처럼 달콤하다.

그는 마리오와 자주 부딪혔다. 우리 집 욕실에서 물이 새는 바람에 그의 집 천장에 얼룩이 생긴 적도 있었고 오토가 짖는 소리 때문에 충돌한 적도 있었다. 나도 그와 편한 관계는 아니었는데 남편과는 다른 미묘한 이유가 따로 있었다. 나는 카라노와 마주칠 때마다 그의 시선에서 나에 대한 관심을 읽었고 그 때문에 민망했다. 그렇다고 그가 저속한 행동을 한 것은 아니었다. 카라노는 그런 사람이 아니었다.

하지만 카라노는 여자들을 대할 때마다 안절부절못하는 것 같았다. 그러다보니 부적절한 눈길을 보내거나 말실수나 잘못된 행동을 해서 의도치 않게 자신의 욕망을 드러내곤 했다. 카라노도 이를 알고 부끄러워했다. 일부러 그러는 것은 아니겠지만 그런 상황이 생기면 그는 나까지 쑥스럽게 만들었다. 나는 되도록 카라노와 엮이지 않으려 했다. 일상적인 인사를 주고받는 것도 부담스러웠다.

나는 큰 키에 잿빛 머리의 카라노가 삐쩍 마른 몸에 비해 무거운 걸음으로 광장을 가로지르는 모습을 지켜보았다. 그렇지 않아도 큰 키가 악기 케이스 때문에 더 커 보였다. 여유 있던 걸음걸이가 갑자기 흔들렸다. 순간 그가 미끄러져 넘어지지 않으려고 애쓰는 것 같았다. 그는 걸음을 멈추고 오른쪽 신발 밑창을 살피더니 욕설을 내뱉었다. 내가 있다는 것을 깨닫고 화를 내며 말했다.

"보셨어요? 신발이 엉망이 됐어요."

내 잘못이라는 증거는 어디에도 없었지만 나는 민망해서 바로 그에게 사과하고 화난 목소리로 오토를 계속 불렀다. 오토가 직접 사과해야 내가 책임에서 벗어날 수 있다는 듯이. 하지만 우리 집 누렁이는 가로등 빛을 지나 어둠 속으로 재빨리 자취를 감춰버렸다.

카라노는 신경질적으로 신발 밑창을 길가 잔디에 문지른 뒤 세심하게 살폈다.

"사과하실 필요 없어요. 다음부터는 제발 개를 다른 곳으로 데려가줘요. 사람들이 불만이 많아요."

"죄송해요. 남편은 평소에 조심하는 편이에요."

"미안한 말이지만 그쪽 남편은 예의가 없는 사람이더군요."

"이제 보니 예의가 없는 것은 당신이네요."

나는 발끈해서 쏘아붙였다.

"게다가 이 건물에서 우리만 개를 키우는 건 아니라고요."

카라노는 고개를 절레절레 젓더니 싸우고 싶지 않다는 듯 어깨를 으쓱해보였다. 그가 말했다.

"남편 분께 조심 좀 해달라고 전해줘요. 근처에 독약 넣은 개 먹이를 뿌리고도 남을 사람이 많거든요."

"남편에게는 아무 말도 안 할 거예요."

나는 화가 나서 소리치고는 쓸데없는 말을 덧붙였다. 카라노에게보다는 나 스스로 기억을 떠올리기 위해서였을 것이다.

"게다가 저는 이제 남편이 없어요."

나는 카라노를 길 한가운데 내버려둔 채 그가 쫓아오는 것도 아닌데 도움이라도 청하듯 목청이 터져라 오토를 부르면서 잔디밭을 지나 수풀과 나무가 무성한 어둠 속으로 뛰어들었다. 숨을 헐떡이면서 뒤돌아보니 음악가 양반은 마지막으로 신발 밑창을 확인한 뒤 평소와 똑같이 힘없는 발걸음으로 현관을 향해 사라졌다.

4

그 후 며칠 동안 남편은 감감무소식이었다. 나는 일종의 행동 지침 같은 것을 만들었는데 첫째 지침이 바로 우리 부부를 둘 다 알고 있는 친구들에게 전화하지 않는다는 것이었다. 하지만 나는 도저히 참지 못하고 이 지침을 어기고 말았다.

내 남편의 행방에 대해 제대로 아는 사람은 한 명도 없었다. 다들 며칠 동안 남편을 못 봤다고 했다. 결국 나는 원망스런 목소리로 남편에게 다른 여자가 생겼으며 내가 버림받았다는 사실을 모두에게 선언했다. 다들 내 말에 깜짝 놀랄 거라고 생각했는데 전혀 놀라지 않는 것 같았다. 내가 대수롭지 않은 척 지나가는 말로 남편의 애인이 누구고, 뭐 하는 사람이고, 남편이 그 여자 집으로 들어갔는지 아느냐고 물었을 때도 하나같이 애매모호한 대답만 내놓았다. 남편의 폴리테크니코 대학 동료인 파라코는 나를 위로해주려고 했다.

"나이 탓이에요. 마리오도 이제 마흔이잖아요. 그럴 수 있어요."

나는 결국 참지 못하고 냉정하게 쏘아붙였다.

"그래요? 그럼 당신도 그런 일을 겪었어요? 당신네 나이 또래 남자들은 다 그런 일을 겪는 건가요? 그런 당신은 어떻게 아직도 당신 부인과 살고 있는 거죠? 레아 좀 바꿔주세요. 당신도 마리오 같은 짓을 했다고 말해줘야겠어요."

처음부터 그렇게 반응할 생각은 아니었다. 내 행동 지침 중에는 밉상이 되지 않는 것도 포함되어 있었으니까.

40

그런데도 나는 자제심을 잃고 말았다. 피가 부글부글 끓어오르고 아무 소리도 귀에 들어오지 않고 눈이 시큼했다. 주변 사람들의 이성적인 태도와 평정심을 잃지 않으려는 내 의지가 오히려 나를 더 짜증나게 만들었다. 숨이 목까지 차오르면서 당장이라도 분노에 가득 찬 말을 쏟아낼 것만 같았다.

나는 아무하고나 머리채를 붙잡고 싸우고 싶었다. 실제로 처음에는 우리 부부의 친구 가운데 모든 남자와 다퉜고 그다음에는 그들의 부인이나 동거인들과 싸웠고 결국에는 성별에 상관없이 내가 지금의 상황을 받아들이도록 도와주려는 모든 사람과 충돌했다.

그중에서도 가장 인내심을 가지고 나를 도와주려 한 사람은 파라코의 부인 레아였다. 레아는 타고난 중재자였고 무슨 일이든 해결 방법을 찾으려고 노력하는 사람이었다. 너무나 현명하고 이해심이 많아서 그런 그녀에게 화를 내는 것은 세상에 몇 안 되는 좋은 사람들 모두에 대한 모욕처럼 느껴질 정도였다. 하지만 나는 자제심을 잃고 그런 레아마저 의심하기 시작했다. 나는 레아가 나와 대화를 나누자마자 내 남편과 그의 애인에게 쪼르르 달려가 내 상태가 어떻고 아이들과 개를 어떻게 돌보고 있으며 얼마나 지나야 지금의 상황을 받아들일 수 있을 것 같은지 꼬치꼬치 일러바치고 있는 것이 틀림없다고 생각했다. 나는 갑작스레 레아와 연락을 끊었고 결국 하소연할 친구 하나 없이 외톨이가 되었다.

나는 변하기 시작했다. 고작 한 달 만에 정성껏 화장하는 것을 그만두었다. 타인에게 상처를 주지 않기 위해 조심하며 품위 있는 표현을 선택하는 대신 갈수록 천박하게 낄낄대면서 비아냥거렸다. 그러지 않으려고 애썼지만 어느 순간부터 음란한 말을 입에 담게 되었다.

음란한 말들이 너무나 자연스럽게 입에서 튀어나왔다. 아직도 건성으로나마 나를 위로해주려는 얼마 남지 않은 지인들에게 내가 듣기에만 좋은 번지르르한 말에 속아 넘어가는 여자가 아니라는 사실을 이해시키기 위해서는 그런 표현을 쓰는 것이 효과적이라고 생각했다.

나는 입만 열면 내 남편과 그의 창녀를 비웃고, 더럽히고, 모욕을 주고 싶은 욕구를 느꼈다. 남편은 나에 대해 모르는 것이 없는데 나는 남편에 대해서 아는 것이 거의 없다는 사실 때문에 힘이 들었다.

나는 장님이 된 것 같았다. 일거수일투족을 감시하고 싶은 대상들에게 되레 관찰당하는 것 같았다. 원망스런 마음이 나날이 커져만 가면서 나는 나 자신에게 되묻곤 했다.

'레아같이 못 믿을 사람들이 내 근황을 남편에게 일러 바치고 있는데 정작 나는 남편이 어떤 년하고 붙어먹었는지 모른다는 게 말이 돼? 내가 어떤 년 때문에 버림받았고 그년이 나보다 나은 점이 뭔지 모른다는 게 말이 돼?'

이게 다 주변에 깔린 친구를 가장한 스파이 같은 연놈들 때문이라고 생각했다. 그런 사람들은 언제나 자유롭고 행복하게 세상을 즐기는 사람 편을 든다. 불행한 이의 편을 들어주는 사람은 아무도 없다. 나는 그런 사실을 잘 알고 있다.

사람들은 원래 새로 형성된 커플을 더 좋아한다. 사귄지 얼마 안 되어서 언제나 명랑하고 밤새 나돌아 다니고 눈만 마주치면 섹스를 해서인지 만족감에 충만한 얼굴을 하고 다니기 때문이다. 그들은 키스하고 깨물고 상대방의 성기를 음미하기 위해 서로 빨고 핥느라 정신이 없다.

남편과 그의 계집이 떠오르면 그런 생각만 났다. 그 둘이 어떻게, 얼마나 자주 그 짓을 하는지 말이다. 밤에도 낮에도 그런 생각이 머리에서 떠나지 않았다. 그러다가 나 자신을 방치하기 시작했다. 머리도 안 빗고 몸도 안 씻었다. 나는 참을 수 없는 고통을 느끼며 그들이 어디에서 어떻게 얼마나 많이 그 짓을 하고 있을지 생각했다. 그러는 동안 나를 돕고자 했던 얼마 남지 않은 사람들마저 포기하고 내 곁을 떠나고 말았다. 내가 그만큼 견디기 힘들게 굴었기 때문이다. 나는 나 자신의 절망감에 빠져 겁에 질린 채 외톨이가 되었다.

5

내면에 자리 잡은 위기감은 사라지지 않고 날로 커져만 갔다. 두 아이에 대한 부담이 지속적인 불안감으로 변했다. 아이들에 대한 책임감뿐 아니라 아이들을 돌보는 데 필요한 금전적인 문제 때문이기도 했다. 나는 아이들을 제대로 돌보지 못할까봐 불안했다. 지치거나 정신을 놓고 있다가 아이들을 다치게 할까봐 두렵기까지 했다.

전에도 남편이 아이들을 돌보는 데 크게 도움이 되었던

것은 아니다. 남편은 언제나 일 때문에 바빴으니까. 하지만 남편의 존재는 나를 안정시켰다. 있을 때보다 없을 때가 더 많았으니 엄밀히 말하면 필요할 때 바로 실존화되는 남편의 부재가 나를 안심시켰다고 하는 것이 정확한 표현일 것이다. 하지만 지금은 남편이 어디에 있는지 모르고 전화번호도 모른다. 불안한 마음에 수없이 전화를 걸어봤지만 휴대폰 전원이 꺼져 있었다.

남편은 내 추적을 막았다. 직장으로 전화를 해봐도 그의 동료들은 남편이 병가를 냈다고 하거나 휴직 중이라고 하거나 현지 조사차 해외 출장을 갔다고 했다. 남편과 짜고 그러는 것 같기도 했다. 나는 주먹질하는 법을 잊어버리고 방어 자세가 흐트러진 채 다리를 휘청거리며 링을 맴도는 권투선수가 된 것 같았다.

나는 일라리아를 데리러 학교에 가는 일을 잊어버릴까봐 두려웠다. 잔니를 집에서 가까운 가게에 심부름 보내고 나서도 아이에게 무슨 일이 생길까봐 노심초사했다. 그보다 심각하게는 내 걱정에 사로잡혀 잔니에 대해서 까맣게 잊고 아이가 무사히 집에 돌아왔는지조차 확인하지 않을까봐 두려웠다.

한마디로 나는 몹시 불안정한 상태였다. 나는 잔뜩 긴장해서 빈약한 자기 통제력을 동원해 현재 상황에 대응하기 위해 애썼다. 하지만 머릿속에는 온통 남편 생각뿐이었다. 내 머릿속은 남편과 그 계집에 대한 성적 판타지와 우리의 과거를 재평가하고 내가 부족했던 부분을 알아야겠다는 집착으로 가득했다. 그러면서 내 할 일을 제대로 하기 위해 필사적으로 노력했다. 나는 파스타를 삶을 때 소금을 넣는 것을 잊거나 반대로 두 번 넣지 않으려고 조심해야 했다. 식료품 유통기한을 넘기지 않고 가스 불 끄는 것을 잊지 않기 위해 주의를 기울여야 했다.

어느 날 밤, 집에서 이상한 소리가 들렸다. 바람에 종이가 날리면서 빠른 속도로 바닥을 스치는 것 같은 소리였다. 오토가 겁에 질려 컹컹댔다. 오토는 셰퍼드지만 용감하지는 않았다.

나는 자리에서 일어나 침대와 화장대 밑을 살펴보았다. 먼지 뭉치 사이에서 까만 형체가 쏜살같이 튀어나와 침대 머리맡 탁자 밑으로 기어 들어갔다. 오토가 짖어대는 소리를 들으면서 나는 침실에서 나와 아이들 방으로 갔다.

나는 아이들에게 달려가 불을 켜고 아직 잠에 취해 있

46

는 아이들을 방 밖으로 나오게 하고 문을 닫아버렸다. 엄마의 두려움은 아이들까지 두렵게 만들기에 나는 아이들을 위해 애써 마음을 가라앉혔다. 나는 잔니에게 빗자루를 가져오라고 했다. 성실하기 그지없는 어린 내 아들은 알아서 쓰레받기까지 챙겨 재빨리 돌아왔다. 반면에 일라리아는 바로 악을 쓰기 시작했다.

"아빠 보고 싶어요! 아빠한테 전화해줘요!"

나는 분노에 가득 차 쏘아붙였다.

"너희 아빠는 우리를 버렸어. 다른 여자랑 살려고 다른 데로 가버렸다고! 이제는 우리가 필요 없대!"

나는 파충류를 연상시키는 모든 생명체를 무서워했지만 아이들 방문을 조심스럽게 열었다. 따라 들어오려는 오토를 밀어내고 방문을 닫았다.

여기서부터가 시작이라고 나는 생각했다. 혼자가 되었으니 약한 모습을 보여서는 안 된다. 나는 분노와 혐오감을 동시에 느끼며 빗자루를 잔니와 일라리아의 침대 밑에 쑤셔 넣었다. 그런 다음에는 장롱 밑을 공략했다. 누르스름한 빛이 섞인 녹색 도마뱀이 몸을 숨길 틈이나 구멍을 찾아 재빨리 벽 위로 기어올랐다. 대체 어떻게 아파트 6층까지 올라온 걸까. 나는 녀석을 한쪽 구석으로 몰아넣고 온몸의 체중을 실어 빗자루로 찍어 눌렀다. 그런 다음 거대한 도마뱀 시신을 쓰레받기에 담아 역겨워하면서 방에서 나와 아이들에게 말했다.

"다 됐다. 아빤 필요 없어."

일라리아가 쌀쌀맞게 쏘아붙였다.

"아빠라면 죽이지 않았을 거예요. 아빠라면 도마뱀 꼬리를 잡아서 잔디에 풀어주었을 거예요."

잔니는 고개를 가로젓고는 내 곁으로 와서 도마뱀을 살펴본 뒤 내 허리를 껴안고 말했다.

"다음에는 내가 놈을 박살내겠어요."

박살내겠다는 잔니의 과도한 표현에서 아이의 불안이 고스란히 전해져왔다. 잔니와 일라리아는 둘 다 내 아이들이다. 나는 아이들에 대해 속속들이 알고 있었다. 아이들은 내가 방금 전해준 소식을, 그러니까 아빠는 떠났고 엄마나 자기들보다 알지도 못하는 다른 여자를 더 좋아한다는 사실을 티내지 않게 삭이는 중이었다.

아이들은 내게 아무것도 묻지 않았고 아무런 설명도 요구하지 않았다. 둘은 또 어떤 생명체가 공원에서부터 벽

을 타고 집까지 넘어왔는지 몰라 두려워하면서 침대에 누
웠다. 아이들은 좀처럼 잠을 이루지 못했고 다음 날 아침
눈을 떴을 때에는 다른 아이들이 되어 있었다. 지난밤 이
세상에 안전한 곳은 없다는 사실을 깨달은 것 같았다. 그
것은 나도 마찬가지였다.

6

　도마뱀 사건 후 그렇지 않아도 잠 못 이루던 밤이 더 고
통스러워졌다. 나는 대체 어디에서 왔고 어디로 가고 있
는 걸까. 열여덟 살 때만 해도 나는 내가 상상력이 풍부하
고 미래가 밝다고 생각했다. 나는 스무 살부터 직장 생활
을 했고 스물두 살에 마리오와 결혼했다.
　우리는 이탈리아를 떠나 캐나다, 스페인, 그리스에서
살았다. 스물여덟에 잔니를 가졌고 임신 기간에 나폴리를
배경으로 긴 소설을 썼다. 이듬해 나는 별 어려움 없이 책
을 출간했다. 서른한 살에는 일라리아를 낳았다. 그런데
서른여덟이 된 지금 나는 갑자기 아무것도 아닌 존재로
전락하고 말았다. 내 기준에 못 미치게 행동하고 있었다.

나는 직장도 남편도 없이 위축되고 무딘 여자가 되고 말았다.

아이들이 학교에 가 있는 동안 나는 소파에 누워 있다 일어났다 다시 앉아 텔레비전을 보았다. 하지만 무엇을 봐도 나에 대한 생각을 멈출 수 없었다. 밤이면 집 안을 배회하다 나뭇가지 위 할미새들처럼 침대에서 몸을 비비 꼬아대는 여자들을—엄밀히 말하면 대부분 여자였지만 여자가 아닌 사람들도 있었다—보여주는 채널을 틀었다. 여자들은 끝내주는 쾌락을 약속하는 자막 위로 겹쳐진 전화번호 뒤에서 야릇한 표정으로 히죽거리거나 몸을 비비 꼬면서 간들어지는 목소리로 앵앵거리는 코맹맹이 소리를 냈다.

여자들을 보면서 나는 아마 남편과 바람난 창녀 년도 저럴 거라고 생각했다. 포르노 제작자의 꿈이나 악몽에 나올 법한 여자일 거라고 생각했다. 나는 바로 이것이 우리가 함께한 지난 15년 동안 남편이 숨겨온 은밀한 욕망이었으며 내가 지금껏 그 사실을 몰랐다는 것을 깨달았다.

나는 남편에게 화가 났다. 아니 그보다 내 자신에게 화가 났다. 나는 너무 화가 나서 울음을 터뜨리고 말았다. 초조하게 자신들의 거대한 젖가슴을 쉬지 않고 주물럭대거나 혼자서 거짓 쾌락에 몸을 비틀며 젖꼭지를 빨아대는 깊은 밤의 여인들 모습이 너무나 슬퍼보여서 눈물을 참을 수 없는 것처럼.

나는 마음을 가라앉히기 위해 새벽까지 글을 쓰기 시작했다. 처음에는 몇 년 전에 쓰던 책을 마무리하려 했지만 곧 넌덜머리가 나서 포기하고 말았다. 결국 나는 매일 밤 어디로 보내야 할지도 모르면서 마리오에게 편지를 썼다. 나는 언젠가는 내가 직접 그에게 편지를 줄 수 있게 되기를 바랐다.

남편이 내 편지를 읽는 상상을 하는 것이 좋았다. 나는 적막에 싸인 집에서 편지를 썼다. 들리는 소리라고는 건넛방에서 잠이 든 아이들의 숨소리와 방을 맴돌며 불안한 듯 으르렁대는 오토의 소리뿐이었다.

그 긴 편지들을 쓰면서 나는 최대한 분별력 있는 대화체를 유지하려 했다. 나는 마리오에게 내가 우리 관계를 세밀히 되짚어보고 있다고 했다. 내가 무엇을 잘못했는지 이해하려면 그의 도움이 필요하다고 했다. 부부 사이에는 수많은 모순이 존재할 수 있음을 인정하고 우리 부부의 모순점들을 풀고 해결하기 위해 애쓰고 있다고 했다. 그에게 유일하게 바라는 것은 내 말을 들어주는 것이라고 했다. 내 자아 분석을 도울 마음이 있다고 말해주는 것이라고 했다. 이렇게 살았는지 죽었는지조차 모르고 지낼 수는 없다고 했다. 내게 그와 대면할 기회를 빼앗을 수는 없다고 했다.

내게는 꼭 필요한 과정이었다. 적어도 그에게는 내게 그 정도의 관심을 보여줄 의무가 있다. 어떻게 감히 나를 이렇게 버려둘 생각을 할 수 있단 말인가. 나 혼자 우리가 함께해온 지난 과거를 현미경으로 관찰하듯 하염없이 들여다보고만 있게 내버려둘 수 있단 말인가.

나는 그가 우리 곁으로 다시 돌아오는 것이 중요한 것은 아니라고 편지에 썼다. 물론 진심이 아니었다. 나의 절박함에는 다른 이유가 있다고 했다. 나는 이해하고 싶다고 했다. 나는 그가 지난 15년 동안의 감정과 감동과 사랑을 이다지도 스스럼없이 내다버리게 된 이유가 무엇인지 알고 싶었다. 평생을 자기한테 바친 나를 이렇게 하찮은 변덕 때문에 헌신짝처럼 내다버리다니. 그것은 정말이지

부당하고 일방적인 결정이었다. 남편은 과거를 손에 앉은 끔찍한 벌레처럼 훅 불어서 날려버렸고 그 바람에 남편의 과거뿐만 아니라 나의 과거까지 쓰레기통에 처박히고 말았다.

나는 남편에게 수많은 질문을 던졌다. 우리가 함께한 시간이 의미가 있기는 했는지 말해달라고 애원했다. 언제부터 균열이 시작된 건지 이해하게 해달라고 했다. 함께 보낸 그 긴 세월이 정말로 시간 낭비일 뿐이었는지 아니면 과거를 되살림으로써 다시 새로운 과실을 맺을 수 있을 정도의 특별한 의미가 있었는지 알고 싶다고 애원했다.

마지막으로 내겐 이 모든 질문에 대한 답변이 필요하다고 했다. 최대한 빨리 답을 들어야겠다고 했다. 그래야만 기운을 내서 그 없이도 살 수 있을 것 같았다. 그러한 과정 없이는 나는 되는 대로 흘러가는 혼란스러운 삶 속에서 시들어갈 거라고 했다. 나는 말라 죽어가고 있었다. 여름 해변에 버려진 속이 빈 조개처럼 메말라 가고 있었다.

부은 손가락에 펜이 파고들어 통증이 느껴지고 너무 많이 울어서 눈이 보이지 않을 지경이 되면 나는 일어나서 창가로 갔다. 그런 다음 바람이 파도처럼 나무에 부딪치

는 소리에 귀를 기울이거나 나뭇잎에 가려 흐릿해진 가로
등 불빛으로 겨우 밝힌 적막이 흐르는 밤의 어둠을 응시
했다. 그 기나긴 밤에 나는 비탄에 잠긴 파수꾼이 되어 생
명을 잃어버린 단어들과 함께 보초를 섰다.

7

밤과 달리 낮이 되면 나는 열에 들뜬 사람처럼 나다녔
고 갈수록 조심성이 없어졌다. 나는 없는 일을 억지로 만
들면서까지 온 도시를 누비고 다녔다. 하나도 급하지 않
은 일을 급하게 해결하느라 있는 기력을 다 쏟았다. 의지
가 강한 사람처럼 보이고 싶어서 그런 식으로 행동했지만
사실 내 몸 하나 제대로 간수하기 힘든 상태였다. 나는 겉
으로만 분주할 뿐 실은 몽유병자나 다름없었다.

토리노는 거대한 철옹성 같았다. 차가운 잿빛 성벽으로
둘러싸여 봄볕에도 따스해지지 않았다. 화창한 날 서늘한
햇볕이 길을 비추면 나는 아픈 사람처럼 땀을 흘렸다. 거
리를 걷다 사물이나 사람들과 부딪치기 일쑤였고 종종 마
음을 가라앉히기 위해 아무 데나 주저앉아야 했다.

나는 차를 끌고 나갈 때마다 사고를 일으켰다. 운전대를 잡고 있다는 사실을 잊어버렸기 때문이었다. 운전을 하다보면 도로가 과거의 생생한 기억이나 씁쓸한 상상으로 대체되는 바람에 다른 차의 범퍼를 들이받거나 부딪치기 직전에 브레이크를 밟기 일쑤였다. 브레이크를 밟을 때마다 부당한 현실이 끼어드는 바람에 그 순간 내게 있어 유일하게 소중히 여겨졌던 상상의 세계가 망가져 버렸다는 생각에 화가 치밀어 올랐다.

그럴 때면 나는 길길이 날뛰며 차에서 내려 상대편 운전자와 욕설을 퍼부으며 싸웠다. 상대편 운전자가 남자일 경우 나는 대체 무슨 생각을 하고 있었느냐고 쏘아붙였다. 분명 미성년자 애인을 데리고 추잡한 짓이나 생각하고 있었을 거라고 했다.

정말로 등골이 서늘했던 적이 한 번 있기는 했다. 그때 나는 별생각 없이 일라리아를 조수석에 앉게 해주었다. 마시모 다첼리오가를 지나 갈릴리오 페라리스에 거의 도착했을 무렵이었다. 햇볕이 있는데도 보슬비가 내리고 있었다. 내가 무슨 생각에 잠겨 있었는지는 기억나지 않는다. 일라리아가 안전벨트를 제대로 하고 있는지 확인하기 위해 아이 쪽을 돌아보았던 것 같기도 하다. 신호등이 빨간색으로 바뀌기 직전에 비틀거리면서 길을 건너는 남자의 그림자를 보았다.

시선을 정면에 고정시키고 걷는 남자는 꼭 아래층 카라노 같았다. 악기만 어깨에 메지 않았을 뿐 정말 카라노였는지도 모른다. 잿빛 머리 남자는 고개를 푹 수그린 채 걷고 있었다. 브레이크를 밟자 자동차는 끼익하는 긴 마찰음과 함께 불과 몇 미터 앞에서 멈춰 섰고 그 순간 일라리아의 이마가 앞 창문에 부딪치는 바람에 유리가 깨져버렸다. 유리 위로 거미줄같이 반짝이는 금이 퍼져가고 아이의 이마에는 금세 멍이 들었다.

일라리아의 고함소리와 울음소리, 내 오른쪽으로 요란하게 지나가는 전차 소리가 들렸다. 회색과 노란색으로 페인트칠을 한 전차가 철책 너머 인도를 지나 내 바로 옆을 지나쳤다. 나는 입도 뻥긋하지 못하고 운전대를 붙잡고 있었고 일라리아는 그런 내게 화가 나서 주먹을 날리며 소리 질렀다.

"엄마 때문에 다쳤잖아요. 엄마는 바보야. 엄마 때문에 정말 아팠어요!"

누군가 나를 향해 알아들을 수 없는 말을 했다. 카라노였던 것 같기도 하다. 물론 내 차에 치일 뻔한 사람이 정말 카라노였을 때만 가능한 일이겠지만 말이다.

나는 정신을 추스르고 그에게 뭐라고 쏘아붙인 후 일라리아를 품에 안고 피가 나지는 않는지 살펴보았다. 나는 끈질기게 경적을 울리는 운전자들을 향해 악을 쓰고 걱정해주는 행인들을 뿌리쳤다. 그런 걱정은 귀찮기만 할 뿐이었다. 짙은 안개에 휩싸인 것처럼 행인들의 형체와 소리가 어렴풋하게 느껴졌다.

나는 자동차를 도로에 내버려둔 채 일라리아를 품에 안고 물을 찾아 나섰다. 정신없이 전찻길을 건너서 쓴 지 오래된 것처럼 보이는 '파시스트 당사'라는 글씨가 쓰인 우중충한 공중화장실로 향했다. 그러다 내가 뭐하는 짓인가 싶어 생각을 바꿔 되돌아왔다. 나는 웅성거리면서 내 주위에 모여드는 사람들을 모질게 뿌리치며 악을 쓰는 일라리아를 품에 안고 전차 정류소 벤치에 자리를 잡았다. 일라리아를 진정시킨 나는 병원에 가기로 결정했다. 그 순간 내 머릿속에는 오직 한 가지 생각만 맴돌았다.

'누군가가 남편에게 자기 딸이 다쳤다고 전해주면 그가

돌아오겠지.'

하지만 일라리아는 멀쩡했다. 꽤나 오랫동안 이마 한가운데 검푸른 멍을 자랑스레 내보이며 돌아다니기는 했지만 제 아빠를 포함한 그 누구도 걱정할 만한 정도는 아니었다. 누군가 그 소식을 마리오에게 전해주었다고 가정하면 그렇다는 것이다. 그날 일어난 일에 대해서 유일하게 신경 쓰이는 점은 바로 그때 떠올랐던 생각이었다.

나는 마리오를 돌아오게 하기 위해 아이를 이용하려 했다. 그에게 "이것 좀 봐. 당신이 없으면 무슨 일이 생기는지 알겠어? 당신이 하루하루 나를 궁지로 몰아넣고 있다는 것을 이제 알겠어?"라고 말하기 위해서 말이다. 사람이 절망에 빠지면 이렇게 비참해진다.

나는 그런 내가 부끄러웠지만 어쩔 수 없었다. 나는 온종일 남편을 돌아오게 할 방법만 궁리하고 있었다. 얼마 지나지 않아 나는 어떻게 해서든 남편을 만나 더는 못 견디겠다고 말하고 그가 없는 사이 내가 어떤 지경에 이르렀는지 보여줘야겠다는 집착에 사로잡혔다. 나는 남편이 자기 감정에 눈이 멀어서 나와 아이들을 현실과 연결하지 못하고 우리가 여전히 과거처럼 평온하게 살고 있다고 생각하고 있는 거라고 확신했다. 남편은 자기 없이 사는 것이 오히려 편할 거라고 생각할 수도 있다. 그의 부재로 나는 드디어 그를 돌봐주어야 한다는 의무감에서 벗어나게 되었고 아이들은 엄한 아빠를 두려워하지 않게 되었으니까.

일라리아를 때리지 말라고 잔니를 야단치는 사람도 없고 오빠를 괴롭히지 말라고 일라리아를 야단치는 사람도 없으니 남편은 우리는 우리대로 자기는 자기대로 모두가 각자 행복하게 잘 살고 있다고 생각하고 있는 것이다. 그러니 내가 그의 눈을 뜨게 해줘야 한다. 만약 남편이 우리 세 식구가 어떻게 살고 있는지 두 눈으로 직접 보고 현재 집 상태가 어떤지 알게 된다면 당장 가족 곁으로 돌아올 것이다. 우리가 얼마나 힘겹고 혼란스럽게 살고 있는지 단 하루만이라도 경험한다면 말이다.

당시 우리는 고깃덩어리를 잘라낼 수 있을 정도로 팽팽하게 당겨진 철끈처럼 긴장한 상태로 살고 있었다. 나는 남편이 내 편지를 읽고 내가 우리 결혼의 실패 요인을 찾기 위해 얼마나 열심히 노력하고 있는지 알게 된다면 바로 가족 곁으로 돌아올 거라고 생각했다.

우리가 어떤 상황에 처했는지 알게 되면 남편은 절대로 우리를 버리지 않을 것이다. 어느덧 끝자락에 접어든 이 봄은 어디 있는지 알 수 없는 내 남편에게는 빛나는 계절인지 모르지만 나와 아이들에게는 불안과 피로의 상징이었을 뿐이다. 하루 낮 하루 밤이 지날 때마다 집 앞 공원의 나뭇가지와 나뭇잎이 우리 집을 통째로 삼켜버릴 듯이 다가오는 것 같았다. 건물 전체가 꽃가루 폭탄을 맞았고 공중에 떠다니는 꽃가루 때문에 오토는 이성을 잃고 날뛰었다.

일라리아는 눈이 퉁퉁 부어올랐고 잔니는 콧구멍과 귀 뒤에 발진이 생겼다. 나 역시 지치고 정신이 멍해서 아침 열 시부터 쓰러지듯 잠들었다가 아이들을 데리러 학교에 갈 시간이 되어서야 겨우 눈을 떴다. 쏟아지는 졸음을 못 이겨 제시간에 못 갈까봐 결국 나는 아이들이 학교에서 자기들끼리 돌아올 수 있게 습관을 들였다.

처음에는 낮잠을 병의 증상이라 생각하고 걱정했지만 나중에는 오히려 낮잠 시간이 기다려졌다. 가끔은 아득히 먼 곳에서 들려오는 초인종 소리에 잠에서 깰 때도 있었다. 아이들이 한참 동안 초인종을 눌러대고 있었던 것이다.

"엄마가 죽은 줄 알았어요."

언젠가 내가 한참이 지난 후에야 문을 열어주자 잔니가
말했다.

8

아침잠에 취해 쓰러져 잠들던 그 무렵의 어느 날 아침
나는 바늘에 찔리기라도 한 듯 화들짝 놀라 일어났다. 처
음에는 벌써 아이들이 돌아올 시간이 됐나보다 생각하고
시계를 보았지만 그러기엔 이른 시간이었다. 나를 깜짝
놀라게 한 것은 휴대폰 소리였다. 나는 화가 나서 당시 입
에 밴 짜증스런 목소리로 전화를 받았다.

전화를 건 사람은 다름 아닌 마리오였다. 나는 바로 말
투를 바꿨다. 남편은 우리 집 전화에 문제가 있어서 휴대
폰으로 연락을 했다고 말했다. 그동안 몇 번이나 집으로
전화를 걸어봤지만 그때마다 치직거리는 잡음이나 멀리
서 모르는 사람들이 대화를 나누는 소리만 들렸다고 했
다. 남편의 목소리와 그의 사냥한 말투를 듣자 감정이 복

받쳤다. 비록 어디에 있는지는 몰라도 그가 이 세상에 존재하기는 한다는 생각에 나도 모르게 울컥했다.

"내가 일부러 파스타에 유리 조각을 넣었다고 생각하지는 말아줘. 사고였어. 유리병이 깨졌었거든."

내가 남편에게 제일 처음 한 말이었다.

"당신이 일부러 그랬을 리 없지."

남편이 말했다.

"내 반응이 지나쳤어."

남편은 일 때문에 급히 덴마크로 떠나야 했다고 말했다. 좋은 경험이었지만 몹시 힘든 여행이었다고 했다. 그날 저녁 아이들을 보러 가도 되느냐고 물었다. 필요한 책과 노트도 챙겨가야 한다고 했다.

"물론이지. 당신 집이잖아."

내가 말했다.

전화를 끊는 순간 나와 아이들의 비참한 상태와 엉망이 된 집을 보여주려던 원래 계획은 사라졌다. 나는 반짝반짝 광택이 날 때까지 집 안을 구석구석 닦고 정리했다. 샤워를 하고 머리를 손질하다 머리 모양이 마음에 안 들어서 결국 다시 머리를 감았다. 나는 정성스레 화장을 하고 아직 입기에 조금 이르다 싶은 하늘하늘한 여름 원피스를 꺼내 입었다. 전에 남편이 선물해준, 그가 좋아하는 원피스였다. 손과 발도 다듬었다. 특히 발에 신경을 썼다. 발이 너무 거칠어 보여서 창피했기 때문이다. 나는 소소한 부분까지 일일이 신경을 썼다. 생리 주기를 확인하기 위해 달력까지 꺼내 들었는데 계산해보니 불행히도 그날이 생리 예정일이었다. 나는 생리가 늦어지기를 바랐다.

학교에서 돌아온 아이들은 너무 놀라서 말문이 막힌 모양이었다. 일라리아가 말했다.

"집이 너무 깨끗해요. 엄마도요. 엄마 정말 예뻐요."

아이들의 호응은 거기까지였다. 어질러진 환경에서 사는 데 익숙해져서인지 갑자기 예전처럼 정돈된 상태로 되돌아가자 긴장한 것이었다. 나는 아이들을 목욕시키고 파티에 갈 때처럼 말쑥하게 차려 입히기 위해 한참을 씨름했다.

"오늘 저녁에 아빠가 오실 거야. 우리는 어떻게 해서든 아빠가 떠나지 못하게 붙잡아야 해."

내가 말했다.

"나는 어쩌다 이마에 혹이 생겼는지 아빠한테 이야기해

줄 거예요."

일라리아가 나를 위협하듯 외쳤다.

"하고 싶은 이야기를 다 하렴."

"그럼 나는 아빠가 떠난 후부터 학교 숙제도 제대로 못하고 성적도 떨어졌다고 말해야겠어요."

잔니는 잔뜩 흥분해서 말했다.

"그래."

내가 맞장구를 쳤다.

"아빠한테 다 털어놓으렴. 너희들에게 아빠가 필요하다고 해. 아빠한테 새로 생긴 여자친구와 너희 둘 중에서 한쪽만 선택해야 된다고 말씀드리렴."

나는 저녁에 또다시 몸을 씻고 화장을 했지만 신경이 곤두섰다. 나는 욕실에 틀어박혀서 자기 물건을 가지고 몰래 왔다 갔다 하면서 집을 어지럽히고 다니는 아이들을 윽박질렀다.

시간이 흐를수록 불안감에 잠식당하는 느낌이었다.

'턱과 이마에 뾰루지가 생겼네. 운도 지지리 없지.'

문득 과거 마리오의 할머니에게서 물려받은 귀걸이를 차야겠다고 생각했다. 마리오는 그 귀걸이에 애착이 컸다. 시어머니도 평생 그 귀걸이를 차고 다니셨다.

그 귀걸이는 매우 값나가는 물건이기도 했다. 15년 동안 남편이 내게 그 귀걸이를 차게 해준 것은 자기 남동생 결혼식 때 딱 한 번뿐이었는데 그때도 너무 힘들어했다. 내가 귀걸이를 잃어버리거나 도난당할까봐 그러는 것이 아니었다. 다른 누구의 것도 아닌 자기 것이라고 생각하고 샘을 내는 것도 아니었다. 그보다는 내가 그 귀걸이를 차고 있는 모습을 보면서 어린 시절과 사춘기 때의 자기 판타지가 망가질까봐 두려워하는 것 같았다.

나는 이번에야말로 남편의 판타지를 재현할 수 있는 사람은 나밖에 없다는 사실을 확실하게 보여주기로 마음먹었다. 거울을 보니 약간 초췌해보이고 거뭇한 다크서클이 생긴 데다 화장으로도 누리끼리한 안색이 가려지지 않았지만 그래도 예뻐 보였다. 아니, 어떻게 해서든 예뻐 보이고 싶었다.

나는 자신감이 필요했다. 내 피부는 아직도 팽팽했다. 38년이라는 세월의 흔적이 보이지 않았다. 내 삶이 수술 중에 흘린 피와 타액과 점액처럼 어디론가 흡입되어 사라져버린 것 같은 느낌을 나 자신에게 숨길 수만 있다면 마리오에게도 숨길 수 있을 것이다.

하지만 이내 기분이 가라앉아 눈꺼풀이 무거워지고 등이 아픈 데다 갑자기 울고 싶어졌다. 팬티를 보니 핏자국이 있었다. 나는 나폴리 사투리로 험한 욕을 내뱉었다. 행여나 아이들이 들었을까봐 두려울 정도로 증오심에 가득 찬 목소리가 튀어나왔다. 나는 또 한 번 몸을 씻고 옷을 갈아입었다. 그러는 중에 초인종 소리가 들렸다.

순간 분노가 치밀어올랐다. 자기 집에 들어오는데 열쇠를 사용하지 않다니. 신사 양반께서는 우리 식구가 아닌 것처럼 굴려고 마음먹은 것 아닌가. 잠시 들른 것뿐이라는 사실을 강조하고 싶은 거다. 오토가 제일 먼저 현관으로 달려갔다. 오토는 초인종을 누른 사람이 마리오라는 것을 눈치채고 미친 듯이 뛰어가서 숨 가쁘게 헉헉대며 짖어댔다. 뒤이어 도착한 잔니는 아빠한테 문을 열어주고는 차렷 자세로 뻣뻣하게 굳어버렸고 일라리아는 제 오빠 뒤에 숨어서 두 눈을 반짝이며 배시시 웃어 보였다. 나는 복도 끝 주방 앞에 그대로 서 있었다.

마리오는 선물 꾸러미를 한가득 들고 들어왔다. 남편을 다시 본 것은 정확하게 34일 만이었다. 전보다 젊어 보이고 외모에 신경을 더 많이 쓴 티가 났다. 푹 쉬다 온 사람처럼 보이기까지 했다. 나는 순간 기절할 듯 격렬한 위경련을 느꼈다. 남편의 몸과 얼굴에 우리 세 식구에 대한 그리움의 흔적은 없었다. 나는 고통스러웠던 지난 몇 주간의 흔적을 고스란히 간직하고 있는데—남편의 걱정스런 시선을 느끼는 순간 나는 그 사실을 확신했다—남편은 행복에 가까울 정도로 편하게 지낸 나날의 흔적을 숨기지 못했다.

"얘들아, 아빠 좀 그만 괴롭히렴."

잔니와 일라리아가 선물을 다 뜯어본 뒤 아빠 목에 매달려 뽀뽀하면서 관심을 독차지하기 위해 옥신각신하는 모습을 보고 나는 짐짓 명랑한 목소리로 말했다. 하지만 아이들은 내 말을 흘려들었다. 일라리아가 아빠가 사준 원피스를 입어보면서 한껏 멋을 내고 잔니가 복도에서 아빠가 사준 전기 자동차를 시험하고 오토는 그 뒤를 컹컹 짖으면서 쫓아가는 동안 나는 짜증이 나서 한쪽 구석에 가만히 있었다. 시간이 가스 불 위 냄비에서 끓어넘치는 끈적끈적한 물처럼 부글부글 끓어오르는 것 같았다.

나는 일라리아가 자기 이마에 어쩌다 혹이 생겼는지 한

껏 과장하면서 엄마의 잘못을 일러바치고 마리오가 그런 아이의 이마에 입을 맞추면서 별것 아니니 걱정하지 말라고 말해주는 광경을 참고 바라봐야 했다. 또 잔니가 학교에서 겪은 불운을 부풀려서 떠벌리고 선생님한테 좋은 평가를 받지 못한 과제물을 큰 소리로 읽어주자 마리오가 자기가 보기에는 아주 훌륭하다면서 칭찬을 해주고 잔니를 안심시키는 모습을 참고 바라봐야 했다. 정말이지 눈물겹도록 애절한 4중주가 아니던가. 결국 나는 도저히 참지 못하고 아이들을 거칠게 자기들 방으로 쫓아낸 다음 밖에 나오면 벌을 주겠다는 협박과 함께 문을 닫아버렸다.

"그래, 덴마크에서 재미를 봤다고? 당신 애인도 같이 갔어?"

나는 최대한 부드러운 목소리로 말하려고 했으나 결과는 대실패였다.

남편은 고개를 가로젓고 입술을 오므리더니 낮은 목소리로 대답했다.

"그런 식으로 나오면 소지품을 챙겨서 지금 당장 나가버리겠어."

"여행이 어땠는지 묻는 것뿐이야. 물어보지도 못해?"

"그런 말투로는 싫어."

"그래? 내 말투가 어떤데? 어떤 말투로 물어봐야 하는데?"

"교양 있는 말투를 써야지."

"그러는 당신은 내게 교양 있게 행동했어?"

"나는 사랑에 빠졌어."

"나도 그랬어. 당신한테 말이야. 그런데 당신은 나를 비참하게 만들었어. 지금 이 순간까지도."

남편은 시선을 내리깔았다. 진심으로 마음 아파하는 것 같은 그 모습에 나는 감정이 복받쳐 버티지 못하고 다정한 말투로 그의 상황을 이해한다고 말했다. 그가 얼마나 혼란스러워하고 있는지 상상할 수 있다고 했다.

"하지만 말이야."

나는 고통스러워하며 띄엄띄엄 말했다.

"아무리 지금 상황을 정리하고 당신을 이해하고 인내심을 가지고 한바탕 폭풍이 지나가기를 기다리려 해도 가끔은 포기하고 싶어져. 도저히 해내지 못할 것 같아."

내 좋은 의도를 증명하기 위해 나는 주방 테이블 서랍

에서 내가 쓴 편지 묶음을 꺼내 조심스레 남편에게 내밀었다.

"내가 얼마나 노력했는지 봐줘."

내가 그에게 말했다.

"이 편지들에는 내 이야기가 담겨 있어. 당신의 이야기를 이해하려는 내 노력도 담겨 있고. 읽어봐."

"지금?"

"지금이 아니면 언제 읽으려고?"

그는 마지못해 첫 페이지를 펼쳐 몇 줄 읽다 나를 바라보았다.

"집에 가서 읽어볼게."

"누구 집?"

"그만둬, 올가. 부탁이니 내게 시간을 좀 줘. 나도 이 상황이 편하지는 않아."

"나만큼 힘들지는 않겠지."

"그렇지 않아. 나는 지금 어디론가 추락하고 있는 것 같아. 일분일초가 두려워."

그다음에 남편이 무슨 말을 했는지는 정확히 기억나지 않는다. 아마도 부부가 함께 살다 보면, 한 침대에서 잠

을 자다 보면 상대방의 몸이 시계처럼 느껴질 때가 온다
고 말했던 것 같다. '계량기'가 된다고도 했던 것 같다. 맞
다. 남편이 사용한 정확한 표현은 '번민의 흔적을 남기며
떠나가는 인생의 계량기'였다. 하지만 나는 남편이 하려
고 했던 말은 따로 있는 것 같다는 느낌을 받았다. 확실한
것은 내가 남편이 말한 그 이상의 것을 이해했다는 사실
이다.

　나는 의도적으로 저급한 말로 남편을 몰아붙였다. 남편
은 처음에는 그런 내게 거부 반응을 보이다 나중에는 아
예 입을 다물고 말았다.

　"그러니까 당신 말은 내가 당신을 불안하게 했다는 거
네? 나랑 같이 자니까 늙은이가 된 것 같았다는 거네? 내
엉덩이를 죽을 날이 얼마나 남았는지 가늠하는 데 써먹었
다는 거네? 예전에는 그렇게나 탱탱했는데 지금은 이렇
게 됐다고 생각하면서… 그 말이 하고 싶은 거야?"

　"저기 아이들이 있어."

　"저기 있든 여기 있든 상관없어. 그럼 나는 어디에 있는
건데? 당신은 나를 어디에 두고 싶은 거야? 나는 그게 알
고 싶어! 괴롭다고? 당신이 그러면 나는 오죽하겠어? 편

지를 읽어! 읽으란 말이야! 나는 도저히 이해할 수 없어! 우리 사이에 무슨 일이 일어난 건지 모르겠다고!"

남편은 혐오감이 가득 담긴 눈빛으로 편지 묶음을 바라보았다.

"그렇게 집착하면 평생 이해 못 할 거야."

"그러셔? 집착하지 않으려면 어떻게 해야 하는데?"

"기분 전환을 좀 해봐. 다른 일도 해보고."

순간 나는 속이 격렬하게 뒤틀렸다. 남편에게 나에 대한 질투심이라는 것이 남아 있는지 알고 싶어졌다. 아직도 자기에게 내 몸에 대한 소유권이 있다고 생각하는지 아니면 다른 사내가 내 몸을 범해도 아무렇지 않은지 알고 싶어졌다.

"당연하지."

내가 기세등등하게 말했다.

"나라고 하염없이 당신만 기다리고 있을 거라 생각하지 마. 글도 쓰고 상황을 이해하려고 노력하면서 괴로워하고 있지만 다 나와 아이들을 위해서 그러는 거야. 당신 좋으라고 하는 일이 아니라고. 그건 말도 안 되는 소리지. 당신, 집 안을 좀 둘러봤어? 우리 셋이 얼마나 잘 지내고 있는지 봤어? 그리고 나는? 내 모습을 제대로 보기는 했어?"

나는 가슴을 한껏 내밀어 내 옆모습을 번갈아 보여주며 약 올리듯 남편이 보는 앞에서 귀걸이를 흔들어 보였다.

"좋아 보이네."

남편이 자신 없는 목소리로 말했다.

"개소리. 좋아 보이는 정도가 아니라 끝내줘. 못 믿겠으면 아랫집 카라노에게 내가 어떤지 물어봐."

"아랫집 딴따라 말이야?"

"딴따라가 아니라 음악가야."

"당신 그 작자랑 만나고 있어?"

마리오가 마지못해 물었다.

나는 웃음을 터뜨렸지만 흐느낌 같은 소리가 튀어나왔다.

"그래. 만난다고 하지 뭐. 당신이 당신 애인을 만나는 것처럼 나도 카라노를 만나."

"하필이면 왜 그 자식이야? 내가 싫어하는 스타일인데."

"그 사람이랑 섹스하는 건 나지 당신이 아니잖아."

마리오는 손으로 얼굴을 가리고 두 손을 열심히 비비더

니 속삭였다.

"당신, 아이들 앞에서도 그런 짓을 해?"

나는 미소를 지었다.

"무슨 짓? 섹스?"

"그런 식으로 말하냐고."

나는 통제력을 잃고 악을 쓰기 시작했다.

"내 말이 어때서? 점잔 떠는 것도 이제는 지쳤어. 당신은 내게 상처를 주었어. 나를 파괴하고 있어. 이런 상황에서 어떻게 교양 있는 사모님처럼 이야기할 수 있겠어? 지옥에나 가버려! 뒈져버려! 당신이 내게 저지른 일에 대해서 이야기하면서, 지금도 내게 저지르고 있는 짓거리에 대해서 이야기하면서 대체 어떤 말투를 사용해야겠어? 당신이 그년이랑 하는 짓거리에 대해서 말할 때 어떤 단어를 사용해야겠어? 어디 말 좀 해봐! 그년 아랫도리를 핥아줘? 그년의 엉덩이에 당신 물건을 집어넣어? 나랑 못해본 짓을 다 해보는 거야? 말을 해! 어차피 내 눈에는 빤히 보이니까! 당신이 그년과 무슨 짓을 하는지 내 눈에는 똑똑히 보여. 수천 번 수만 번 밤낮 할 것 없이 당신과 그년 모습이 보여. 눈을 뜨고 있든 감고 있든 말이야! 이 와중에 당신 같은 신사 양반과 끔찍이도 소중한 자제분들을 위해 순화된 언어를 사용하라는 거야? 세련되고 품위 있게 행동해야 한다는 거야? 꺼져! 당장 이 집에서 나가! 나가란 말이야, 이 멍청한 자식아!"

내 말이 끝나자마자 마리오는 자리에서 벌떡 일어나 급히 서재로 가 가방에 책이며 노트를 챙겨 넣었다. 무언가에 홀린 듯 잠시 컴퓨터 앞에 서 있던 그는 디스크 케이스를 챙긴 다음 서랍에서 다른 물건들을 꺼냈다.

나는 씩씩거리면서 남편을 뒤쫓아갔다. 쏟아내고 싶은 불평이 산더미 같았다. 나는 이렇게 소리치고 싶었다.

'아무것도 만지지 마! 내가 이 집에 있을 때 작업해서 만든 자료들이잖아. 내가 당신을 위해 장을 보고 요리를 하는 동안 만든 자료잖아. 그러니 그 자료는 부분적으로 내 것이기도 해. 거기 그대로 놔둬.'

하지만 나는 이내 내가 내뱉은 말과 내뱉을 뻔한 말이 가져올 결과가 두려워졌다. 나는 남편이 내게 혐오감을 느끼고 정말로 떠나버릴까봐 두려웠다.

"여보, 미안해. 돌아와. 우리 이야기 좀 해, 여보. 내가 신경이 예민해져서 그래."

남편은 나를 뿌리치고 현관으로 가서 문을 열고 말했다.

"그만 가봐야 해. 하지만 또 올 테니 걱정하지 마. 아이들 때문이라도 돌아올 거야."

남편은 나가려다 멈칫하고 말했다.

"그리고 이제부터 그 귀걸이는 하지 마. 당신한테 안 어울려."

남편은 문도 닫지 않고 자취를 감췄다.

나는 문짝을 힘껏 밀었다. 오래된 문은 너무 헐거워져서 쾅하고 닫혔다가 다시 열렸다. 나는 문이 닫힐 때까지 발길질을 하다 발코니를 향해 달려갔다. 오토가 걱정스러운 듯 낑낑거리면서 내 주위를 맴돌았다. 도로에 남편 모습이 보일 때까지 기다렸다가 나는 절망적으로 외쳤다.

"어디서 지내고 있는지 말해줘. 최소한 전화번호라도 알려줘! 당신이 필요하면 어떻게 해. 아이들이 아프기라도 하면 어떻게 해…"

남편은 고개조차 들지 않았다. 나는 이성을 잃고 악을 썼다.

"그 창녀 년의 이름을 알아야겠어! 말해! 그년이 얼마나 예쁜지, 몇 살인지 알아야겠어!"

마리오는 차에 올라 시동을 걸었다. 차는 광장 중앙에 있는 나무 사이로 사라졌다 잠시 나타났다 다시 사라졌다.

"엄마?"

잔니가 나를 불렀다.

9

뒤를 돌아보니 아이들이 있었다. 내 모습이 불안해 보였는지 방문만 열어놓고 감히 문턱을 넘어올 엄두를 못 내고 있었다. 아이들은 문간에서 겁에 질린 눈빛으로 나를 훔쳐보고 있었다.

아이들은 실제로 보이는 것보다 더 많은 것을 볼 수 있는 능력을 가진 귀신 이야기에 나오는 주인공 같은 시선으로 나를 바라보고 있었다. 아마도 아이들 눈에는 유년 시절 내 기억에서 불러낸 버림받은 여인이 묘비 조각상처럼 뻣뻣한 자세로 내 곁에 서 있는 모습이 보인 것인지도 모른다. 내 기억 속 '불쌍한 여자' 말이다. 그녀는 내가 건물 6층에서 뛰어내리지 못하게 내 치맛자락을 붙잡아주러 나폴리에서 토리노까지 온 것이다.

'불쌍한 여자'는 내가 식은땀과 피가 섞인 눈물을 쏟아내면서 남편에게 "내 곁에 있어줘!"라고 외치고 싶어 한다는 것을 알고 있었다. 내 기억에 '불쌍한 여자'는 정말 그렇게 했다. 어느 날 밤 음독자살을 시도한 것이다. 나는 어머니가 같이 일하는 아줌마들에게 작은 소리로 말하는 것을 들었다. 한 명은 갈색머리, 다른 한 명은 금발이었다.

"'불쌍한 여자'는 그렇게 하면 남편이 후회하고 당장 병상으로 달려와 용서를 빌 거라고 생각했던 거야."

하지만 '불쌍한 여자'의 남편은 용의주도하게 자기가 사랑하는 여자와 함께 먼 곳으로 가버렸다. 어머니는 '불쌍한 여자'의 이야기를 비롯한 어머니가 아는 다른 모든 이야기의 결말이 하나같이 불행하다고 씁쓸하게 웃었다. 사랑받지 못하는 여자들의 눈에는 광채가 사라진다. 사랑받지 못하는 여자들은 살아도 사는 게 아니다.

어머니는 바느질을 하고 손님들의 몸에 대고 옷을 재단하면서 몇 시간 동안 이런 이야기를 했다. 60년대까지만 해도 어머니에게 옷을 맞추러 찾아오는 고객들이 있었다.

어머니는 바느질을 하면서 떠도는 소문을 들려주거나 동네 사람들 험담을 했고 나는 그런 어머니의 말에 귀 기울이곤 했다. 처음으로 글을 써야겠다는 욕구를 느낀 것도 그 시절 탁자 아래에서였다. 페스카라로 도망간 '불쌍한 여자'의 부정한 남편은 아내가 생사의 기로에 섰다는 소식에도 달려오지 않았고 결국 그녀는 구급차로 병원에 실려 갔다. 그때 어머니가 한 말은 내 머릿속에 각인되었다. 특히 생과 사의 기로에 선다는 표현에서 균형을 잡으려고 애쓰는 곡예사가 연상되었다.

어머니의 말을 듣고 있자니 왠지 모르게 '불쌍한 여자'가 남편을 위해 칼날 위에 몸을 눕히는 장면이 연상되었다. 그녀의 옷과 피부가 칼날에 베이는 모습이 떠올랐다.

'불쌍한 여자'가 퇴원했을 때 내 눈에는 그녀가 전보다 더 불쌍해 보였다. 옷 속에 베인 상처가 검붉게 남아 있을 것 같았다. 이웃 사람들 모두 그녀를 피했다. 하지만 그것은 단지 그녀에게 무슨 말을 어떻게 해야 할지 몰랐기 때문이었다.

나는 정신을 추슬렀다. 원망스런 마음이 되살아나면서 온몸의 체중을 싣고 마리오를 향해 추락하고 싶었다. 그를 괴롭히고 싶었다.

다음 날 나는 예전 친구들과 다시 연락하고 지내기로 마음먹고 친구들에게 전화를 돌리려고 했다. 그런데 전화기가 작동되지 않았다. 적어도 그 부분에서만큼은 마리오가 진실을 말한 것이었다. 수화기를 들면 듣기 싫은 치직거리는 소리와 함께 멀리서 사람들의 목소리가 들렸다.

결국 나는 집 전화 대신 휴대폰을 사용하기로 했다. 나는 내가 아는 모든 이에게 차례차례 전화를 걸었다. 온화한 목소리를 가장해서 내가 안정을 되찾는 중이며 새로운 현실을 받아들이기 위해 노력하고 있다는 인상을 심어주었다. 그중에서 내 말을 잘 받아주는 사람들에게는 은근슬쩍 마리오와 마리오의 여자에 대해 물었다. 나는 그저 마음을 달래기 위해 수다를 떨고 싶은 사람처럼 대수롭지 않은 투로 물었다. 대부분은 나의 음흉한 의도를 알아채고 단편적인 대답만을 해주었지만 몇몇은 참지 못하고 내게 몇 가지 사소한 정보를 조심스레 귀띔해주었다.

어떤 사람은 남편의 애인이 유광 폭스바겐을 타고 다닌다고 했고 어떤 이는 그 여자가 항상 천박해 보이는 새빨간 부츠를 신고 다닌다고 했다. 어떤 이는 남편의 애인이 나이를 가늠할 수 없을 만큼 안색이 안 좋아 보이는 여자라고 했다.

내게 가장 적극적으로 맞장구를 쳐준 사람은 레아였다. 레아는 가십거리를 늘어놓지 않고 자기가 아는 바를 있는 그대로 이야기해주었다. 레아는 둘을 직접 만난 적은 한 번도 없다고 했다. 대신 둘이 같이 살고 있는 걸로 안다고 했다. 정확한 주소는 모르지만 브레시아 광장 근처에서 산다는 소문이 돈다고 했다. 그렇다. 바로 브레시아 광장 구역에서 산다고 했다. 남편은 아무도 만나고 싶지 않고 아무에게도 자기 모습을 보이고 싶지 않아서 일부러 시내에서 멀리 떨어진 별 볼일 없는 구역으로 도망간 것이다. 남편은 특히 폴리테크니코 대학 동료들과 마주치고 싶지 않아 했다.

더 많은 정보를 얻기 위해 레아를 압박하고 있는데 갑자기 휴대폰이 꺼져버렸다. 그러고 보니 마지막으로 휴대폰을 충전한 것이 언제였는지 기억이 까마득했다. 나는 충전기를 찾아 미친 듯이 집 안을 뒤졌지만 결국 찾지 못했다. 전날 마리오가 온다는 소식에 청소하느라 집 안을 뒤집어 엎으면서 분명 어딘가에 잘 챙겨둔 것까지는 확실한데 아무리 안달을 하며 샅샅이 뒤져도 어디에 놔두었는지 기억이 나지 않았다. 갑자기 분노가 치밀어올랐다. 오토가 짖는 소리를 도저히 참을 수 없어 녀석에게 휴대폰을 던지지 않기 위해 벽을 향해 힘껏 던져버렸다.

휴대폰은 두 동강이 나서 날카로운 소리를 내며 차례로 바닥에 떨어졌고 오토는 그것이 살아 있는 생명체인 양 포효하며 휴대폰 잔해를 공격했다. 나는 마음을 가라앉힌 후 집 수화기를 들어 보았다. 아직도 치직거리는 소리와 멀리 사람 목소리가 들렸다. 나는 전화를 끊는 대신 거의 무의식적으로 레아네 집 전화번호를 눌렀다. 치직거리는 소리가 갑자기 사라지고 신호가 갔다. 정말이지 알 수 없는 일이었다.

결론부터 말하면 두 번째 통화는 별 의미가 없었다. 그새 시간이 흐르는 바람에 다시 전화를 받았을 때 레아는 힘든 기색을 내비치면서 말을 아꼈다. 남편에게 한소리 들었거나 이미 복잡하기 짝이 없는 우리 상황을 자신이 더 복잡하게 만드는 데 한몫했다는 생각에 후회가 된 것이다. 레아는 여전히 다정했지만 곤란해하면서 자기는 그 이상은 아무것도 모른다고 했다. 마리오를 못 본 지 꽤 오래된 데다 그의 애인에 대해서는 아는 바가 없다고 했다. 나이가 적은지 많은지, 직장이 있는지 없는지도 모른다고 했다.

그들이 살고 있는 곳도 마찬가지다. 브레시아 광장은 어쩌다 나온 말이라고 했다. 브레시아 광장이 아니라 팔레르모가일 수도 있고 테라모가일 수도 있고 로디가일 수도 있다며 어디라고 콕 집어 말하기는 힘들다고 했다. 그 지역은 죄다 거리 앞에 도시 이름을 갖다붙이지 않았나. 어쨌든 마리오가 거기까지 갔을 리는 없을 것 같다면서 시간이 가면 모든 것이 저절로 해결될 테니 잠시 잊으라고 했다.

레아가 그렇게 말했는데도 나는 그날 저녁 아이들이 잠들기를 기다렸다가 차를 타고 새벽 한두 시가 될 때까지 브레시아 광장과 브레시아가, 팔레르모가를 배회했다.

나는 천천히 차를 몰았다. 번듯한 도시의 외관이 손상된 것 같은 동네였다. 반짝이는 전찻길이 상처 자국처럼 보였다. 야트막한 건물들과 가로등의 창백한 불빛을 억누르는 검은 하늘을 길고 우아한 크레인이 홀로 떠받치고 있었다. 그 검은 하늘은 부지런히 움직이고 있는 피스

톤의 단단한 받침대처럼 보였다. 베란다에 걸린 하얗거나 푸른 침대 시트가 바람에 펄럭이며 접시형 안테나에 부딪히고 있었다.

나는 차를 주차해놓고 비통한 마음으로 쉬지 않고 걸었다. 나는 남편과 그의 애인과 마주치기를 바랐다. 진심으로 그러기를 원했다. 아이들이 태어나기 전에 우리가 그랬듯이 남편이 애인과 함께 극장이나 레스토랑에 갔다가 돌아와 그녀의 폭스바겐에서 내리는 순간 두 사람 앞에 나타나 그들을 깜짝 놀라게 하고 싶었다.

하지만 그런 일은 일어나지 않았다. 거리에는 빈 차들과 문을 닫은 상점과 구석에 쭈그리고 앉아 있는 주정뱅이밖에 없었다. 보수한 지 얼마 되지 않은 새 건물 뒤로 쓰러져가는 건물들이 나타났다. 그나마 건물에 활력을 불어넣어주는 것은 외국어로 쓰인 낙서뿐이었다. 낮은 건물의 기와 지붕에는 노란색으로 '실바노에게 자유를!'이라고 쓰여 있었다. 실바노뿐만 아니라 우리도 자유로워야 한다. 모든 사람은 자유로워야 한다. 꼬리에 꼬리를 물고 이어지는 고통과 힘겨운 삶의 무게에 혐오감이 밀려들었다.

나는 알레산드리아가에 있는 파란색으로 칠한 건물 벽

에 힘없이 몸을 기댔다. 벽에 '나폴리 대공 유치원'이라는 글씨가 새겨져 있었다. 가다가다 결국 여기까지 온 것이다. 남부 지역의 사투리가 머릿속에서 울렸다. 멀리 떨어진 두 도시가, 바다의 푸른 표면과 새하얀 알프스 산맥이 하나가 되어 나를 물어뜯는 것 같았다.

30년 전 '불쌍한 여자'도 절망에 숨이 막혀 지금의 나처럼 마치니 광장의 벽에 기대곤 했다. 나 역시 그녀와 마찬가지로 부정한 남편에게 항의하고 복수를 하지 못해 마음의 위안을 얻지 못했다. 주변은 현관에 알루미늄으로 명각이 새겨져 있고 집집마다 커튼을 드리운 발코니가 달리고 널따란 안뜰이 있는 건물들로 가득했다. 마리오와 그의 애인이 정말로 그 건물들 중 한곳에 둥지를 마련했다한들 호기심 많은 이웃의 시선을 피하기 위해 커튼을 내리고 있을 것이다. 이토록 괴롭고 화가 치밀어 오르는데도 나는 절대로 두 사람의 모습을 감추고 있는 장막을 갈가리 찢어발기지 못할 것이다. 둘 앞에 모습을 드러내 나의 불행으로 그들까지 불행하게 만들 수 없을 것이다.

나는 사람들이 예감이라 부르는 근거 없는 느낌에 따라 남편과 애인이 근처 어딘가에, 현관 뒤에, 거리 구석에, 창

가에 있을 거라는 근거 없는 확신감에 사로잡혀 한참 동
안 어두운 거리를 헤맸다. 그 예감이란 것은 상상으로 인
간의 욕구를 배출하기 위한 수단일 뿐인데 말이다. 나는
그들이 어디선가 내 모습을 보고 자기들이 저지른 범죄에
만족해하는 범인들처럼 숨어 있을 것 같았다.

하지만 나는 결국 아무런 성과 없이 새벽 두 시경에 실
망감으로 녹초가 된 몸을 이끌고 집으로 돌아왔다. 도로
에 주차를 하고 광장을 지나는데 현관문을 향해 걸어가는
카라노의 모습이 보였다. 악기 케이스가 그의 구부정한
어깨 위로 독침처럼 돋아나 있었다.

순간 그를 부르고 싶은 충동에 사로잡혔다. 더는 고독
을 참을 수 없었다. 누군가와 대화를 하거나 싸우고 싶었
다. 아무나 붙잡고 악을 쓰고 싶었다. 나는 카라노에게 가
까이 가기 위해 발걸음을 재촉했지만 그는 어느새 현관문
안으로 사라지고 말았다. 지금 뛰어봤자 그가 엘리베이터
를 타기 전에 그에게 다다르지 못할 터였다. 게다가 나는
아스팔트 도로와 공원과 모든 나무 기둥과 강의 검은 수
면이 산산조각 날 것 같아 두려웠다. 그런데도 그를 향해
달려가기로 마음먹은 순간 전등이 두 개 달린 가로등 아

래서 뭔가를 발견했다.

허리를 굽히고 살펴보니 플라스틱 운전 면허증 케이스였다. 케이스를 열어보니 카라노의 사진이 있었다. 지금보다 훨씬 젊었을 때의 사진이었다. 면허증에 알도 카라노라는 이름과 함께 출생지가 쓰여 있었는데 남부의 작은 마을 출생이었다. 생년월일을 보니 8월이면 53세가 될 터였다. 카라노네 집 초인종을 누를 그럴듯한 구실이 생긴 것이다.

나는 운전면허증을 주머니에 집어넣고 엘리베이터를 탄 후 5층을 눌렀다. 엘리베이터는 평소보다 더디게 올라갔다. 정적이 흐르는 가운데 엘리베이터가 올라가면서 끼익거리는 소리가 울려 퍼지자 심장 박동이 더 빨라졌다. 하지만 정작 엘리베이터가 5층에서 멈추자 나는 너무나 당황해서 망설임을 느낄 새도 없이 6층을 눌렀다.

집으로 가자. 지금 당장 집으로 가자. 아이들이 깨서 나를 찾아 빈방을 헤매고 있을지도 모르지 않은가. 운전면허증은 내일 돌려주자. 새벽 두 시에 잘 알지도 못하는 사람의 현관문을 두드릴 이유가 뭐가 있단 말인가.

원망스러운 마음과 복수심과 모욕당한 내 육체를 시험

해보고 싶은 욕망이 실타래처럼 뒤엉켜 그나마 남아 있던 분별력마저 태워버리고 있었다.

그래. 집으로 가자.

10

다음 날 카라노와 그의 면허증 생각이 살짝 떠오르기는 했지만 이내 잊어버렸다. 아이들을 학교에 보내자마자 집에 개미가 꼬였다는 사실을 깨달았기 때문이다. 매년 여름 더위가 시작될 때면 있는 일이었다. 수많은 개미 군단이 창문과 발코니에서 들어와 나무 바닥 밑에 구멍을 뚫고 둥지를 틀기 위해 분주히 움직이며 설탕이며 빵, 잼이 있는 주방으로 돌진했다. 오토는 개미 냄새를 맡고 컹컹거리다 자기도 모르게 털에 들러붙은 개미들을 온 집 안에 퍼뜨리고 다녔다.

나는 걸레를 들고 와서 방 구석구석을 깨끗이 닦았고 가장 위험해 보이는 곳은 레몬 껍질로 문질렀다. 그러고는 신경을 잔뜩 곤두세우고 기다렸다. 개미가 다시 모습을 드러내자마자 개미 떼가 아파트로 들어온 경로와 수 없이 많은 개미집 입구를 정확하게 파악한 다음 구멍이란 구멍은 다 활석분으로 막아버렸다. 하지만 활석분도 레몬도 소용없다는 사실을 알고 나서는 살충제를 사용하기로 했다. 제 몸에 뭐가 좋고 뭐가 나쁜지 구분하지 못하고 뭐든 닥치는 대로 혀로 핥고 다니는 오토가 걱정되기는 했지만 어쩔 수 없었다.

창고를 뒤져보니 살충제 스프레이가 있었다. 나는 설명서를 꼼꼼히 읽은 다음 오토를 아이들 방에 가둬놓고 독성이 있는 액체를 집 안 구석구석에 뿌려놓았다. 살충제를 뿌리는 내내 스프레이가 마음속에 쌓인 원망을 뿜어내는 내 몸의 연장선처럼 느껴져서 마음이 불편했다. 나는 살충제를 뿌린 뒤 문을 벅벅 긁어대면서 낑낑거리는 오토를 애써 무시하며 얼마간 기다렸다. 나는 집 안에 가득한 유독 가스를 피해 발코니로 나갔다.

발코니는 수영 다이빙대처럼 허공 위로 길게 튀어나와 있었다. 무더운 공기가 바람 한 점 없어 흔들리지 않는 공원의 나무 위로 내려앉았다. 공기는 포강의 푸른 수면과 푸른색이거나 회색인 뱃사공들의 배들과 이사벨라 공주 다리의 아치를 짓눌렀다. 밑에서 카라노가 구부정한 자세로 가로수 길을 헤매는 모습이 보였다. 운전면허증을 찾고 있는 것이 분명했다.

나는 카라노를 향해 외쳤다.

"카라노 씨! 카라노 씨!"

하지만 나는 원래 목소리가 작은 편인 데다 제대로 소리를 지를 줄 몰랐다. 내 목소리는 어린아이가 던진 자갈처럼 얼마 못 가서 떨어져버리고 말았다. 운전면허증이 내게 있다고 말해주고 싶었지만 카라노는 뒤를 돌아보지 않았다. 결국 나는 6층에서 조용히 그를 바라보고 있을 수밖에 없었다.

그는 말랐지만 어깨가 넓었고 잿빛 머리는 숱이 풍성했다. 부당하다는 것을 알면서도 마음속에서는 그에 대한 강한 적대감이 부풀어 오르는 것이 느껴졌다. 그는 어떤 싱글남의 비밀을 감추고 있을까. 섹스광일지도 모른다. 다 늙은 주제에 자신의 성기에 광적으로 집착하는 작자일 수도 있다. 그 역시 시간이 흐를수록 빈약해지는 자기 정액에 목매다는 사내일 것이다. 다 죽어가는 식물에 물을 주면 생기를 되찾는 것처럼 자기 물건이 아직 선다는 사실을 확인할 때만 만족하는 그런 부류의 사내일 것이다.

그는 어쩌다 자기와 관계 맺는 여자의 육체를 거칠고 성급하고 지저분하게 다룰 것이다. 마치 소총 사격 연습을 할 때 동심원이 그려진 고정된 과녁에 총을 쏘듯 새빨간 여성의 성기 속에 자기 성기를 꽂아넣곤 점수를 올리는 것이 유일한 목표일 것이다. 털 달린 과녁은 젊고 윤기가 흐를수록 좋을 것이다. 아! 탱탱한 엉덩이에 대한 남자들의 집착이란. 카라노도 그런 생각을 할 것이다. 그가 그런 사람일 것이라고 생각하니 주체할 수 없는 분노가 끓어올랐다. 건물 아래로 길을 가로지르는 검은 칼날 같은 카라노의 호리호리한 형체가 사라지고 나서야 나는 정신을 차렸다.

집에 들어가니 살충제 냄새는 조금 가신 듯했다. 나는 검은 개미 시체를 쓸어버린 다음 입을 꽉 다물고 화풀이라도 하듯 바닥을 박박 닦았다. 그러고는 절망적으로 끙끙대고 있는 오토를 풀어주었다. 하지만 이내 개미가 아이들 방에 몰려들었다는 사실을 알고 나서 몸서리를 쳤다. 오래되어서 낡아 벌어진 나무 바닥 틈새에서 필사적으로 피난길에 나선 개미 군단이 힘차게 기어 나오고 있었다.

나는 다시 작업에 착수했다. 그렇게 하는 수밖에 없었다. 하지만 그래봤자 소용없을 것 같다는 생각에 도무지 힘이 나지 않았다. 개미 떼의 출현이 활기차고 강렬한 삶을 위해서라면 그 어떤 장애에도 굴하지 않고 자신의 길을 나아가려는 가혹하고 완고한 의지의 표출처럼 느껴져 기분이 더 안 좋아졌다.

아이들 방에도 살충제를 뿌린 다음 나는 오토에게 목줄을 채운 뒤 오토가 헉헉대면서 계단 아래로 나를 이끌도록 내버려두었다.

11

오토는 내가 목줄을 잡아당겨서 속도를 늦출 때마다 힘들어 하면서 거리를 향해 나아갔다. 나는 잔니가 좋아하는 녹색 잠수함의 잔해와 외설적인 단어로 도배된 터널을 지나 소나무 숲으로 향했다. 이맘때면 수다스러운 엄마 부대가 나무 그늘 아래에서 휴식을 취하곤 했다. 엄마들은 서부영화에 나오는 개척자들이 마차 행렬을 멈추고 휴식을 취하는 것처럼 유모차로 만든 둥근 대열 안에서 쉬거나 멀리서 공놀이를 하면서 재잘대고 있는 어린아이들을 감시했다. 엄마들은 대부분 목줄 풀린 개를 좋아하지 않았다. 자신의 두려움을 개에게 투영해 개가 아이들을 위험에 빠뜨리거나 놀이 공간을 더럽힐까봐 무서워했다.

우리 집 셰퍼드는 뛰어가 놀고 싶어서 안달이었지만 나는 어찌해야 할 바를 몰랐다. 신경이 너무 날카로워진 상태라 싸움이 날 만한 상황은 최대한 피하고 싶었다. 엄마들과 싸우는 것보다는 목줄을 힘껏 잡아당겨서 오토를 통제하는 편이 나았다.

나는 시비 거는 사람이 없기를 바라며 소나무 숲으로 갔다. 오토는 흙냄새를 맡으면서 몸을 부르르 떨었다. 내가 맡아서 돌보지는 않았지만 그동안 오토에게 정이 들기는 했다. 나는 오토에게 그리 많은 것을 기대하지 않았다. 그것은 오토도 마찬가지였다. 그동안 오토에게 먹이를 주고 같이 놀아주고 밖에 데리고 나가는 일은 모두 남편 몫이었다. 남편이 사라진 후 순해 빠진 오토는 이내 체념하고 남편의 부재에 적응했다. 물론 조금 우울해했고 내가 기존의 습관을 존중해주지 않을 때마다 짜증스럽게 컹컹대기는 했다.

남편이라면 벌써 한참 전에 오토의 목줄을 풀어주었을 것이다. 터널을 지나자마자 목줄부터 풀어준 뒤 벤치에 앉아 있는 엄마들에게 말을 걸어 오토가 순하고 아이들과 잘 논다는 점을 피력해서 엄마들을 안심시켰을 것이다. 하지만 나는 숲속에서조차 주변에 개 때문에 화낼 만한 사람이 없는지 확인하고 나서야 목줄을 풀어주었다. 오토는 너무 좋아서 미친 듯이 사방팔방으로 빠르게 뛰어다녔다.

오토를 풀어준 뒤 나는 기다랗고 잘 휘어지는 나뭇가지를 주워서 허공에 휘둘렀다. 처음에는 별생각 없이 설렁설렁하다가 나중에는 힘 있게 휘둘렀다. 나뭇가지가 쌩하고 내는 소리가 좋았다. 어렸을 때도 그러면서 놀곤 했다. 한번은 집 앞뜰에서 꼭 그렇게 생긴 가는 나뭇가지를 주운 적이 있다. 나뭇가지가 공기를 가르며 내는 비명소리를 들으면서 놀고 있는데 이웃집 여자가 음독자살에 실패한 후 결국 미세노곶에 투신했다는 소식을 들었다. '불쌍한 여자'의 자살 소식을 전하는 소리가 이 창에서 저 창으로, 아래층에서 위층으로 퍼져나갔다. 어머니는 신경이 잔뜩 곤두서서 내게 당장 집으로 돌아오라고 했다.

어머니는 내가 아무 짓도 안 했는데 별것 아닌 일로 화를 내곤 했다. 가끔은 어머니가 나를 싫어하는 것 같았다. 어머니는 자신이 싫어하는 무엇인가를 내 얼굴에서 보는 것 같았다. 남몰래 저지른 악행 같은 것 말이다. 그때 어머니는 내게 뜰에도 내려가지 말고 계단에도 나가지 말라고 했다. 나는 어두운 방구석에 틀어박혀 '불쌍한 여자'의 꿈을 꿨다. 물속에 잠겨 생명을 잃고 소금에 절여질 운명의 은빛 멸치가 되어버린 그녀를.

그 사건이 일어난 후 허공이 내지르는 비명을 듣기 위해 나뭇가지를 휘두를 때마다 소금에 절여진 여자가 떠올랐다. 나는 물에 빠져 죽어가면서 밤새도록 미세노곶까지 바닷물에 떠밀려가는 '불쌍한 여자'의 목소리를 들었다. 그때 생각을 떠올리니 어린 시절 그랬던 것처럼 숲의 허공을 향해 더 세게 채찍질하고 싶어졌다. 영혼을 불러내거나 쫓아내기 위해서.

팔에 힘을 주면 줄수록 나뭇가지는 점점 더 날카로운 소리를 내며 공기를 갈랐다. 서른여덟 살이나 먹은 여자가 이 심각한 상황에 갑자기 어렸을 때 하던 놀이나 하고 앉아 있다는 생각에 나도 모르게 웃음이 터져 나왔다. 그래, 이렇게라도 하자. 나이를 먹을 만큼 먹었지만 어린아이처럼 말도 안 되는 상상을 하면서 기분 전환이라도 하자. 이러다 지쳐 쓰러지는 것도 나쁘지 않겠지. 나는 길고 가는 나뭇가지를 허공에 휘두르면서 웃음을 터뜨렸다. 그 모든 상황이 갈수록 우습게 느껴졌다.

어디선가 들려오는 비명소리에 나는 채찍질을 멈췄다. 오솔길 반대편에서 갑자기 모습을 드러낸 한 젊은 여자가 길게 비명을 지르고 있었다. 여자는 뚱뚱하지는 않지만 덩치가 컸다. 새하얀 피부에 골격이 컸고 머리는 까맣고 얼굴 윤곽이 또렷했다. 여자는 유모차 손잡이를 꼭 잡고서 비명을 지르고 있었다. 유모차에서 갓난아이 울음소리가 메아리쳐 울렸다. 오토는 오토대로 여자의 비명과 아이 울음소리에 놀라 여자를 향해 위협적으로 짖어댔다. 나는 오토를 향해 소리치며 그쪽으로 달려갔다.

"엎드려! 엎드리라니까!"

오토가 계속 짖어대자 여자는 나를 향해 외쳤다.

"목줄을 풀면 안 되는 거 몰라요? 입마개를 채워야 하는 것도 몰라요?"

멍청한 년 같으니라고. 목줄이 필요한 건 그년이었다.

나는 망설이지 않고 쏘아붙였다.

"대체 머리는 어디에 두고 다니는 거야? 당신이 그렇게 소리 지르니까 애가 놀라서 울잖아. 둘이서 그렇게 소리를 질러대니 개가 놀라서 짖을 수밖에! 작용과 반작용의 법칙도 몰라? 젠장! 작용과 반작용의 원칙이라고! 입마개는 네년이나 차고 다니시지!"

여자도 지지 않고 거칠게 나왔다. 여자는 여전히 짖고 있는 오토와 내게 화를 냈다. 자기 남편을 들먹이면서 남편이 공원을 마음대로 돌아다니는 사나운 개새끼들을 제대로 손봐줄 거라고 했다. 공원은 짐승이 아니라 아이들을 위한 공간이라고 악을 써댔다. 그러더니 유모차에서 울고 있는 아기를 안아 올린 뒤 자기 자신을 진정하기 위한 건지 아기를 달래기 위한 말인지 모를 말을 속삭이면서 아기를 품에 꼭 껴안았다.

여자는 두 눈을 부릅뜨고 오토를 쩨려보며 말했다.

"봤죠? 아이가 우는 소리 들려요? 당신 때문에 젖이 안 나오면 나도 가만있지 않겠어요!"

젖 이야기 때문인지 갑자기 가슴을 세게 얻어맞은 것 같은 느낌과 함께 갑자기 청각과 시각이 되살아났다. 오토는 날카로운 송곳니를 드러내며 귀와 털을 바짝 세우고 사나운 눈초리로 당장이라도 뛰어오를 태세로 근육을 팽팽하게 긴장시키며 위협적으로 짖고 있었다. 그제야 그런 오토의 모습이 객관적으로 보였다. 정말 무서운 광경이었다. 오토는 마치 다른 개가 된 것처럼 정신이 나간 것 같았다. 행동을 예측할 수 없는 사악한 악당이 된 것 같았다. 동화에 나오는 무서운 늑대 같았다. 내 명령에 복종해서 조용히 바닥에 엎드리기는커녕 계속 짖어대 상황을 복잡하게 만들었다. 그런 오토의 행동이 도저히 눈감아줄 수 없는 불복 행위처럼 느껴져 오토에게 소리를 질렀다.

"그만해, 오토! 그만하라니까!"

그런데도 오토가 계속 짖어대자 나는 손에 들고 있던 나뭇가지를 위협적으로 들어 올렸다. 하지만 소용없었다. 나는 너무 화가 나서 나뭇가지를 힘껏 휘둘렀다. 공기를 가르는 소리와 함께 나뭇가지로 귀를 얻어맞아 놀란 오토와 시선이 마주쳤다. 멍청한 개새끼 같으니라고. 그 멍청한 개새끼는 남편이 새끼 때 잔니와 일라리아에게 선물한 개였다. 평생을 우리 집에서 지낸 몸집만 커다란 다정한 개였다.

남편은 잔니와 일라리아를 위해서가 아니라 사실 자기가 가지고 싶어서 오토를 산 것이었다. 어렸을 때부터 그런 개를 가지고 싶어 했으니까.

개새끼, 버르장머리 없는 개새끼 같으니라고. 그 개새끼는 뭐든 제멋대로 하려 했다.

"개새끼, 못된 개새끼야!"

나는 오토에게 악을 썼다. 나뭇가지로 개를 내리치고 또 내리치면서 악쓰는 내 목소리가 내 귀에 선명하게 들렸다.

오토는 바닥에 엎드려서 낑낑거렸다. 몸을 땅바닥에 점점 더 바짝 붙이고 귀를 아래로 내린 채 꼼짝도 하지 않고 슬픈 표정으로 이유를 알 수 없는 매타작을 견뎌냈다.

"뭐 하시는 거예요?"

여자가 속삭였다.

내가 아무런 대꾸 없이 계속 오토를 때리자 여자는 한 손으로 유모차를 밀면서 급히 자리를 떴다. 개보다 나한테 더 겁이 난 것 같았다.

12

나는 여자의 반응을 보고 나서야 매질을 멈췄다. 먼지를 일으키며 도망치다시피 여자가 오솔길을 달려가는 광경을 바라보는데 다리 사이에 코를 처박고 낑낑대는 오토의 구슬픈 울음소리가 들려왔다.

나는 채찍을 버리고 오토 옆에 쭈그리고 앉아서 오랫동안 오토를 쓰다듬어주었다. 내가 무슨 짓을 한 거지? 독한 산성에 녹아내린 것처럼 통제력을 잃고 혼란에 빠진 동물과 다를 바 없이 행동한 것이다. 나는 충동적으로 오토에게 무자비하게 매질을 했다. 나는 그동안의 경험으로 만들어진 오토의 체계를 엉망으로 만들어놓고 말았다. 모든 것이 변하고 있었다. 불쌍한 것. 나는 한참 동안 오토에게 속삭였다.

집으로 돌아와 현관문을 열고 들어가니 집에 누군가 있었다. 오토는 그새 기운을 차리고 기뻐하며 재빨리 복도로 뛰어갔다. 아이들 방으로 달려가니 잔니와 일라리아가 책가방을 바닥에 내려놓고 의아한 표정으로 자기들 침대에 앉아 있었다. 나는 시계를 보고는 아이들이 학교에서 돌아올 시간을 잊었다는 사실을 깨달았다.

"기분 나쁜 이 냄새는 뭐죠?"

잔니가 자신을 반기며 달려드는 오토를 밀어내면서 물었다.

"살충제를 뿌려서 그래. 집에 개미가 생겼거든."

"밥은 언제 먹어요?"

일라리아가 툴툴댔다.

나는 고개를 가로저었다. 떠오를 듯 말 듯한 의문에 혼란스러워하면서 나는 큰 소리로 아이들에게 개미 때문에 장도 못 보고 요리도 못 해서 먹을 게 없다고 설명해주었다.

순간 나는 흠칫했다. 내가 의문스러워하던 것이 무엇인지 깨달은 것이다.

"너희들 집에는 어떻게 들어왔니?"

그렇다. 아이들은 대체 어떻게 집에 들어왔단 말인가. 아이들한테는 열쇠가 없었다. 아이들이 자물쇠를 열 수 있을 거라고 생각하지 않았기에 애초에 열쇠를 주지 않았다. 그런 아이들이 유령처럼 자기들 방에 나타난 것이다. 나는 아이들을 힘껏 껴안았다. 그렇게 해야 아이들이 환영이 아니라 살과 뼈로 만들어진 진짜 내 자식들이라는 사실을 확인할 수 있을 것 같았다.

잔니가 말했다.

"문이 살짝 열려 있었어요."

나는 현관으로 가서 문을 살펴보았다. 억지로 문을 열고 집 안에 침입한 흔적은 없었다. 당연한 일이었다. 우리 집 자물쇠는 조금만 힘을 줘도 열릴 정도로 너무 낡았으니까.

"집에 들어왔을 때 아무도 없었니?"

나는 흥분해서 아이들에게 물으면서 생각했다.

'도둑놈들이 아이들 때문에 놀라서 잠시 집 안 어딘가에 숨어 있으면 어쩌지?'

나는 아이들을 양옆에 꼭 끼고 집 안을 살폈다. 특별히 경계하는 기색 없이 우리 주변을 뛰어다니는 오토의 모습에 그나마 안심이 됐다. 구석구석 빠짐없이 살폈지만 아무도 없었다. 집 안은 깔끔했고 모든 물건은 제자리에 있었다. 이제는 개미 떼의 흔적조차 보이지 않았다.

일라리아가 고집스레 물었다.

"저녁은요?"

나는 프리타타*를 만들었다. 아이들은 게걸스레 먹어치웠지만 나는 약간의 빵과 치즈를 깨작거리기만 했다. 그나마도 정신이 딴 데 가 있었다. 나는 건성으로 음식을 먹으면서 학교에서 뭘 했고 친구들이 뭐라고 했고 무슨 일 때문에 속상했는지 털어놓는 아이들의 수다도 건성으로 들었다.

나는 도둑놈들이 집 안을 샅샅이 뒤지고 서랍을 다 뒤집어도 훔칠 만한 물건을 못 찾자 침대 시트에 똥을 싸놓고 여기저기에 오줌을 갈겨대며 화풀이하는 모습을 상상했다. 하지만 우리 집에는 그런 흔적이 전혀 없었다. 게다가 도둑놈들이 꼭 그런 식으로 행동한다는 법도 없었다.

나는 20년 전 기억 속으로 빠져 들었다. 부모님과 함께 살 때였는데 집에 도둑이 들었다. 그런데 도둑이 남기고 간 흔적은 일반적인 도둑의 행동에 전혀 부합하지 않았다. 집에 들어가려는 순간 우리는 누군가 현관문을 억지로 열고 들어간 흔적을 발견했지만 집 안은 평소와 똑같았다. 추접스러운 화풀이 흔적도 없었다. 집 안의 유일한

* 오믈렛과 유사한 달걀 요리.

귀중품이 사라졌다는 사실을 깨달은 것은 그로부터 몇 시간이 지난 후였다. 몇 년 전 아버지가 어머니에게 선물한 금시계가 보이지 않았다.

나는 아이들을 부엌에 내버려두고 평상시 돈을 넣어두는 곳에 돈이 그대로 있는지 확인하러 갔다. 돈은 그대로 있었다. 대신 마리오의 할머니가 물려준 귀걸이가 없었다. 원래 있던 침대 머리맡 서랍에도, 집 안 그 어느 곳에서도 귀걸이를 찾을 수 없었다.

13

며칠 밤낮을 고민한 끝에 나는 두 가지 결론을 내렸다. 과다한 상상과 잡념을 떨쳐내고 현실에 집중해야 한다는 것과 기운을 차려야 한다는 것이었다. 나는 불 위를 걸어도 고통을 느끼지 않는 샐러맨더* 같은 사람이 되기로 했다.

나는 굴복하지 않기로 마음을 다잡았다. 싸우기로 결심

* 서유럽 신화에 등장하는 괴물로 불 속에서 살며 강한 독성을 지녔다.

했다. 시간이 갈수록 한 가지 생각에 몰입하거나 해야 할 일에 집중하는 능력을 잃어가는 것 같아서 두려웠다. 일이 갑작스럽게 통제하기 힘든 방향으로 흘러갈 때마다 두려웠다. 나는 용기를 내기 위해 메모하곤 했다.

'마리오는 자기 혼자 떠났을 뿐 온 세상을 가져가버린 것이 아니다. 나는 30년 전 어린아이가 아니다. 나는 지금 현재에 속하는 사람이다. 그러니 오늘에 충실하자. 퇴보하지 말자. 포기하지 말자. 힘을 내자. 무의미하고 악의적이고 분노에 가득 찬 독백은 그만두자. 과도한 감정 표현도 금물이다. 그는 떠났지만 나는 이곳에 남아야 한다. 이제는 그의 반짝이는 눈빛도 다정한 말투도 즐기지 못하겠지. 하지만 그게 무슨 대수란 말인가. 방어 태세를 갖추고 본연의 모습을 잃지 말자. 하찮은 장식품처럼 망가질 수는 없다. 나는 장식품이 아니다. 여자는 장식품이 아니다. 버림받고 망가진 여자라고? 망가지기는 개뿔.'

나는 이런 상황에서도 멀쩡하게 살아남을 수 있다는 사실을 보여주는 것이야말로 내게 직면한 과제라고 생각했다. 다른 누구에게 과시하기 위해서가 아니라 나 스스로에게 증명해야 한다고 생각했다. 도마뱀의 위협을 받는다면 도마뱀과 싸우리라. 개미의 위협을 받는다면 개미와 싸우리라. 도둑놈들의 위협을 받는다면 도둑놈들과 싸우리라. 나 자신에게 위협을 받는다면 그 또한 마찬가지로 맞서 싸우리라.

'대체 누가 집 안까지 들어와 다른 물건에는 손대지 않고 귀걸이만 콕 집어서 가져간 걸까?'

나는 혼자 묻고 혼자 답을 찾았다.

'마리오다. 마리오가 자기 가문의 귀걸이를 가져간 것이다.'

이제는 내가 자기 피붙이가 아니라는 사실을 내게 말하고 싶었던 거다. 그에게 나는 타인이다. 그는 나를 그의 세계에서 완전히 추방시켰다.

막상 그렇게 생각하니 너무 힘이 들어서 이내 생각을 바꿨다. 나는 도둑놈들의 소행으로 생각하기로 했다. 아니면 마약중독자가 그런 것일지도 모른다. 마약 생각이 너무나 간절해서 남의 집까지 침입한 것이다. 그럴 수 있다. 그랬을 것이다.

지나친 상상을 피하기 위해 나는 글쓰기를 멈추고 현관으로 가서 문을 열었다가 소리내지 않고 닫았다. 그런 다음 손잡이를 잡고 힘껏 잡아당겼더니 정말로 문이 열렸다. 스프링이 너무 오래되어 자물쇠가 제대로 작동하지 않은 것이다. 자물쇠의 볼트가 겨우 2.5센티미터 정도만 구멍에 들어갔다. 겉보기에만 닫힌 것처럼 보일 뿐 살짝만 잡아당겨도 문이 바로 열렸다. 우리 집이, 나와 아이들의 삶이 밤낮으로 모두에게 노출되어 있었던 것이다.

나는 자물쇠를 바꾸기로 마음먹었다. 한 번 도둑이 들었으니 같은 일이 반복될 수 있다. 설령 마리오가 몰래 들어온 것이었다 해도 도둑놈과 다를 바가 뭐란 말인가. 차라리 도둑이 드는 편이 나았다. 자기 집에 몰래 들어와 익숙한 장소를 뒤지다 우연히 내 감정을 표출한 글이나 편지를 읽었을 거라 생각하니 분노가 치밀어올라 심장이 터질 것 같았다.

안 된다. 이제부터 남편은 절대 우리 집 현관 안에 들어올 수 없다. 절대로 안 된다. 아이들도 내 생각에 찬성할 것이다. 몰래 집에 들어와서 자신의 흔적조차 남기지 않고 떠나버린 아빠라면 말을 섞을 필요도 없다. 안녕이라는 인사 한마디 없이, 잘 지내라고, 그동안 어떻게 지냈느냐는 안부 한마디 없이 사라지는 아빠라면 말이다.

남편에 대한 원망과 순수하게 걱정되는 마음이 엇갈렸다. 결국 나는 자물쇠를 바꾸기로 했다. 하지만 문의한 결과 모든 열쇠 수리공이 자물쇠판과 쬠쇠와 구멍과 걸쇠와 볼트를 갖춘 잠금장치로 문을 잠글 수는 있지만 마음만 먹으면 누구든 따고 들어올 수 있으니 차라리 속 편하게 강화문을 설치하라고 했다.

나는 한참을 망설였다. 가볍게 돈을 쓸 수 있는 형편이 아니었기 때문이다. 마리오가 집을 떠났기 때문에 형편이 어려워질 수밖에 없다는 것은 불 보듯 뻔했다. 그런데도 나는 그렇게 하기로 마음먹고 설치 전문 회사들을 방문해서 견적을 내고 제공되는 서비스를 비교하고 장단점을 따져보기 시작했다.

나는 몇 주 동안 집착에 가까울 정도로 끈질기게 여기저기 문의를 해보고 협상을 벌인 끝에 마침내 회사를 선택했고 어느 날 아침 인부 둘이 집으로 찾아왔다. 한 명은 서른 살 정도 되어보였고 다른 한 명은 쉰 살 정도 되어보였는데 둘 다 담배 냄새에 찌들어 있었다.

아이들은 학교에 가고 없었고 오토는 낯선 사람들이 있는데도 아랑곳하지 않고 집구석에 늘어져 있었다. 얼마 지나지 않아 나는 마음이 불편해졌다. 하지만 나는 그런 내 상태에 화가 났다. 나도 모르게 평상시와는 다르게 행동하는 나 자신에게 짜증이 났다. 얼마 전까지만 해도 나는 우리 집을 방문한 모든 사람을 상냥하게 대했다. 가스 검침원이나 전기 검침원, 건물 관리인, 배관공, 도배장이부터 방문 판매원과 매물을 물색하러 다니는 부동산 중개업자에 이르기까지 모든 사람에게 친절했다.

그때까지만 해도 나는 자신감이 넘쳤었다. 가끔은 잘 모르는 사람들과 대화를 하기도 했다. 그 사람들에게 적당한 호기심을 보이는 것이 즐거웠다. 나에 대한 자신감이 충만했기 때문에 가끔은 그들을 안에 들여서 마실 것을 대접하기도 했다. 아마도 그때 나는 상대방을 매우 정중하게 대하면서도 적당한 거리를 두었던 것 같다. 그렇기 때문에 우리 집에 온 손님 가운데 나를 무시하거나 성적인 암시가 내포된 중의적인 말을 던져놓고 내 반응을 살피면서 자기랑 같이 잘 생각이 있는지 은근히 떠보려던 사람은 아무도 없었다.

그런데 두 사내는 집에 들어오자마자 은근히 야한 말을 주고받으면서 낄낄댔다. 일을 대충대충 하면서 야한 노래

가사를 흥얼거렸다. 그들이 하는 짓거리를 보고 있자니 내 몸과 눈빛과 행동거지에서 내가 통제하지 못하는 무언가가 발산되는 것 같은 의구심이 들었다. 나는 불안해서 어쩔 줄 몰랐다.

저 둘은 내게서 무엇을 읽어낸 걸까? 석 달 동안 남자와 잠자리를 가지지 못했다는 사실? 내가 빨아줄 사내의 물건도 내 은밀한 부위를 핥아줄 사내도 없다는 사실? 내가 섹스를 못 했다는 사실? 그래서 저 둘은 열쇠와 열쇠구멍과 자물쇠에 대해 이야기하면서 저렇게 낄낄대고 있는 건가?

강해져야 할 것은 문이 아니라 나였다. 그 누구도 감히 내게 접근할 수 없게 만들어야 했다. 나는 점점 신경이 날카로워졌다. 두 사내가 힘차게 망치질을 하면서 내게 묻지도 않고 담배를 피우며 집 안 전체에 역겨운 땀 냄새를 풍기는 동안 나는 도무지 어찌할 바를 몰랐다.

처음에는 오토를 데리고 부엌으로 가 문을 닫고 식탁에 앉아 신문을 읽으려 했다. 하지만 너무 시끄러워 집중할 수가 없어서 신문을 내버려두고 요리를 시작했다. 그러다가 문득 내가 대체 뭘 하고 있나 싶었다. 왜 내가 내 집에서 숨어 있어야 한단 말인가. 대체 왜 그래야 한단 말인가. 나는 그러지 않기로 마음먹고 두 사내가 작업 중인 현관으로 돌아갔다. 둘은 집과 층계참을 오가면서 오래된 문짝에 철판을 덧대고 있었다.

내가 맥주를 가지고 가자 둘 다 흥분을 감추지 못했다. 그중 나이든 사내는 바로 저속한 농담을 하기 시작했다. 나름 재치 있어 보이고 싶어서 그러는 것 같았다. 특별히 그렇게 해야겠다고 마음먹은 것도 아닌데 나는 웃으면서 사내의 말보다 더 저속한 말로 대응했다. 성대를 스치는 바람처럼 목에서 저절로 소리가 나는 것 같았다. 둘이 내 말에 깜짝 놀라는 것을 보고 내가 그들에게 대답할 틈도 주지 않고 음탕함의 수위를 한층 높이자 두 사내는 의아한 시선을 주고받더니 멋쩍은 미소를 지어 보이고는 맥주를 반쯤 남겨놓고 전보다 부지런히 일에 열중했다.

잠시 후에는 열심히 망치질하는 소리만 들렸다. 갑자기 다시 마음이 불편해졌다. 이번에는 참기 힘들 정도였다. 기대와는 달리 사내들이 저질스럽게 치근대지도 않는 여자가 된 것 같아서 창피했다. 민망한 분위기에서 오랜 침묵이 이어졌다. 둘은 간간이 내게 물건이나 도구를 좀 건네 달라고 부탁했다. 그럴 때도 웃음기를 싹 거두고 극도로 정중하게 굴었다. 얼마 후 나는 맥주병과 잔을 집어 들고 부엌으로 돌아왔다. 대체 내게 무슨 일이 일어나고 있는 걸까. 예정된 자기 비하의 수순을 밟게 된 걸까. 새로운 자아 찾기를 포기해버린 걸까.

그때 나를 부르는 소리가 들렸다. 작업을 끝마친 것이다. 그들은 내게 작동법을 알려준 뒤 열쇠를 건네주었다. 나이 많은 사내가 문제가 있으면 주저하지 말고 연락하라며 뭉툭하고 지저분한 손가락으로 자기 명함을 내밀었다. 그가 나를 뚫어져라 쳐다보는 것 같은 느낌을 받았지만 그냥 무시하기로 했다. 검은 문짝 위에 태양처럼 반짝이는 열쇠구멍 두 개에 열쇠를 꽂으며 사용법을 알려줄 때에서야 나는 사내의 말에 귀를 기울였다. 그는 열쇠 넣는 방향을 몇 번이나 강조했다.

"이 열쇠는 세로로 넣고 이 열쇠는 가로로 넣어야 합니다."

내가 불안한 눈빛으로 바라보자 그가 말했다.

"잘못하면 장치가 고장 나니 조심하세요."

그는 우쭐대면서 자물쇠에 대한 개똥철학을 늘어놓

았다.

"무릇 자물쇠란 버릇을 잘 들여야 해요. 주인의 손길을 알도록 길을 잘 들여야 하죠."

그는 시험 삼아 열쇠를 차례로 돌려 보았다. 내가 보기에 그가 약간 힘을 주어야 열쇠가 돌아가는 것 같았다. 나는 직접 해보겠다고 했다. 나는 자물쇠 두 개를 별로 힘들이지 않고 정확하게 여닫았다. 젊은 사내가 대놓고 피곤한 티를 내면서 말했다.

"손끝이 야무지시네요."

두 사내는 돈을 받은 후에 떠났다. 나는 현관문을 닫고 문짝에서 느껴지는 길고 생생한 진동이 완전히 사라지고 집 안이 다시 조용해질 때까지 문에 기댄 채 서 있었다.

14

처음에는 문을 사용하는 데 아무런 문제가 없었다. 열쇠를 자물쇠에 넣고 돌리면 명쾌한 소리를 내면서 돌아갔다. 나는 새 자물쇠를 사용하는 데 익숙해졌다. 밤이든 낮이든 집에 들어가면 문을 꼭 잠갔다. 더는 예상치 못한 일로 당황하고 싶지 않았다.

얼마 지나지 않아 문에 대해 신경 쓰지 않게 되었다. 문 말고도 생각해야 할 일이 너무나 많았다. 나는 집 안 곳곳에 해야 할 일을 메모해서 붙이고 다녔다. 정신이 다른 데 있다 보니 열쇠 사용법이 헷갈리기 시작했다. 윗구멍에 넣어야 할 열쇠를 아래에 넣거나 그 반대로 하는 일이 잦아졌다. 나는 열쇠를 잘못 넣고 억지로 돌리면서 낑낑대다 화를 내곤 했다. 물건을 가득 담아 터질 것 같은 장바구니를 들고 집 앞까지 와서 열쇠를 몇 번이나 잘못 넣었다. 그럴 때면 한참을 그렇게 버벅거리다 집중하기 위해 동작을 멈추고 크게 심호흡을 했다.

나는 속으로 집중하자고 생각하며 느린 동작으로 신중하게 열쇠를 골라 열쇠구멍을 선택했다. 그러고는 잠금장치에서 '딱' 하고 열쇠 돌아가는 소리가 들릴 때까지 열쇠와 자물쇠에 대한 생각의 끈을 놓지 않았다.

하지만 상황이 갈수록 악화되자 나는 점점 더 겁이 났다. 말도 안 되는 실수를 하거나 위험한 상황에 처하지 않기 위해서 계속 신경을 곤두세웠다. 나중에는 너무 지쳐서 급히 처리해야 할 일이 생기면 해야겠다고 생각만 하다가 이미 했다고 착각하기에 이르렀다. 예컨대 가스레인지가 그렇다. 나는 예전부터 가스 불을 켜놨을지도 모른다는 불안에 시달렸다.

'가스 불을 꺼야지! 기억하자! 잊어버리면 안 돼!'

자나 깨나 가스 불에 집착하면서도 놓칠 때가 많았다. 실제로 가스 불의 푸른 불꽃은 요리를 하고 식탁을 차리고 식탁을 정리하고 식기를 세척기에 넣은 다음에도 금속으로 된 스토브 위에 씌운 불꽃 왕관처럼 밤새도록 은은히 타올랐고 나는 아침식사를 준비하러 부엌에 들어가서야 이 사실을 알았다. 그만큼 정신이 산만했던 것이다.

아! 내 머리는 정상이 아니었다. 나 자신을 믿을 수 없었다. 머릿속이 남편 생각으로 가득 차 다른 생각은 모두 지워져버렸다. 풋풋한 청년 시절의 남편 모습과 어엿한 성인이 된 후의 남편 모습만 머릿속에 가득했다. 남편은 오랜 세월에 걸쳐 내 눈앞에서, 내 품에 안겨 따스한 입맞춤을 받으며 성장했다. 내 머릿속은 온통 남편 생각뿐이었다. 어쩌다 이제는 나를 사랑하지 않게 되었을까. 그동안 내가 그에게 주었던 사랑을 돌려받아야만 한다. 이런 식으로 버림받을 수는 없다. 나는 그에게 돌려받아야 할 것들을 나열해보았다. 그의 대학 시험 준비를 도운 것도 나였고 용기를 내지 못하고 망설이는 그를 끌고 시끄러운 푸오리그로타가를 가로지른 것도 나였다. 도시와 시골에서 몰려든 학생들로 주위가 북적이는 데도 터질듯이 두근거리는 남편의 심장 소리가 선명하게 들렸다. 그때 나는 백지장처럼 하얗게 질린 남편을 이끌고 대학교 복도를 누볐다.

난해한 전공과목 복습을 도와주느라 남편 옆에서 며칠 밤을 새운 것도 나였다. 나는 내 시간을 남편의 시간에 투자해 그를 더 강한 남자로 만들었다. 그의 야망을 위해 내 야망은 접어두었다. 남편이 낙담해서 위기를 맞을 때마다 남편을 위로해주기 위해 내게 닥친 위기는 덮어두었다. 남편이 일에만 집중할 수 있도록 그의 시간 속에 스며들었다. 나는 집안일을 하고 요리를 하고 아이들을 돌봤다. 일상생활을 위한 귀찮은 일들을 도맡았다. 그러는 동안 남편은 비천한 출신에서 벗어나기 위해 고집스레 신분 상승의 사다리를 올라갔다.

그랬던 그가 이제 와서 나를 떠나버린 것이다. 지금껏 그에게 바친 내 모든 시간과 에너지와 노고를 몽땅 가져가 버린 것이다. 내 모든 노력의 결실을 다른 계집과 즐기기 위해서 가져가 버렸다. 내가 남편을 낳고 길러 지금의 모습으로 만드는 동안 손가락 하나 까딱하지 않은 잘 알지도 못하는 여자랑 말이다. 이보다 더 부당한 일이 어디 있단 말인가. 그가 다른 사람도 아닌 내게 이런 모욕을 줄 수 있다는 사실을 나는 도저히 믿을 수 없었다. 그의 총기가 흐려진 것이 아닌가 생각했다. 우리 둘만의 추억을 깡그리 잊어버리고 어디선가 위험한 상황에 처한 것이 아닌가 하는 생각이 들었다. 그 어느 때보다 남편에 대한 사랑이 더욱 강렬히 느껴졌다. 열정이라기보다는 불안에 가까운 감정이었다. 남편에게 지금 당장 내 도움이 필요할 것만 같았다.

하지만 나는 대체 어디에서 남편을 찾아야 할지 몰랐다. 언젠가부터 레아마저 자기는 마리오가 브레시아 광장 근처에 살고 있다고 말한 적이 없다고 잡아떼기 시작했다. 내가 잘못 들은 거라며 그럴 리 없다고 했다. 마리오가 그런 곳에서 살고 있을 리 없다는 것이다.

나는 레아 때문에 마음이 상했다. 그녀가 나를 놀리는 것 같았다. 결국 나는 또다시 레아와 싸우고 남편 소식을 수소문하기 시작했다. 그 와중에 남편이 다시 해외로 떠났다는 소문을 들었다. 그 창녀 년과 함께 갔을지도 모른다고 했다. 나는 도저히 그 소문을 믿을 수 없었다. 남편이 이토록 쉽게 나와 아이들을 잊어버리고 몇 달 동안이나 자취를 감출 수 있다는 사실이 믿기지 않았다. 잔니와 일라리아가 방학을 어떻게 보낼지는 안중에도 없고 아이들보다 자신의 안위를 우선시한다는 사실을 믿을 수 없었다. 남편은 도대체 어떤 남자인가. 지난 15년 동안 나는 어떤 남자와 함께 산 걸까.

어느덧 여름이 오고 방학이 시작되었지만 나는 아이들을 어떻게 해야 할지 갈피를 잡지 못했다. 나는 아이들을 데리고 무더운 도심을 돌아다녔다. 아이들은 뻔뻔하고 변덕스러웠다. 더위부터 시작해서 해변에도 산에도 못 가고 도시에 남아 있어야 하는 이 상황까지 모든 것을 내 탓으로 돌렸다. 일라리아는 일부러 힘든 척하면서 "할 게 없어요"라는 말을 후렴구처럼 입에 달고 다녔다.

"그만해!"

나는 집에서든 거리에서든 장소를 가리지 않고 소리를 질렀다.

"그만하라니까!"

나는 뺨을 때릴 것처럼 팔을 들었다. 정말 그러고 싶은 마음을 겨우 억눌렀다.

그런데도 아이들은 얌전해지지 않았다. 일라리아는 아이스크림 가게 아저씨가 그렇게 해주기로 약속했다면서 체르나이아가 회랑 안에 있는 아이스크림 가게에서 110가지나 되는 아이스크림을 다 맛보게 해달라고 졸랐다. 내가 일라리아의 옷소매를 거칠게 잡아당기자 아이는 발뒤꿈치에 힘을 주고 버티면서 나를 가게 입구 쪽으로 끌고 갔다. 그런가 하면 잔니는 갑자기 나를 내버려두고 자동차 경적 소리와 걱정에 찬 내 비명을 뒤로하고 차도를 쌩 가로질렀다. 잔니는 피에트로 미카 기념비를 다시 보고 싶었던 것이다. 예전에 아빠에게 피에트로 미카의 이야기를 자세히 들은 적이 있었기 때문이다.

도시는 여름이 깊어갈수록 텅텅 비어갔다. 텅 빈 도시에 아이들을 데리고 있기가 힘들었다. 언덕과 강물과 아스팔트 도로에서 뜨겁고 습한 바람과 함께 참을 수 없을 정도로 무더운 공기가 밀려들었다.

한번은 포병박물관 앞에 있는 공원에서 아이들과 싸운

적도 있다. 커다란 칼과 도화선을 들고 있는 피에트로 미카의 더러운 녹색 조각상 바로 밑에서였다. 나는 붉은 피가 흩뿌려지고 폭탄이 터지는 가운데 펼쳐지는 영웅들의 전사사史에 대해서는 아는 바가 별로 없었다.

"엄마는 이야기를 잘 못해요. 제대로 기억하고 있는 게 아무것도 없어요."

잔니가 내게 말했다.

"그럼 네 아빠한테 해달라고 해."

내가 쏘아붙였다.

나는 잔니와 일라리아에게 엄마가 아무짝에도 쓸모없는 것 같으면 아빠한테 가버리라고 악을 썼다. 아빠한테 가면 엄마 노릇을 하고 싶어서 안달이 난 예쁜 새엄마가 있다고 했다. 분명 토리노 사람일 테니 피에트로 미카와 왕과 공주들과 오만하고 냉정하고 금속으로 된 로봇 같은 사람들의 도시에 대해서 잘 알고 있을 거라고 했다.

나는 통제력을 잃고 소리를 질렀다. 잔니와 일라리아는 토리노를 사랑했다. 특히 잔니는 토리노의 길과 도시의 역사에 대해 잘 알고 있었다. 남편은 종종 잔니를 메우치가 끝에 있는 기념비 아래서 놀게 해주었는데 그곳에는 남편과 잔니가 좋아하는 동상이 있었다. 어디든 널려 있는 왕과 장군들에 대한 기억의 흔적은 너무나 무의미했지만 잔니는 자기가 페르디난도 사보이아 왕이 되어 노바라 전쟁에 참전하는 상상을 했다. 전투 태세를 갖추고 검을 뽑아 들고 죽어가는 말에서 뛰어내리는 모습을 머릿속에 그리곤 했다.

아! 사실 나는 내 아이들에게 상처를 주고 싶었다. 특히 벌써부터 피에몬테 지방 억양을 쓰는 잔니에게 상처를 주고 싶었다. 남편도 나폴리 억양을 교묘히 감추고 토리노 사람처럼 말하곤 했다. 나는 잔니가 건방지기 짝이 없는 어린 황소 같아지는 것이 싫었다. 잔니는 멍청하고 오만한 데다 공격적인 아이로 성장하고 있었다. 야만적인 전쟁에서 자신과 타인 모두 피를 흘리기 원했다. 나는 그런 아이를 참아주기 힘들었다.

나는 아이들을 공원 개수대 옆에 버려두고 갈릴레오 페라리스가에 있는 비토리오 에마누엘레 동상 쪽으로 성큼성큼 걸어갔다. 동상의 어두운 그림자가 건물들의 평행선 끝자락에서 공중에 매달린 것처럼 보이는 무겁고 탁한 하늘 위로 치솟아 있었다. 아마도 그 순간 나는 정말로 아이들을 버리려고 했던 것 같다. 아이들을 잊고 지내다가 마리오가 다시 나타나서 "아이들은?"이라고 물으면 그제야 손으로 이마를 치면서 모르겠다고 말하려 했는지도 모른다.

"아이들은 잃어버린 것 같아. 마지막으로 아이들을 본 것은 한 달 전 치타델라 요새 정원*에서였어."

잠시 후 나는 발걸음을 늦추고 정원으로 되돌아갔다. 대체 내게 무슨 일이 일어나고 있는 걸까. 죄 없는 아이들과 멀어지고 있었다. 아이들은 나뭇조각에 매달려서 힘겹게 균형을 잡으면서 조류에 떠밀려 나에게서 멀어져 가고 있었다. 아이들을 다시 잡아야 한다. 다시 붙잡아서 내 품에 꼭 껴안아야 한다. 어쨌든 내 자식이 아닌가.

나는 아이들의 이름을 불렀다.

"잔니! 일라리아!"

아이들의 모습이 보이지 않았다. 아이들은 개수대 근처에 없었다.

나는 불안감에 목이 메어 주위를 둘러보았다. 나는 빠

* 사보이 공국의 요새였으며 토리노의 주택가에 인접해 있다.

르고 산만하게 움직이며 공원을 뛰어다녔다. 그렇게 하지 않으면 주변 화단과 나무들이 산산조각 나 수천 개의 조각으로 흩어져버릴 것만 같았다. 나는 거대한 15세기 터키 대포 앞에 멈춰 섰다. 청동으로 만들어진 위력적인 원통은 화단 바로 옆에 있었다. 다시 한번 소리 높여 아이들의 이름을 부르자 대포 속에서 소리가 들려왔다. 대포 속에는 이민자에게 침대가 되어주었을 박스 종이가 깔려 있었고 둘은 그 위에 누워 있었다. 혈관 속의 피가 또다시 부글부글 끓어올랐다. 나는 두 아이의 발을 잡고 대포 밖으로 힘껏 끌어내렸다.

"오빠가 그랬어요. 여기에 숨자고 했어요."

일라리아가 제 오빠를 일러바쳤다.

나는 화가 머리끝까지 치밀어 올라 잔니의 팔을 붙잡고 세차게 흔들면서 위협했다.

"저 안에 들어가 있다가 병에 걸릴 수 있다는 거 알아? 병에 걸려 죽을 수 있다는 거 아냐고? 멍청한 자식 같으니라고. 엄마를 봐! 한 번만 더 그러면 내 손에 죽을 줄 알아!"

잔니는 믿기지 않는다는 듯 나를 물끄러미 바라보았다.

나 역시 꼭 그런 눈빛으로 나 스스로를 바라보았다. 오래 전에 부서진 그 무기는 밤마다 먼 타국에서 온 희망 잃은 인간들의 안식처가 되어주었다. 거기서 몇 걸음 떨어지지 않은 화단 옆에 한 여인이 서 있었다. 순간 나는 그 여인이 누군지 알아보지 못했다. 그 여인이 내 심장을 앗아갔다는 사실을 깨닫고서야 나는 흠칫 놀랐다. 내 심장은 어느새 그 여인의 가슴속에서 뛰고 있었다.

15

그 시절 나는 공과금을 납부하는 일에도 애를 먹었다. 지정된 기간까지 공과금을 납부하지 않으면 요금 체납으로 수도나 전기나 가스가 끊길 예정이라는 통지서가 날아들어도 나는 이미 돈을 냈다고 우겼다. 몇 시간 동안 영수증을 찾아 헤매다 해당 부서에 항의하고 담당자와 싸우고 항의 편지를 작성하면서 시간을 허비한 뒤 정말로 요금을 납부하지 않았다는 증거 앞에 굴욕을 당하고 나서야 나는 현실을 받아들였다.

전화 요금도 마찬가지였다. 남편이 말한 대로 통화할

때마다 잡음이 들릴 뿐 아니라 어느 순간부터는 전화가 아예 먹통이 됐다. 수화기를 들면 고객님은 본 서비스를 이용할 수 없다는 안내 멘트가 나왔다.

휴대폰은 이미 박살이 나버렸기 때문에 나는 문제를 해결하기 위해 공중전화 박스를 찾아 전화국에 전화를 걸었다. 담당자는 최대한 빨리 문제를 해결하겠다는 말로 나를 안심시켰다. 하지만 며칠이 지나도 전화기가 작동하지 않아 나는 다시 전화국에 연락을 해야 했다. 화가 머리 끝까지 치밀어 오르고 분노심에 목소리가 떨렸다. 내 말투가 어찌나 사나웠던지 전화국 직원은 한참 동안 아무 말도 하지 않았다. 그는 자기 컴퓨터를 확인해보더니 요금이 체납돼서 회사에서 사용을 중단시킨 거라고 알려주었다.

나는 버럭 화를 내면서 자식들을 걸고 맹세컨대 분명 전화 요금을 냈다고 했다. 나는 불쌍한 말단사원부터 경영진까지 한꺼번에 싸잡아 욕설을 퍼부으면서 당신네들은 하나같이 게을러빠진 족속들이라고 했다. 정말로 그렇게 말했다. 만성적인 비효율성을 지적하고 이탈리아가 크고 작은 부패로 썩어빠졌다고 했다.

"당신네들 모두 지긋지긋해!"

그런데 수화기를 집어던지고 영수증을 뒤져보니 직원 말이 맞았다. 정말로 공과금을 내지 않았던 것이다.

다음 날 당장 요금을 납부했지만 상황은 좋아지지 않았다. 전화선이 다시 연결되면서 잡음도 돌아왔기 때문이다. 수화기에서 폭풍이 휘몰아치는 것 같은 소리가 나고 전화기 발신음은 들릴 듯 말 듯했다. 나는 이번에도 집 아래 바에 있는 공중전화 박스로 한달음에 뛰어 내려가 전화국에 연락했다. 그랬더니 아마도 전화기 문제인 것 같다며 기기를 바꿔보라고 했다. 아마도 전화기 문제일 거라니… 시계를 보니 영업 마감까지는 아직 시간이 있었다. 나는 도저히 참지 못하고 다급히 밖으로 나왔다.

나는 차를 몰고 8월의 텅 빈 도시를 가로질렀다. 숨이 막힐 듯 무더운 날씨였다. 길가에 세워진 차 범퍼에 몇 번을 부딪치고 나서야 겨우 주차를 할 수 있었다. 나는 매우치가까지 걸어가서 전화국이 있는 얼룩덜룩한 대리석 건물의 거대한 정면을 사납게 쏘아보다 한 번에 두 칸씩 계단을 올라갔다. 건물 입구에는 싸움과는 거리가 멀어 보이는 친절한 남자가 있었다. 내가 몇 달 동안 겪은 불편 사항을 항의하고 싶어서 고객 센터를 찾는다고 하자 남자가 말했다.

"민원실이 없어진 지 벌써 10년이 넘었는걸요."

"그럼 항의는 어떻게 하나요?"

"전화로 하세요."

"누군가의 면상에 침을 뱉고 싶으면요?"

그는 그곳에서 몇백 미터 떨어진 콘피엔차가에 있는 본사에 문의를 해보라고 차분하게 알려주었다. 나는 이 일에 사활이 걸린 것처럼 미친 듯이 콘피엔차가를 향해 뛰어갔다. 내가 잔니만 했을 때 이후로 그렇게 뛰어본 것은 처음이었을 것이다.

하지만 나는 본사에서도 분풀이를 하지 못했다. 유리문이 굳게 닫혀 있었기 때문이다. 나는 '경보 장치가 달린 문'이라는 안내문이 있는데도 유리문을 세차게 흔들었다. 경보 장치라니. 그 얼마나 웃기는 표현인가. 그래, 시끄럽게 경보를 울려보라지. 이 도시 전체 아니 온 세상을 경계하게 만들어보라지.

그때 왼쪽 벽면에 있는 작은 창문이 열리더니 한 남자가 얼굴을 내밀었다. 그는 긴말 하고 싶지 않았는지 몇 마디 안 되는 말로 나를 내쫓아버리고는 다시 건물 안으로 자취를 감췄다.

그는 고객에게 개방된 사무실은커녕 사무실 자체가 없다고 했다. 모든 작업은 기계 같은 목소리와 컴퓨터 스크린과 이메일과 은행 업무로 압축됐다고 했다.

"미안하지만 화풀이를 하고 싶어도 여기는 시비를 걸 사람이 없어요."

그가 차갑게 말했다.

나는 너무 실망해서 배가 아팠다. 우선 길가로 나왔는데 갑자기 숨이 가빠오면서 쓰러질 것 같았다. 순간 건너편 건물의 명판에 쓰인 문구가 눈에 들어왔다. 나는 내 눈에 손이라도 달린 것처럼 그 자리에 쓰러지지 않기 위해 문구에 필사적으로 시선을 고정시켰다.

'이 집에서 구이도 고차노라는 이름의 시인이 꿈의 그림자가 드리우듯 삶에 첫발을 내디뎠노라. 그는 무無의 슬픔을 떠나—어찌하여 무가 슬픈 것이란 말인가. 무가 슬플 이유가 어디에 있단 말인가—신의 곁에 안착했노라.'

단어 조합의 기교를 이용해서 예술적으로 보이게 쓴 글이었다. 나는 고개를 푹 숙이고 그곳을 떠났다. 나도 모르게 혼잣말을 하면서 거리를 배회할까봐 두려웠다. 지나가던 남자가 나를 물끄러미 바라보는 것을 느끼면서 서둘러 걸음을 옮겼다. 차를 어디에 주차했는지 기억이 나지 않았지만 상관없었다.

나는 정처 없이 걸으면서 알피에리 극장을 지나 피에트로 미카가에 이르렀다. 당황해서 주위를 둘러보았지만 내 차가 그 근처에 있을 리 없었다. 대신 마리오와 그의 애인이 보석가게 진열장 앞에 서 있었다.

그 여자가 누군지 바로 알아봤는지는 기억이 잘 나지 않는다. 다만 가슴을 주먹으로 세게 얻어맞은 것 같은 느낌은 생생하다. 그때 제일 먼저 떠오른 생각은 그녀가 아주 어리다는 사실이었을 것이다. 너무 어려서 옆에 있는 남편이 늙어 보였다. 아니다. 그보다 그녀가 입고 있는 하늘하늘한 푸른 원피스가 가장 먼저 눈에 들어왔던 것 같기도 하다. 유행이 한참 지난 원피스였다. 중고 명품 가게에서나 살 수 있을 법한, 여자의 젊은 육체와는 어울리지 않는 옷이었다.

하지만 그 원피스는 긴 목과 가슴, 엉덩이, 발목으로 이어지는 부드러운 곡선으로 물결치는 여자의 육체를 부드럽게 감싸고 있었다. 아니다. 그보다 머리 위로 말아 올린 금발에 제일 먼저 시선을 빼앗겼던 것 같기도 하다. 빗으로 고정한 풍성한 금발을 나는 홀린 듯 멍하니 바라보았다. 그중에 실제로 가장 먼저 내 눈에 들어온 것이 무엇이었는지는 정확히 모르겠다.

분명한 것은 20대 특유의 나긋나긋한 신체적 특성을 재빨리 지워내고 나서야 카를라의 앳되고 각진 얼굴을 알아볼 수 있었다는 사실이다. 그녀는 수년 전 우리 부부가 첫 번째 위기를 맞았을 때 원인을 제공한 바로 그 사춘기 소녀였다. 분명한 것은 남편 옆에 있는 여자가 카를라라는 것을 알아차리고 난 후 그녀의 귀에 달린 귀걸이를 보고 분노에 휩싸였다는 사실이다. 그것은 마리오의 할머니가 물려준 귀걸이였다. 내 귀걸이였다.

귀걸이는 카를라의 귓불에서 찰랑거리면서 그녀의 우아하고 기다란 목을 돋보이게 해주었다. 그녀의 미소를 더 빛나게 만들어주고 있었다. 그러는 동안 남편은 진열장 앞에서 소유주로서의 뿌듯함을 과시하며 카를라의 허리에 손을 감았고 카를라는 그런 남편의 어깨에 자신의 맨 팔을 올려놓았다.

시간이 멈춘 것 같았다. 나는 단호한 태도로 성큼성큼 길을 건넜다. 울고 싶은 마음도 소리를 지르고 싶은 마음도 설명을 요구하고 싶은 마음도 없었다. 시꺼먼 파괴 욕구만이 치밀어 오를 뿐이었다.

그제야 나는 남편이 거의 5년에 가까운 세월 동안 나를 속였다는 사실을 깨달았다. 5년 동안이나 나 몰래 카를라의 육체를 탐닉했던 것이다. 카를라에 대한 열정을 키우면서 그 열정이 사랑이 될 때까지 기다렸던 것이다. 그녀와의 추억을 곱씹으며 인내심 있게 나와의 잠자리를 견디면서 그녀가 성년이 될 때까지 기다렸던 것이다.

아니다. 엄밀히 말하면 남편은 그녀가 성인이 될 때까지 기다렸던 것이 아니다. 그녀를 완전히 자기 것으로 만들었으니 떠나겠다고 내게 통보할 날을 기다렸던 것이다. 파렴치한 같으니라고. 비겁한 자식 같으니라고. 그는 내게 사실을 털어놓지 못할 정도로 비겁한 인간이었다. 비겁한 마음에 시간을 벌려고 가정생활과 부부생활과 성관계까지 거짓으로 연기했던 것이다. 서서히 자신의 비겁함을 통제하고 나를 버릴 힘을 기르기 위해서.

나는 남편의 등 뒤로 다가가 망치로 성문을 부수듯이

온 힘을 다해 그를 때렸다. 마리오는 진열장에 얼굴을 부딪치고 나가떨어졌다. 카를라의 비명소리가 들렸던 것 같기도 하다. 하지만 그 순간 내 눈에는 오직 그녀의 벌린 입만 보였다. 새하얗고 가지런한 치아에 둘러싸인 까만 구멍만이 내 눈에 들어왔다. 남편은 겁에 질린 눈빛으로 고개를 돌렸다. 코 주변이 피범벅이었다. 공포심과 어리둥절함이 뒤섞인 시선이었다. 나는 그런 남편을 붙잡았다.

모든 문장에는 쉼표와 마침표가 있다. 낭만적이고 평온한 산책을 하다 혼란스럽고 모순적인 현실 세계로 내던져지는 것이 쉽지는 않았을 것이다. 불쌍한 사람. 불쌍한 사람. 나는 남편의 셔츠를 움켜쥐고 세차게 잡아당겼다. 그 기세가 어찌나 사나웠는지 오른쪽 소매가 어깨선에서부터 뜯어지는 바람에 한쪽 소매가 통째로 내 손에 남았다. 남편은 가슴을 드러낸 상태로 서 있었다. 속옷도 입지 않은 것을 보니 나와 살 때는 그렇게 병적으로 건강에 집착하던 사람이 이제는 감기도 폐렴도 두렵지 않은 모양이었다.

남편은 그동안 건강을 되찾은 것 같았다. 열심히 태닝한 태가 났고 몸매도 더 호리호리해졌다. 그렇지만 지금은 약간 우스꽝스러워 보였다. 한쪽 팔에는 달랑거리기는 하지만 공들여 다리미질한 셔츠 소매가 목 칼라와 함께 온전히 어깨에 붙어 있는 데 비해 반대편은 맨가슴이 그대로 드러나 있었다. 바지 위로 천 조각이 너덜너덜 매달려 있었고 반백의 가슴 털에서 핏방울이 뚝뚝 떨어지고 있었다.

나는 남편을 때리고 또 때렸다. 그가 길바닥에 쓰러지자 발로 차기 시작했다. 한 번, 두 번, 세 번 발길질을 날렸지만 왠지 모르게 남편은 발길질을 피할 생각은 않고 알 수 없는 행동을 했다. 그는 갈비뼈를 가리는 대신 팔로 얼굴을 감쌌는데 잘은 모르지만 수치심 때문인 것 같았다.

남편에게 분풀이를 할 만큼 한 다음 나는 뒤돌아 그때까지도 입을 다물지 못하고 있는 카를라를 바라보았다. 카를라는 슬금슬금 뒷걸음질치기 시작했고 나는 그런 그녀에게 다가갔다. 내가 카를라를 붙잡으려 하자 그녀는 그런 내게서 도망치려 했다. 때리려던 것이 아니었다. 그녀는 내게 타인일 뿐이었다.

나는 카를라에게는 오히려 담담했다. 내 분노의 대상은 그녀에게 귀걸이를 준 남편이었다. 나는 귀걸이를 빼앗으려고 허공에 대고 거칠게 손을 휘둘렀다. 나는 카를라의 귓불에서 귀걸이를 떼어내고 싶었다. 살점을 찢어내 귀걸이를 빼앗아 그녀에게서 내 남편 가문의 모계 선조들의 후계자 권리를 박탈하고 싶었다. 그 더러운 창녀 년이 내 남편의 가문과 무슨 상관인가 말인가. 남편의 혈통과 무슨 상관이 있단 말인가. 그녀는 내 물건을 가지고 뻔뻔한 창녀처럼 뽐내고 있는 것이다. 나중에 내 딸에게 물려줄 물건이 아닌가. 그년이 한 일이라고는 허벅지를 벌리고 남편의 성기를 담궈줬을 뿐인데. 고작 그 정도로 자기가 내 남편에게 세례라도 준 듯 착각하고 있는 것이다.

'내 아랫도리의 성수로 네게 세례를 주노라. 네 성기를 흠뻑 젖은 내 살덩이 안에 넣고 새로운 이름을 주겠노라. 이제부터 네 성기는 나의 것이며 새로운 생명을 얻었음을 공포하노라.'

아둔한 년 같으니라고. 그 정도로 내 지위를 박탈할 권리가 있다고 믿다니. 나를 대신할 수 있다고 생각하다니. 더러운 창녀 같으니라고. 귀걸이를 내놔! 귀걸이를 내놔!

나는 그년의 귀를 뿌리째 뽑아서라도 귀걸이를 빼앗고 싶었다. 그년의 예쁘장한 얼굴을 벗겨버리고 싶었다. 눈

과 코와 입술과 금발머리가 달린 두피와 함께 몽땅 벗겨
내고 싶었다. 나는 그년의 몸에 붙은 살덩이와 부대 자루
같은 젖가슴과 창자를 감싸고 있는 배를 갈고리로 갈가리
찢어내 항문과 황금빛 음모로 둘러싸인 음부 깊은 곳으로
부터 오장육부가 쏟아져 나오게 만들고 싶었다.

그렇게 해서 그년의 본모습을 만천하에 드러내고 싶었
다. 그년은 신선한 핏자국으로 더럽혀진 두개골에 지나지
않았다. 지금 막 껍질을 벗겨낸 해골일 뿐이었다. 사실 얼
굴과 살덩이를 덮고 있는 피부 따위가 무엇이란 말인가.
참을 수 없이 끔찍한 인간의 본모습을 가리기 위한 가면,
변장, 화장에 지나지 않은가. 남편은 그런 년에게 속
아 넘어간 것이다. 그년이 놓은 덫에 걸려든 것이다. 저년
의 얼굴과 저년의 몸을 부드럽게 감싸고 있는 살덩이 때
문에 내 집에 몰래 숨어들기까지 한 것이다. 카니발 가면
같은 저년의 면상을 너무 사랑해서 내 귀걸이를 훔친 것
이다. 나는 귀걸이와 함께 그 가면을 벗겨내고 싶었다. 나
는 마리오를 향해 소리질렀다.

"이것 봐. 저년의 정체를 밝혀줄게."

하지만 나는 마리오에게 제지당했다. 지나가는 행인 중

에 말리려고 나서는 사람은 아무도 없었다. 다들 그저 호기심에 재미삼아 걸음을 늦추는 것처럼 보였다. 상황을 설명하기 위해 내가 몇 마디 내뱉었던 기억이 있는 걸로 보아 주변에 사람들이 있었던 것은 확실하다. 나는 그들이 내 행동을 이해해주기를 바랐다. 내 분노의 원인을 알아주기를 원했다. 사람들이 내 말에 귀를 기울이는 것 같기는 했다. 내가 정말로 내뱉은 말을 실행에 옮기는지 보고 싶어 하는 것 같았다.

여자가 사람들이 쳐다보고 있는 길바닥에서 살인을 저지르는 것은 일도 아니다. 남자보다 더 쉽게 그럴 수 있다. 여자의 폭력은 일종의 놀이 같다. 악행을 저지르려는 남자의 결심을 어딘지 우스꽝스럽고 어설프게 흉내 내고 있는 것처럼 보인다. 마리오가 뒤에서 나를 붙잡는 바람에 나는 카를라의 귓불에서 귀걸이를 잡아 뜯지 못했다.

남편은 나를 붙잡더니 물건처럼 밀쳐내버렸다. 처음으로 내게 증오심을 드러낸 것이다. 남편은 피투성이가 된 채 이성을 잃고 나를 위협했다. 지금도 그때 남편의 모습이 진열장 속 텔레비전 화면에 나오는 사람처럼 떠오른다.

위협적이기보다는 추한 모습이었다. 남편은 그곳에서, 현실과 허구만큼 멀리 떨어진 거리에서 남아 있는 소매 밖으로 나온 검지로 나를 악의적으로 가리켜 보였다. 그가 뭐라고 하는지 잘 들리지 않았지만 어색하기 짝이 없는 위압적인 어조에 웃음이 나왔다. 웃음 때문에 남편을 공격하고 싶은 마음이 싹 사라졌다. 그저 공허할 뿐이었다.

나는 남편이 자기 여자를 데려가도록 내버려두었다. 카를라의 귀에서는 귀걸이가 달랑거렸다. 내가 뭘 할 수 있겠는가. 나는 모든 것을 잃었다. 나는 내 자아를 송두리째 잃어버렸고 이제는 돌이킬 방도가 없었다.

16

아이들이 학교에서 돌아오자 나는 요리할 생각이 없어서 식사 준비를 못 했으니 알아서 하라고 했다. 내 모습 때문인지 아니면 지친 내 목소리 때문인지 아이들은 군말 없이 순순히 부엌으로 갔다. 부엌에서 돌아온 다음에도 쑥스러워하면서 거실 구석에 앉아 아무 말도 하지 않았다. 그러다 일라리아가 내 이마에 손을 갖다 대며 물었다.

"엄마 머리 아파요?"

나는 아니라고 했다. 그저 아무도 나를 성가시게 하지 않았으면 좋겠다고 했다. 아이들은 내 태도에 기분이 상했고 애정 표현을 거부당한 것에 씁쓸해하면서 숙제를 하러 자기들 방으로 들어가 버렸다. 얼마 후 나는 그새 밖이 어두워졌다는 사실을 깨달았다. 아이들 생각이 나서 무엇을 하는지 궁금해서 방에 가보니 둘이 한 침대에 나란히 누워 잠들어 있었다. 나는 아이들을 그대로 두고 문을 닫았다. 뭐라도 해야겠다는 생각에 집 안 정리를 시작했다. 청소를 마친 후 나는 보물찾기라도 하는 것처럼 정리가 덜 된 곳을 찾아다니기 시작했다. 정신 똑바로 차리고 마음을 굳게 먹고 어떻게든 살아야 했다. 욕실을 살펴보니 약상자가 언제나처럼 엉망이었다.

나는 바닥에 주저앉아 유통 기한이 지난 약품과 그렇지 않은 약품을 분리하기 시작했다. 못쓰는 약품을 휴지통에 버리고 나니 약상자가 말끔해졌다.

나는 수면제 두 갑을 꺼내 들고 거실로 가서 탁자 위에 올려놓고 컵에 코냑을 가득 채웠다. 한 손에는 코냑을 그리고 다른 한 손에는 수면제를 한 움큼 쥐고 창가로 갔다. 창밖에서 강과 나무의 뜨겁고 축축한 숨결이 불어왔다.

모든 것이 우연의 산물이었다. 마리오와 사랑에 빠졌을 때 나는 아직 소녀였다. 사실 꼭 마리오가 아니더라도 다른 누군가와 사랑에 빠졌을 것이다. 그가 아닌 다른 사람의 육체에 특별한 의미를 부여하게 됐을지도 모른다. 한 남자와 긴 세월을 지내다 보면 오직 그와 함께해야만 행복할 거라고 생각하게 된다. 상대방에게 수많은 특별한 미덕이 있다고 생각하지만 사실 그는 거짓으로 소리 내는 갈대에 불과하다.

여자는 남자의 본모습을 모른다. 자기 본모습을 모르는 것은 남자 자신도 마찬가지다. 여자는 우연의 산물이다. 먼 옛날 한 사내가 자기 물건을 우리의 몸에 집어넣고 싶은 욕망 때문에 우리에게 친절하게 대해주고, 다른 수많은 여자 중에서 우리를 선택하는 바람에 인생을 허비하고 삶을 잃어버리게 된 것이다.

여자는 흔하디흔한 성욕을 대단한 호의로 오해한다. 남자들의 성욕을 사랑하고 지나치게 현혹된 나머지 사내가 다른 누구도 아닌 자기하고만 관계를 가지고 싶어 한다고 착각하는 것이다. 오직 한 사람과 관계를 가지고 싶어 한다고 착각한다.

그렇다. 여자는 특별한 남자가 자신의 특별함을 알아주었다고 생각한다. 우리는 그 성욕에 이름을 붙인다. 나만의 특별한 것으로 만들어 '내 사랑'이라고 부른다.

아! 황홀함이니 설명할 수 없는 짜릿함 따위는 엿이나 먹으라지. 남자는 여자와 섹스하고 나면 다른 섹스 상대를 찾는다. 그런 남자들에게 무엇을 바랄 수 있겠는가. 시간이 흐르면 먼저 여자는 떠나고 다른 여자가 오기 마련이다. 나는 수면제를 몇 알 삼키려 했다. 나의 내면 가장 어두운 곳에 누워 잠들고 싶었다.

바로 그 순간 광장 나무 사이로 악기 케이스를 어깨에 멘 카라노의 검푸른 그림자가 나타났다. 그림자는 불안한 걸음걸이로 느릿느릿 공터를 지나 거대한 건물 아래로 사라졌다. 무더위로 도시 전체가 텅 비었기 때문에 공터에는 자동차가 한 대도 없었다. 잠시 후 엘리베이터 장치가 끼익 거리며 돌아가는 소리가 들렸다. 그의 면허증이 아직 내게 있다는 사실이 퍼뜩 떠올랐다. 오토가 잠결에 낑낑거렸다.

나는 부엌으로 가서 수면제와 코냑을 싱크대에 쏟아버리고 카라노의 면허증을 찾기 시작했다. 면허증은 전화기를 올려둔 작은 탁자 위에 있었는데 전화기 아래 숨겨져 있다시피 했다. 나는 면허증을 집어들고 카라노의 사진을 바라보았다. 사진 속 카라노는 머리가 까맣고 아직 코와 입 주변으로 깊은 주름이 자리 잡히기 전이었다. 면허증에 적힌 그의 생년월일을 보고 나는 그날이 며칠인지 헤아려 보았다. 불과 몇 시간 후면 그의 53번째 생일이었다.

나는 고민에 빠졌다. 당장이라도 계단을 내려가 카라노네 집 현관문을 두드려 면허증을 핑계로 늦은 밤 그의 집에 들어가고 싶었다. 하지만 두렵기도 했다. 미지의 존재와 이 밤과 건물에 흐르는 정적과 공원에서 불어오는 습하고 숨이 턱턱 막힐 것 같은 냄새와 밤새들이 지저귀는 소리에 두려움을 느꼈다.

나는 전화부터 걸어봐야겠다고 마음먹었다. 계획을 바꾸려는 것이 아니었다. 오히려 그렇게 해서라도 계획을 실행할 수 있는 용기를 얻고 싶었다. 전화번호부를 찾아보니 카라노의 번호가 있었다. 나는 그에게 뭐라고 정중하게 이야기해야 할지 머릿속으로 상상해보았다.

'오늘 아침에 마리나이가에서 당신의 면허증을 주웠어요. 너무 늦지 않았다면 아래층으로 가져다 드릴게요. 그리고 고백할 게 있는데 어쩌다 면허증에서 당신 생일을 봤지 뭐예요. 생일 축하드려요, 카라노 씨. 진심으로요. 이제 막 자정이 지났으니 올해 첫 생일 축하 인사겠네요.'

생각만 해도 꼴불견이었다. 나는 사내들에게 아양 떠는 법을 몰랐다. 언제나 상냥하고 정중한 태도를 보였지만 열정적인 태도를 취한 적은 없었다. 당신과 잘 준비가 되었다는 식의 표정을 지을 줄도 몰랐다. 사춘기 시절 그런 성격 때문에 힘들었다. 하지만 이제는 낼모레가 마흔이 아닌가. 그래도 그동안 배운 게 있을 거라고 생각하며 두근거리는 마음으로 수화기를 들었다가 화가 나서 수화기를 다시 내려놓았다. 여전히 신호음은 안 잡히고 태풍 소리가 났다. 다시 한번 수화기를 들고 번호를 눌러 보았지만 잡음은 없어지지 않았다.

눈꺼풀이 무거웠다. 이제는 어쩔 도리가 없다. 외로운 이 밤, 무더위는 내 심장을 갈기갈기 찢어놓을 것이다. 갑자기 남편의 모습이 보이는 듯했다. 그의 품에 안긴 여자는 이제 모르는 여자가 아니었다. 나는 그 여자의 예쁜 얼굴을 알고 있다. 귓불에 달린 귀걸이와 카를라라는 이름과 파렴치한 젊은 육체를 알고 있다. 그 순간 남편과 카를라는 둘 다 알몸이었다. 둘은 서두르지 않고 느긋하게 섹스를 하고 있었다. 둘은 분명 밤새 섹스를 할 것이다. 지난 몇 년간 나 몰래 그랬던 것처럼 말이다. 내가 괴로움에 경련을 일으킬 때마다 그들은 쾌락에 못 이겨 경련을 일으켰다.

나는 이제 그만 힘들어하기로 했다. 깊은 밤 그들의 행복한 입맞춤에 나는 복수의 입맞춤으로 맞서야 했다. 나는 버림받고 혼자가 됐다고 무너져 내리거나 미쳐버리거나 목숨을 버리는 그런 여자가 아니다. 조금 망가지기는 했지만 나는 괜찮다. 지금 이 순간 나는 온전하고 앞으로도 그럴 것이다. 누구든 내게 상처를 주려 한다면 나는 그대로 되갚아줄 것이다. 나는 스페이드의 여왕이다. 나는 독침을 품은 말벌이다. 나는 시꺼먼 뱀이다. 나는 불 위를 걸어도 타죽지 않는 불멸의 생명체다.

17

나는 와인 한 병을 골라들고 집 열쇠를 주머니에 넣은 다음 머리를 매만질 틈도 없이 아래층으로 향했다.

나는 당당하게 카라노의 집 초인종을 두 번 눌렀다. 두 번의 긴 전자음이 들렸다. 주변이 다시 조용해지자 불안한 마음에 가슴이 두근거렸다. 잠시 후 느긋한 발소리가 들렸다 다시 조용해졌다. 카라노가 문구멍으로 나를 살피고 있을 것이다. 열쇠 돌리는 소리가 들렸다. 혼자 사는 여자처럼 현관을 열쇠로 잠그다니. 그는 밤을 두려워하는 사내였던 것이다. 순간 문이 열리기 전에 집으로 도망갈까 하는 생각도 해보았다.

카라노는 목욕가운 차림으로 내 앞에 나타났다. 앙상한 발목을 고스란히 드러내고 호텔 로고가 찍힌 슬리퍼를 신고 있었다. 오케스트라 단원들과 출장 공연을 갔을 때 호텔에서 주는 비누와 함께 슬쩍 챙겨온 것이 분명했다.

"축하드려요!"

나는 웃음기 없는 표정으로 다급히 말했다.

"생일 축하드려요!"

나는 와인 병을 든 손과 면허증을 든 손을 동시에 내밀었다.

"오늘 아침 길가에서 발견했어요."

카라노가 혼란스러운 표정으로 나를 바라보았다.

"와인 말고 면허증 말이에요."

내가 설명했다.

카라노는 그제야 내 말을 알아듣고 어리둥절해하며 물었다.

"고마워요. 못 찾을 줄 알았는데. 들어오시겠어요?"

"너무 늦지 않았는지 모르겠어요."

나는 다시 두려움에 사로잡혀 조그맣게 속삭였다.

"늦긴 했지만 괜찮아요. 저는 괜찮으니 들어오세요. 그리고 고마워요… 집이 조금 엉망이지만… 들어오세요."

나는 카라노의 말투가 마음에 들었다. 자신감이 없으면서도 세상 물정에 밝은 척하는 수줍은 사내의 목소리였다. 나는 집 안으로 들어가 등 뒤로 문을 닫았다.

그때부터 놀랍게도 마음이 편안해졌다. 거실 한구석에 있는 거대한 악기 케이스가 웬지 모르게 낯익어 보였다. 50년 전에나 있었을 법한, 시골에서 도시로 상경해 부유

한 집 아이들을 돌보는 맷집 좋은 가정부처럼 보였다.

집 안이 어지럽기는 했다. 신문은 소파 위에 펼쳐져 있었고 재떨이에는 누군가가 피우다 만 오래된 담배꽁초가 그대로 있었다. 탁자에는 지저분한 우유 컵이 놓여 있었다. 하지만 혼자 사는 남자 특유의 어수선함이 싫지 않았다. 게다가 집 안에서는 비누향이 풍겼고 샤워 후 깨끗한 수증기 기운이 아직 남아 있었다.

"옷차림이 이래서 죄송해요. 이제 막…"

"괜찮아요."

"와인 잔을 가져올게요. 올리브와 짭짤한 크래커도 있어요."

"카라노 씨 건강을 위해 건배만 하면 돼요."

물론 내 건강을 위한 건배이기도 했다. 그뿐만 아니라 빠른 시일 내에 마리오와 카를라가 사랑과 섹스의 씁쓸함을 맛보기를 기원하기 위한 건배도 해야겠다. 그렇다. 지금부터는 마리오와 카를라라는 이름을 부르는 데 익숙해져야 한다. 영원히 함께할 새로운 커플의 이름이 아닌가. 전에는 마리오와 올가였지만 이제는 마리오와 카를라가 되었다. 나는 남편의 성기가 망가져 버렸으면 좋겠다고 생각했다. 매독에 걸려서 온몸이 썩어 문드러지고 배신의 악취를 내뿜기를 바랐다.

카라노가 잔을 가지고 왔다. 그는 코르크 마개를 딴 다음 잠시 기다렸다가 와인을 잔에 따르면서 침착한 목소리로 상냥하게 대화를 이어나갔다. 그는 내게 예쁜 아이들을 두었다고 했다. 내가 아이들과 함께 있는 모습을 종종 창문으로 봤는데 아이들을 잘 다루는 것 같다고 했다. 우리 집 개나 남편 이야기는 하지 않았다. 나는 예의상 내색하지 않았을 뿐 카라노가 우리 집 개와 남편을 싫어한다는 사실을 직감했다.

첫 잔을 비운 후 내가 먼저 그 둘에 대한 이야기를 꺼냈다. 나는 오토가 순한 개이기는 하지만 솔직히 내게 선택권이 있었다면 절대로 집에 들이지 않았을 거라고 했다. 독일 셰퍼드는 집에서 키울 만한 개가 아닌데 오토를 키우자고 고집을 부린 것은 남편이라고 했다. 남편은 다른 수많은 일과 마찬가지로 개에 대한 책임도 지겠다고 나섰지만 알고 보니 그는 비겁한 사내였다고 했다. 자기가 한 약속을 지킬 능력이 없었다고 했다. 나는 사람이란 알 수 없는 존재라고 했다. 그것은 모든 것을 공유하는 사이라

할지리도 마찬가지였다.

"저는 제 남편에 대해 타인인 당신만큼도 몰라요. 제겐 남편이나 당신이나 별 차이가 없어요."

나는 목소리를 높였다.

"카라노 씨, 영혼이란 변덕스런 바람과 같답니다. 사람들은 특별한 사람이나 특별한 존재인 척하기 위해 그저 성대가 울리는 대로 말을 내뱉죠."

나는 카라노에게 내가 어떤 상황에 처했는지 설명해주었다.

"남편은 스무 살짜리 계집애와 눈이 맞아 집을 나갔어요. 5년 동안이나 나를 속여왔죠. 그는 이중인격자예요. 그동안 두 얼굴로 두 개의 입을 놀렸죠. 그러다 성가신 일은 죄다 내게 미뤄두고 사라져버린 거예요. 자기 자식들과 집안일과 멍청하기 짝이 없는 개까지 내게 떠맡기고 말이에요. 저는 지쳤어요. 무엇보다도 책임이 너무 무거워서요. 남편은 어찌되든 상관없어요. 전에는 둘이 나눠서 부담하던 일까지 오롯이 내 몫이 돼서 힘든 거예요. 부부 관계를 제대로 유지하지 못한 책임까지 말이에요. 사실 결혼생활을 유지해야 한다는 생각 자체가 진부하지 않나요? 왜 굳이 내가 결혼생활을 유지하기 위해 노력해야하나요? 저는 이런 진부함에 넌덜머리가 나요. 무엇이 어디서부터 잘못된 것인지 알아내는 것도 제 몫이었죠. 내과거를 되짚는 것도 끔찍한데 저는 남편의 입장에서도 분석을 해야만 했어요. 남편은 깊이 파고 들어가고 싶어 하지 않아 했으니까요. 자기 잘못을 고치려는 마음도, 개선하려는 마음도 없었어요. 남편은 그 애송이 금발 년한테눈이 멀었지만 나는 우리가 함께한 지난 15년의 세월을하나하나 분석하기로 마음먹었죠. 실제로 그렇게 했어요. 밤마다 그렇게 했답니다. 저는 남편이 제정신으로 돌아오는 즉시 모든 것을 다시 시작할 수 있도록 기반을 다지고있어요. 물론 그런 일이 일어난다는 보장은 없지만요."

카라노는 목욕가운으로 발목을 최대한 가리고 나와 함께 소파에 나란히 앉아 내 이야기에 귀를 기울이며 와인을 홀짝였다. 중간에 한 번도 끼어들지 않았지만 내 말을경청하고 있다는 확신을 주었기 때문에 말 한마디, 소소한 감정선의 변화까지 허비되는 느낌이 들지 않았다. 그래서인지 울어도 부끄럽지 않을 것 같아 망설임 없이 울음을 터뜨렸다. 그가 나를 이해해줄 거라고 확신했다.

순간 내면에 어떠한 파장이 일었다. 너무나 고통스럽고 강렬한 전율이었다. 오랜 세월 동안 몰래 묻어두었다가 충격을 받아 폭발해 사방으로 흩어져버린 크리스털처럼 눈물이 터져 나왔다. 눈이 시리고 코가 매웠다. 그런데도 나는 도무지 진정하지 못했다. 카라노가 울컥하는 모습에 나는 더 감정이 복받쳤다. 그는 아랫입술을 바르르 떨면서 젖은 눈으로 나를 바라보며 속삭였다.

"울지 마세요, 부인."

나는 카라노의 섬세함에 마음이 애틋해졌다. 나는 계속 눈물을 흘리면서 와인 잔을 바닥에 내려놓았다. 정말 위로받아야 할 사람은 나인데 내가 그를 위로해줄 것처럼 카라노 곁으로 다가 앉았다. 카라노는 아무 말 없이 기다렸다는 듯 내게 휴지 한 장을 내밀었다. 나는 미안하다고 중얼거렸다. 나는 제정신이 아니었다. 카라노는 내게 진정하라면서 이렇게 괴로워하는 모습을 보고 있기 힘들다고 했다. 나는 눈, 코, 입을 닦고 나서 카라노 곁에 웅크리고 앉았다. 그제야 마음이 편안해졌다. 나는 카라노의 가슴에 머리를 기대고 한쪽 팔을 그의 다리 위로 떨어뜨렸다. 전 같으면 잘 알지도 못하는 남자한테 그럴 수 있을 거라고 상상도 못 했을 것이다.

나는 다시 울음을 터뜨렸다. 카라노는 수줍고 조심스럽게 내 어깨를 감싸주었다. 따스한 정적이 주위를 감쌌다. 나는 다시 안정을 되찾고 눈을 감았다. 피곤해서 그대로 잠들고 싶었다.

"잠시 이대로 있어도 될까요?"

내 목소리가 들릴 듯 말 듯 숨결에 실려 나왔다.

"그럼요."

카라노가 살짝 잠긴 목소리로 대답했다.

정말로 깜박 잠이 들었던 것 같기도 하다. 순간 카를라와 마리오의 방에 있는 것 같은 느낌이 들었다. 강렬한 섹스 냄새가 너무 거슬렸다. 둘 다 아직 깨어 있을 시간이었다. 지금 이 순간 그들은 침대 시트를 땀으로 흥건하게 적시고 있을 것이다. 서로의 입속에 탐욕스럽게 혀를 집어넣고 있을 것이다. 나는 흠칫 놀라 잠에서 깼다. 뭔가가 목덜미를 스치는 느낌이 들었다. 카라노의 입술인 것 같기도 했다. 내가 어리둥절해서 고개를 들자 그가 내게 입을 맞췄다.

지금은 당시 내 감정이 어땠는지 이해하지만 그때는 아

니었다. 그 순간 나는 불쾌함을 느꼈다. 카라노가 신호를 보내온 이상 이제 서서히 혐오감에 익숙해지는 것 외에 다른 선택의 여지가 없을 것 같았다.

솔직히 말하면 그 순간 나는 나 자신에게 강렬한 분노를 느꼈다. 내가 그곳에 있다는 사실에 대해서, 변명의 여지가 없다는 사실에 대해서, 남 탓할 것도 없이 내 발로 카라노의 집으로 걸어 들어갔다는 사실에 대해서 화가 났다. 더 이상 물러날 곳이 없다는 생각에 화가 났다.

"그럼 시작해볼까요?"

나는 짐짓 명랑한 척 물었다.

카라노의 입가에 불안한 미소가 희미하게 떠올랐다.

"억지로 그럴 필요는 없어요."

"이제 와서 내빼려는 거예요?"

"그런 건 아니에요."

카라노는 다시 내 입에 자기 입술을 갖다 댔다. 하지만 나는 그의 침 냄새가 싫었다. 그에게서 정말로 불쾌한 냄새가 났었는지는 모르겠다. 단지 남편의 침 냄새와 다르게 느껴졌을 뿐이다. 그가 내 입속에 혀를 집어넣으려 하자 나는 입술을 살짝 벌리고 그의 혀에 내 혀를 살짝 스쳤다. 카라노의 혀는 조금 메말랐지만 생명력이 넘쳤다. 그런 그의 혀가 짐승의 혀처럼 느껴졌다. 가끔 정육점에서 보고 혐오감을 느꼈던 동물의 거대한 혀 같았다. 매력을 느낄 만큼 인간적으로 느껴지진 않았다.

카를라에게서는 나와 똑같은 맛이 날까? 나와 똑같은 냄새가 날까? 혹시 남편은 지금껏 내 맛과 체취를 혐오스러워했던 것은 아닐까? 지금 내가 카라노에게서 느끼는 것처럼? 나를 만난 후 수십 년이 흘러 카를라를 만나고 나서야 남편은 자신에게 맞는 체취를 찾아낸 것이 아닐까?

나는 지나칠 정도로 맹렬하게 카라노의 입속으로 내 혀를 밀어 넣고 한참 동안 키스했다. 카라노의 목 깊숙이 있는 무엇인가가 식도 뒤로 넘어가기 전에 혀로 꺼낼 기세로 그렇게 했다. 나는 그의 목을 감싸 안고 온몸으로 그의 몸을 소파 모서리로 밀어붙인 후 오랫동안 그에게서 입을 떼지 않았다.

키스하는 동안 나는 두 눈을 부릅뜨고 방에 있는 아무 물건에나 시선을 고정시킨 다음 거기에 매달리듯 정신을 집중했다. 눈을 감는 순간 카를라의 파렴치한 입이 보일까봐 두려웠다. 카를라에게는 열다섯 살 때부터 그런 뻔뻔한 구석이 있었다. 마리오는 그런 카를라를 얼마나 좋아했을까. 남편은 내 곁에서 자면서도 카를라를 꿈꿨을 것이다. 카를라가 너무 좋아서 꿈을 꾸다 잠에서 깨어나 카를라인 줄 알고 내게 키스했다가 나라는 사실을 알아차린 순간 뒤로 물러나 다시 잠들었을 것이다. 자신이 키스한 입이 새로운 맛이 느껴지지 않는 나의 입이라는 사실을, 지나가버린 과거의 입이라는 사실을 알아챘을 것이다.

카라노는 내 키스에서 신경전 단계는 끝났음을 직감했다. 그는 한 손으로 내 목덜미를 받치고 내 입술에 자기 입술을 더 세게 누르려 했다. 그러다 입술을 떼더니 내 뺨과 눈에 축축한 키스를 퍼붓기 시작했다. 카라노가 인체를 탐구하는 데는 정확한 규칙이 있는 듯했다. 그는 내 귀에도 키스했는데 소리가 고막에서 울려 듣기에 거북했다. 그런 다음 카라노는 내 목을 공략했다. 혀로 목덜미에 붙은 머리카락을 적시면서 큼직한 손으로 내 젖가슴을 더듬었다.

"난 가슴이 작아요."

이렇게 속삭이는 순간 나 자신이 싫어졌다. 말투가 거

의 사과조로 들렸기 때문이다.

'커다란 젖가슴을 당신께 바치지 못해서 죄송해요. 이 대로 즐겨줘요'라고 말하는 것 같았다.

멍청한 년 같으니라고. 콩알만 한 젖꼭지가 좋으면 다 행이고 아니어도 그만일 뿐이었다. 어차피 다 공짜가 아 닌가. 이 얼간이 처지에서는 얻어걸린 행운 아닌가. 그 나 이에 상상할 수 있는 최고의 생일 선물 아닌가.

"이대로가 좋아요."

그는 내 셔츠 단추를 풀고 한쪽 손으로 브래지어 가장 자리를 잡아 내린 다음 유두를 살짝 깨물고 빨았다. 그런 데 나는 유두도 작았다. 내 젖가슴은 그의 손에서 빠져나 와 자꾸만 브래지어 속으로 되돌아갔다. 나는 잠깐만 기 다리라고 하면서 그를 잠시 밀어낸 다음 몸을 일으켜 셔 츠를 벗고 브래지어 끈을 풀었다. 그리고 멍청하게도 내 젖가슴이 마음에 드느냐고 물었다. 마음속에서 젖가슴에 대한 불안감이 커져가고 있었기 때문에 그에게서 마음에 든다는 말을 다시 한번 듣고 싶었던 것이다.

그는 내 모습을 보고 숨을 크게 내쉬었다.

"당신은 아름다워요."

그는 강한 감동이나 밀려오는 향수에 감정을 가다듬을 때처럼 긴 한숨을 내쉰 뒤 손가락 끝으로 나를 가볍게 밀쳤다. 상반신을 드러낸 채 소파에 쓰러진 내 모습을 더 잘 감상하기 위해서였다.

나는 순순히 소파 위로 쓰러졌다. 아래서 올려다보니 연륜이 드러나기 시작한 카라노의 목주름이 보였다. 면도할 때가 된 것처럼 보이는 수염은 새하얗게 반짝였고 눈썹 사이로 주름이 깊었다. 아마 그는 진심이었을 것이다. 정말로 내 아름다움에 매혹되었을 것이다. 성욕을 포장하기 위해 내던진 수식어는 아니었을 것이다. 남편이 그나마 남아 있는 나의 아름다움을 꼬깃꼬깃 뭉쳐 선물 포장지처럼 휴지통에 던져버렸지만 나는 여전히 아름답다. 그렇다. 나는 아직도 사내를 애타게 할 수 있다. 내게는 그런 능력이 있다. 비록 마리오는 다른 여자의 침대로, 다른 여자의 품속으로 도망갔지만 나를 망가뜨리지는 못했다.

카라노는 나를 향해 몸을 숙이고 젖꼭지를 빨고 핥았다. 나는 그대로 카라노에게 몸을 맡기고 싶었다. 혐오감과 절망감을 마음속에서 지워버리고 싶었다. 나는 조심스레 두 눈을 감고 그의 뜨거운 숨결과 입술을 피부로 느끼면서 신음소리를 냈다. 우리 둘 모두에게 용기를 주기 위한 신음소리였다. 나는 새로운 쾌락의 기운을 느끼고 싶었다. 비록 나는 카라노에 대해 잘 알지 못하며 그가 재능없고 별 볼일 없는 음악가인 데다 여자를 유혹할 만한 매력도 없고 나약해서 지금까지 혼자라 할지라도 말이다.

그는 내 갈비뼈와 배에 입을 맞췄다. 뭐 대단한 것이 있는지는 모르지만 배꼽에서도 한참을 머물렀다. 그는 내 배꼽에 혀를 넣고 간지럼을 태우다 몸을 일으켜 세웠다. 눈을 떠보니 그의 머리는 헝클어져 있고 눈가가 촉촉했다. 죄책감에 사로잡힌 어린아이 같은 표정이 문득 그의 얼굴을 스쳐 지나갔다.

"내가 좋다고 말해줘요."

나는 숨을 헐떡거리면서 말했다.

"나는 당신이 좋아요."

카라노는 그렇게 말했지만 아까보다 흥분이 가라앉은 것 같았다. 그는 내 무릎에 손을 올려놓더니 내 다리를 벌렸다. 어두운 우물의 수심을 측정하듯 그의 손가락이 치마 속으로 미끄러져 들어왔다. 그는 내 허벅지 속살을 가볍게 쓰다듬었다.

나는 모든 일이 빨리 진행되기를 바랐지만 카라노는 하나도 급하지 않아 보였다. 이제야 나는 아이들이 잠에서 깼을 것 같다는 생각이 들었다. 격렬했던 마지막 만남 뒤에 남편이 두려움과 회한에 가득 차 돌아왔을지도 모른다는 생각도 들었다. 실제로 오토가 기뻐 날뛰면서 컹컹대는 소리가 들리는 것 같았다. 하마터면 카라노에게 개가 짖고 있다고 말할 뻔했지만 경우가 아닌 것 같아 참았다. 마침 카라노는 내 치마를 들치고 손바닥으로 팬티 가장자리를 쓰다듬기 시작하는 참이었다. 그러고는 팬티를 꾹 누르면서 성기 깊숙이 손가락을 집어넣었다.

나는 또다시 신음소리를 내면서 팬티 벗기는 것을 도우려 했지만 카라노는 그런 나를 제지했다.

"안돼요."

그가 말했다.

"기다려요."

그는 팬티를 살짝 들치더니 실오라기 하나 걸치지 않은 내 음부를 손가락으로 쓰다듬다가 집게손가락을 쑥 집어넣고는 또다시 속삭였다.

"그래요. 당신은 정말 아름다워요."

여자는 겉과 속이 다 아름다워야 한다는 남성의 판타지. 남편도 카를라를 이렇게 다뤘을까. 내게는 한 번도 이렇게 한 적이 없었다. 하지만 아마도 지금 이 순간 남편도 어딘가에서 긴긴 밤을 보내며 카를라의 마른 다리를 벌리고 반쯤 드러난 그녀의 성기를 바라보고 있는지도 모른다. 그 음탕한 자세에 심장이 요동치는 것을 느끼며 망설이고 있는지도 모른다. 손가락을 놀려서 그녀를 더 음탕하게 만들고 있는지도 모른다. 아니, 그렇지 않을 수도 있다. 그 순간 음탕한 계집은 나 하나뿐일지도 모른다. 은밀한 곳을 더듬는 사내의 손에 몸을 맡기고 있는 나뿐일지도 모른다. 사랑 없이 무기력한 호기심으로 서두르지 않고 내 안에서 손가락을 적시고 있는 이 사내에게 몸을 내맡긴 나뿐일지도 모른다.

나와 달리 카를라는 사랑하는 연인에게 헌신하는 젊은 여자다. 남편은 그렇게 생각하고 있었다. 남편의 생각이 그렇다는 사실을 이제는 확실히 깨달았다. 그렇기 때문에 카를라의 행위는, 카를라의 숨결은 천박하지 않다. 부정한 것이 아니다. 상상할 수 있는 가장 추잡한 말조차도 그들의 성행위 이면에 있는 진정한 감정을 손상시키지 못할

것이다. 내가 아무리 갈보 같은 년이니 개 같은 자식이니
멍청한 연놈이니 해도 진정 그들을 욕보이지는 못할 것이
다. 상처를 입는 것은 소파 위에 누워 있는 나뿐이다. 이
순간 흐트러진 자세로 진흙 같은 쾌락을 휘젓는 카라노의
굵은 손가락에 몸을 맡기고 있는 나의 이미지만 손상될
뿐이다.

또다시 울음이 터질 것 같아 나는 이를 앙다물었다. 나
는 어찌할 바를 몰랐다. 눈물을 흘리고 싶지 않아 골반을
흔들고 고개를 가로저으면서 신음소리를 냈다.

"나를 원한다고 말해줘요. 그렇게 말해줘요."

카라노는 고개를 끄덕였다. 그는 내 한쪽 옆구리를 들
어 올리고 내 팬티를 내렸다. 나는 이제야말로 정말 그곳
을 떠나야겠다고 생각했다. 알고 싶었던 사실은 이미 확
인하지 않았나. 내가 남자들에게 아직 매력적이라는 사실
말이다. 마리오는 내게서 모든 것을 앗아갔지만 내 자아
까지 가져가지는 못했다. 나 자신과 내 매력적인 가면까
지 빼앗아가지는 못한 것이다. 이제 엉덩이는 그만 건드
렸으면. 카라노는 내 엉덩이를 깨물고 빨아댔다.

"엉덩이는 싫어요."

나는 이렇게 말하면서 카라노의 손가락을 밀어냈다. 카라노는 다시 내 항문에 손을 댔고 나는 그런 그를 다시 밀어냈다. 이제 그만 끝장을 내야겠다. 나는 그의 품에서 빠져 나와 가운을 향해 손을 뻗었다.

"이제 그만 끝내요. 콘돔 있어요?"

내가 소리쳤다.

카라노는 고개만 끄덕일 뿐 움직이지 않았다. 그는 갑자기 풀이 죽어서 내 몸에서 손을 뗐다. 그는 소파 등받이에 고개를 기대고 천장을 바라보았다.

"느낌이 없어요."

그가 중얼거렸다.

"무슨 느낌이오?"

"발기가 안 돼요."

"원래 그래요?"

"아뇨. 지금 안 돼요."

"시작했을 때부터 한 번도요?"

"네."

나는 수치심으로 얼굴이 화끈거렸다. 내게 키스하고 나를 포용하고 내 온몸을 더듬었는데 물건이 서지 않았다니. 나는 그의 피를 끓어오르게 하지 못했던 것이다. 얼간이 같은 자식이 자기 물건은 못 세웠으면서 나만 달아오르게 만든 것이다.

나는 카라노의 목욕가운을 풀었다. 이제 와서 자리를 뜰 수는 없었다. 5층과 6층 사이 계단은 이미 사라져버렸다. 지금 나가봤자 심연을 마주하게 될 것이다.

나는 카라노의 창백하고 조그만 성기를 바라보았다. 그의 성기는 수풀처럼 무성한 검은 음모와 무거운 고환 사이에 축 늘어져 있었다.

"걱정하지 말아요. 너무 흥분해서 그래요."

내가 말했다.

나는 자리에서 일어나 걸치고 있던 치마를 벗어던지고 완전한 알몸이 되었다. 하지만 카라노는 내가 그러는지도 모르고 여전히 천장을 바라보고 있었다.

"뒤로 기대봐요."

나는 짐짓 침착한 척 그에게 명령을 내렸다.

"긴장 좀 풀어요."

나는 카라노를 소파로 밀쳤다. 그는 방금 전 나와 똑같은 자세로 고개를 천장 쪽으로 향하고 누웠다.

"콘돔은 어디 있죠?"

그는 씁쓸한 미소를 지어 보였다.

"지금 그래봤자 소용없어요."

그러면서도 그는 힘없이 가구를 가리켜 보였다. 나는 카라노가 가리킨 가구가 있는 곳으로 가서 콘돔을 발견할 때까지 서랍을 차례로 열어보았다.

"내가 좋다고 했잖아요."

내가 고집을 부리자 그는 손등으로 자기 이마를 살짝 때렸다.

"그랬죠. 머릿속에서는요."

나는 악에 받친 웃음을 지어 보이면서 말했다.

"그걸로는 부족하죠!"

나는 그의 얼굴을 등지고 가슴 위에 걸터앉았다. 가슴을 쓰다듬으면서 검은 털의 흔적을 쫓아 서서히 성기 근처의 짙은 공터로 몸을 굽혔다. 카를라 년은 내 남편과 놀아나고 있는데 나는 아무런 희망 없는 홀아비와도 섹스를 못 하다니. 우울증에 걸린 음악가에게 나는 53번째 생일의 기분 좋은 선물이어야 했다.

카를라는 내 남편의 성기를 자기 것인 양 제멋대로 다

루고 있었다. 남편의 물건을 자기 안에 집어넣었다. 내게
는 한 번도 넣지 않은 항문에도 말이다. 그런 카를라에 비
해 나는 고작 저 회색 살덩이를 차갑게 식게 만들었을 뿐
이었다. 나는 카라노의 성기를 잡고 상처가 있는지 확인
하기 위해 살을 당겨본 후 입속에 집어넣었다. 잠시 후 카
라노가 신음소리를 내기 시작했다. 신음소리가 작은 노새
울음소리처럼 들렸다.

얼마 지나지 않아 카라노의 살덩이는 내 입천장을 향해
부풀어 오르기 시작했다. 그 음흉한 자식은 그것을 원했
던 것이다. 내가 그렇게 해주기를 기다렸던 것이다. 카라
노의 성기는 드디어 그의 배 위로 힘차게 솟아올랐다. 마
리오와는 비교도 안 되게 힘차게 내 안 깊숙이 치고 들어
올 만한 성기였다. 며칠 동안 배가 아플 정도로 말이다. 남
편은 진짜 제대로 된 여자를 어떻게 다뤄야 할지 몰랐다.
그래서 머리에 든 것도 없고 경험도 없고 남자와 말장난
을 할 줄도 모르는 스무 살짜리 창녀 년이나 데리고 노는
것이다.

카라노는 안절부절못하면서 내게 계속해서 기다리라
고 했다. 나는 내 음부가 그의 입에 닿을 정도로 뒤로 간

다음 고개를 돌려 최대한의 경멸을 담은 시선으로 그를 쏘아 보았다.

"키스해줘요."

내가 말하자 그는 느릿느릿 정성스레 내 말을 따랐다. 그가 내 음부에 키스하는 소리가 들렸다. 멍청한 늙은이 같으니라고. 그는 내가 남편과 섹스할 때 쓰던 은유를 이해하지 못한 것이었다. 내가 무엇을 요구하는 건지 알아차리지 못했다. 카를라는 내 남편의 암시를 해독할 수 있을까? 과연 그럴까? 나는 콘돔 포장지를 이빨로 뜯어내고 그의 성기에 콘돔을 씌웠다.

"자! 이제 힘을 내!"

내가 말했다.

내 항문이 마음이 들면 내 처녀성을 가져가버려. 남편이랑은 한 번도 안 해봤단 말이야. 네놈 자식이 내 항문을 어떻게 정복했는지 남편에게 세세히 들려줘야겠어.

카라노는 힘겹게 내게서 몸을 빼냈고 나는 엎드린 자세로 기다렸다. 나는 혼자 웃었다. 이 이야기를 들려줄 때 남편 표정이 어떨지 상상하니 웃음이 나왔다. 카라노가 내 몸을 세게 누르는 것을 느끼고 나서야 나는 웃음을 멈췄다. 더럭 겁이 났다. 나는 숨을 참았다. 나는 짐승 같은 자세로 동물 같은 체액을 쏟으며 지극히 인간적인 부정을 저지르고 있었다. 나는 고개를 돌려 카라노를 바라보았다. 아마도 여기서 멈춰 달라고, 내 말에 복종하지 말아달라고 애원하기 위해서였을 것이다.

순간 그와 눈이 마주쳤다. 그가 무엇을 보았는지 모르겠다. 내가 본 것은 하얀 목욕가운을 풀어 헤치고 땀에 절어 번뜩이는 얼굴로 집중하느라 입술을 꾹 다물고 있는 젊음과는 거리가 먼 사내였다. 나는 그에게 뭐라 말했지만 무슨 말을 했는지는 생각나지 않는다. 카라노는 입을 크게 벌리고 눈을 감더니 내 등 위로 무너지듯 쓰러졌다. 콘돔이 허연 정액으로 부풀어 오르는 것이 보였다.

"어쩔 수 없죠."

짜증스런 웃음이 목 안에서 터져 나왔다. 나는 이미 축 늘어진 카라노의 성기에서 콘돔을 벗겨내 바닥에 던져버렸다. 누렇고 끈적끈적한 액체가 바닥에 튀었다.

"조준을 잘못했네요."

나는 다시 옷을 입고 문 쪽으로 다가갔다. 카라노가 목욕가운의 앞섶을 여미면서 내 뒤를 따라왔다. 나 자신이 혐오스러웠다. 집을 나서기 전에 내가 속삭였다.

"제 잘못이에요. 죄송해요."

"아니, 저야말로…"

나는 고개를 가로젓고 애써 마음에 없는 회유적인 미소를 지어 보였다.

"그런 식으로 얼굴에 엉덩이를 들이밀다니… 마리오의 애인은 그런 짓은 하지 않겠죠."

나는 천천히 계단을 올라갔다. 난간 옆 층계참 한구석에 '불쌍한 여자'가 오래전 자세 그대로 쭈그리고 앉아 있는 모습이 보였다. 그녀는 내게 지친 목소리로 진지하게 말했다.

"나는 깨끗하다 나는 진실하다 나는 내 패를 모두 보여주었다"

나는 집 앞에서 몇 번이나 열쇠를 잘못 넣어 한참 동안 문을 못 열었다. 집에 들어가서도 문을 잠그는 데 한참이 걸렸다. 오토가 나를 반겨주었지만 나는 녀석은 안중에도 없이 샤워부터 하러 갔다. 나는 지금 일어난 모든 일을 당해도 싸다. 몸이 뻣뻣하게 굳은 채 떨어지는 물줄기를 맞으면서 마음속으로 나 자신에게 쏟아붓고 있는 가혹한 말까지도.

"나는 내 남편을 사랑해. 그러니 이 모든 것은 의미가 있어."

소리 높여 이렇게 말하고 나서야 나는 마음을 가라앉힐 수 있었다.

시계를 보니 새벽 2시 10분이었다. 나는 침대에 누워 불을 껐다. 나는 절망에 빠져 그 문장을 머릿속에 되새기다 바로 잠이 들었다.

18

그로부터 다섯 시간 후인 8월 4일 토요일 아침 일곱 시에 눈을 떴을 때 나는 좀처럼 정신을 차리지 못했다. 남편에게 버림받고 난 뒤 가장 힘든 하루가 시작될 참이었지만 그때까지만 해도 나는 그 사실을 몰랐다.

당연히 남편이 잠들어 있을 거라 믿고 손을 뻗어 보았지만 내 옆에는 아무도 없었다. 남편의 베개조차 없었다. 베개를 베지 않기는 나도 마찬가지였다. 게다가 밤새 침대 넓이는 늘어나고 길이는 줄어든 것 같았다. 나는 아마도 내 키가 더 길어지거나 몸이 야윈 모양이라고 생각했다.

혈액 순환에 문제라도 있는 것처럼 온몸에 감각이 없고 손가락이 부어 있었다. 자기 전에 반지 빼는 것을 깜빡했다는 사실을 깨달았다. 평소처럼 반지를 빼서 침대맡 탁자에 올려두지 않은 것이다. 반지는 목 조르듯 내 약지를 조였다. 온몸이 아픈 이유가 반지 때문인 것 같았다. 나는 조심스레 반지를 손가락에서 빼보았다. 손가락에 침까지 묻혀봤지만 반지는 빠지지 않았고 입에서 금 맛이 났다.

천장의 모습이 익숙지 않은 데다 눈앞에는 매일 아침 눈을 뜨면 보이는 커다란 붙박이장 대신 하얀 벽지가 있었다. 발은 허공에 삐져나와 있었고 머리맡에 침대 머리판이 느껴지지 않았다. 손과 침대 시트 사이에 패드나 펠트나 벨벳 같은 것을 채워 넣은 것처럼 감각이 둔하고 고막도 꽉 막힌 것 같았다.

나는 힘을 모아 팔꿈치에 힘을 주고 조심스레 몸을 일으켰다. 벌떡 일어나다 침대며 이 방이 종이처럼 찢어져버릴 것 같았기 때문이다. 아니면 내 몸이 찢어져버릴지도 몰랐다. 병에서 떼어내려다 찢어버린 와인 라벨처럼. 나는 잠결에 몸을 심하게 뒤척였다는 사실을 겨우 깨달았다. 의식을 잃고 땀으로 흠뻑 젖은 침대 시트 위를 기거나 굴러다니다 평상시 자던 구역을 벗어났다는 사실을 깨달았다. 전에 없었던 일이었다. 나는 자세를 바꾸지 않고 침대 한쪽에서 웅크려 자곤 했다. 하지만 그 외에 다른 이유가 있을 리 없었다. 내 오른쪽에는 베개가 두 개 있었고 왼쪽에는 옷장이 있었다. 나는 지쳐서 다시 침대 위에 쓰러졌다.

그 순간 노크 소리가 들렸다. 일라리아였다. 일라리아는 구겨진 옷차림에 졸린 표정으로 침실에 들어와 말했다.

"오빠가 내 침대에 토했어요."

나는 고개를 들지 않고 일라리아를 곁눈질로 바라보았다. 순간 일라리아의 늙은 모습을 상상했다. 죽음이 임박해서 얼굴선이 무너져 있거나 이미 죽어버린 모습을 상상했다. 그럼에도 그애는 내 일부였다. 과거 내 어린 시절의 환영이었다. 언젠가는 내가 될지도 모르는 어린아이의 환영이었다. '내가 될지도 모르는' 어린아이라니. 대체 무슨 말이람? 희미한 형상들이 빠르게 머릿속을 스쳐 지나갔고 머릿속에 맴돌던 어떤 문장들이 다급한 속삭임처럼 귓가에 울렸다.

나는 내가 문법적으로 올바른 시제를 사용하지 못하고 있다는 사실을 깨달았다. 얼떨결에 잠에서 깬 탓이다. 시간은 숨결처럼 지나가는 거라고 생각했다. 오늘은 내 차례지만 곧 딸아이의 차례가 올 것이다. 내 어머니도 같은 일을 겪었고 내 선조들도 마찬가지다. 아니 아직까지도 나와 그들은 동시에 같은 일을 겪고 있는지 모른다. 그리고 앞으로도 같은 일을 겪을 것이다.

침대에서 일어나려 했지만 순간 모든 움직임이 정지된 것 같았다. '일어나자'라는 생각은 무심히 귓가를 가볍게 맴돌 뿐 행동으로 옮겨지지 않았다. 어린아이였을 때도 소녀가 되어서도 나는 남자를 기다렸다. 그런데 이제 와서 남편을 잃은 것이다. 나는 죽을 때까지 불행할 것이다. 어젯밤 나는 절망에 빠져 카라노의 물건을 빨았다. 내 음부가 당한 모욕을 지워버리기 위해서, 상처받은 자존심을 되찾기 위해서 말이다.

"갈게."

나는 움직이지 않고 말했다.

"왜 그러고 잤어요?"

"나도 몰라."

"오빠가 내 베개에 입을 댔어요."

"그게 뭐 어때서?"

"침대랑 베개를 다 더럽혀놨어요. 오빠 뺨을 때려주
세요."

나는 감당하지 못할 무게를 들어올리듯 억지로 몸을 일
으켰다. 그것이 내 체중이라는 사실을 나는 좀처럼 받아
들이지 못했다. 몸이 납덩이보다 무거웠다. 나는 하루 종
일 그 무게를 감당할 자신이 없었다. 나는 하품을 하고 나
서 머리를 오른쪽 왼쪽으로 돌린 후 다시 반지를 손가락
에서 빼내려 했지만 이번에도 실패하고 말았다.

"오빠를 혼내주지 않으면 엄마를 꼬집을 거에요."

일라리아가 나를 위협했다.

나는 일부러 아이들 방으로 천천히 갔다. 일라리아는
조바심이 나서 앞장섰고 오토는 컹컹 짖다 끙끙거렸다.
오토가 침실과 거실 사이에 난 문을 긁어대는 소리가 들
렸다. 잔니는 전날 저녁에 봤을 때와 똑같은 옷차림으로
일라리아의 침대에 누워 있었다. 하지만 온몸이 땀에 흠
뻑 젖어 있었고 얼굴은 창백했으며 분명 깨어 있는데도

눈을 감고 있었다. 얇은 이불은 더럽혀져 있었고 바닥에
도 누런 얼룩이 사방에 번지고 있었다.

나는 잔니에게 아무 말도 하지 않았다. 말할 필요를 느
끼지 못했고 그러고 싶은 마음도 없었다. 대신 욕실로 가
서 세면대에 침을 뱉고 입을 헹궜다. 나는 걸레를 집어 들
었다. 침착하게 행동하려 했지만 그래도 내가 너무 급히
움직이는 것 같았다. 내 의지와는 달리 눈동자가 옆으로
돌아가는 것 같았다. 눈이 부자연스럽게 옆으로 쏠리면서
초점이 흔들리는 바람에 벽과 거울과 가구를 비롯해 주변
에 있는 모든 것이 움직이는 것처럼 보였다.

나는 한숨을 내쉬었다. 긴 한숨을 내쉬고 나니 공황상
태에서 벗어나 시선을 걸레에 고정시킬 수 있었다. 나는
아이들 방으로 돌아가 쭈그려 앉아 바닥을 닦았다. 토사
물의 시큼한 냄새를 맡으니 아이들에게 젖과 이유식을 먹
이던 때가 생각났다. 그때 아이들은 갑자기 잘 토하곤 했
다. 나는 느린 동작으로 내 아들의 병의 흔적을 방바닥에
서 지워내면서 고향의 '불쌍한 여자'를 생각했다. 그녀의
아이들도 불평불만이 많았다. 사탕을 주어야 겨우 입을
다물었다.

언젠가부터 버림받은 여자는 아이들에게 화를 내기 시작했다. 여자는 아이들 때문에 자기 몸에 엄마 냄새가 뱄다고 했다. 그 냄새 때문에 몸이 망가졌다는 것이다. 남편이 자기를 떠난 것도 아이들 때문이라고 했다. 그녀는 자식들은 처음에 엄마의 배를 부풀어오르게 하고 나중에는 유방까지 축 처지게 한다고 했다. 게다가 자식들은 참을성이 없다고 했다. 내 기억에 대략 그런 말을 하고 다녔던 것 같다. 어머니는 내가 듣지 못하도록 소리를 낮추고 '불쌍한 여자'의 말에 진지하게 동의를 표하며 그녀의 말을 전했다. 하지만 나는 어머니 말이 다 들렸다. 지금 이 순간도 청각이 이중으로 되기라도 한 것처럼 엄마 말이 들린다.

지금 나는 몰래 훔친 스팽글을 입안에 넣고 빨면서 탁자 아래서 놀고 있는 어린아이이기도 했고 그날 아침 일라리아의 침대 옆에서 기계적인 동작으로 지저분한 뒤처리를 하면서 끈적끈적한 걸레가 바닥을 스치는 소리에 신경을 곤두세우는 다 큰 여자이기도 했다.

마리오는 어땠더라? 그는 상냥했던 것 같다. 내가 임신하고 있는 동안 무심하지도 귀찮은 내색도 하지 않았다.

오히려 임신 기간에 더 자주 섹스를 하고 싶어 했다. 그것은 나도 마찬가지였다. 나는 바닥을 닦으면서 감정을 배제하고 속으로 셈을 해보았다. 카를라가 우리 인생에 나타났을 때 일라리아는 태어난 지 일 년 육 개월이 지났고 잔니는 다섯 살이 되기 조금 전이었다.

그때 나는 직업이 없었다. 일이 전혀 없었다. 글을 쓰지 않은 지 최소한 5년은 지난 후였다. 당시 나는 이 도시가 낯설었는데 그것은 지금도 마찬가지다. 도움을 청할 만한 친척이 없기도 했지만 설사 있다 해도 나는 도움을 청하지 않았을 것이다.

나는 원래 남에게 도움을 청하지 않는다. 나는 장을 보고 요리를 하고 집 안 청소를 하고 두 아이를 꽁무니에 달고 분노에 가득 찬 상태에서 지칠 대로 지쳐 거리와 집 안을 배회했다. 처리해야 할 일이 너무나 많았다. 소득증명서도 내가 작성해야 했기 때문에 은행과 우체국으로 종횡무진 뛰어다녀야 했다. 밤마다 나는 노트에 수입과 지출 내역을 기록했다. 회사 대표에게 장부를 보여줘야 할 의무가 있는 회계사라도 되는 것처럼 지출 내역을 상세히 기록했다. 가끔 숫자 사이에 내 감정을 적기도 했다. 나는 내 아이들이 쉴 새 없이 씹어대는 음식물에 지나지 않았다.

'나는 살아 있는 물질로 만든 음식물이다. 살아 숨 쉬는 재료를 끊임없이 뒤섞어 부드럽게 만들어놓은 음식에 지나지 않는다. 내가 낳은 두 흡혈귀는 위액 냄새를 풍기면서 그런 내 몸을 게걸스럽게 먹어치우고 있다.'

수유는 혐오스러운 짐승 같은 행위다. 이유식에서 나는 미지근하고 들큼한 냄새는 또 어떤가. 아무리 씻어도 찌든 엄마 냄새는 지워지지 않았다.

가끔 마리오는 내게 몸을 딱 붙이고 잠결에 내 몸을 취하곤 했다. 그 역시 일에 지쳐 아무런 감정 없이 나를 안았다. 그는 우유와 쿠키와 시리얼 맛이 나는, 거의 의식을 잃은 내 몸을 집요하게 파고들었다. 그럴 때면 미처 눈치챌 틈도 없이 남편의 절망이 내 절망과 겹쳐졌다. 내 몸뚱이는 근친상간의 대상이었다. 나는 잔니가 토한 냄새 때문에 머리가 멍해져서 생각했다. 그에게 나는 범할 수 있는 어머니의 몸뚱어리일 뿐 연인이 아니었다.

마리오가 사랑하기에 적합한 대상을 다른 곳에서 찾기 시작한 것도 그때부터였을 것이다. 그는 죄책감을 피하고 싶어서 그렇게 했을 것이다. 그래서 그렇게 우울해하며 한숨을 내쉬었을 것이다.

카를라는 때맞춰 등장했다. 카를라는 마리오가 충족하지 못한 욕망의 거짓된 허상이었다. 당시 카를라는 일라리아보다 열세 살 많고 잔니보다 열 살, 어머니가 들려주던 마치니 광장의 '불쌍한 여자' 이야기에 귀를 기울이던 때의 내 나이보다 일곱 살 많았다.

마리오는 카를라를 자신의 미래라고 착각했을 것이다. 하지만 실상 그가 원했던 것은 과거였다. 내가 이미 그에게 선사했던 소녀 시절이었다. 남편은 그때가 그리웠던 것이다. 카를라 역시 자신이 내 남편의 미래가 될 수 있다고 생각했을 것이다. 남편이 그렇게 믿도록 만들었을 것이다.

하지만 우리는 모두 착각에 빠져 있었다. 나부터 그랬다. 나는 아이들과 마리오를 돌보면서 결코 오지 않을 시간을 기다렸다. 나는 임신하기 전의 젊고 날씬하고 기운이 넘치고 언젠가는 내가 대단한 사람이 될 거라고 뻔뻔하게 믿어 의심치 않았던 시절이 오기를 기다렸다. 걸레를 꼭 쥐고 힘겹게 몸을 일으키면서 나는 그만둬야겠다고

생각했다. 언젠가부터 미래는 과거로 회귀하고픈 욕망이
되고 말았다. 우선 잘못된 시제부터 바로잡아야겠다.

19

"우엑, 더러워!"

내가 걸레를 빨러 욕실로 가는 동안 일라리아는 호들
갑을 떨면서 몸서리를 쳤다. 일상적인 집안일에 몰두하면
기분이 나아질 것 같아 나는 빨래를 하기로 마음먹었다.
흰 빨래와 색 빨래를 구분해서 세탁기에 넣고 돌려야겠다
고 생각했다. 내면의 눈을 떠야 한다. 제대로 생각해야 한
다. 오만 가지 단어와 이미지의 파편들이 쌓이고 뒤섞여
말벌 떼처럼 미친 듯이 윙윙거리며 내 행동을 위험하게
만들고 내게 자칫하면 끔찍한 피해를 입힐 능력을 부여
했다.

나는 걸레를 깨끗이 빤 다음 결혼반지와 어머니가 주신
아콰마린 반지 둘레에 비누칠을 했다. 반지 두 개를 살살
돌려 빼내는 데 성공했지만 어딘가 꽉 막힌 느낌은 여전
했다. 막힌 혈관은 풀어지지 않았다. 나는 반지 두 개를 무

의식적으로 세면대 가장자리에 올려놓았다.

나는 아이들 방으로 돌아가서 열을 재보려고 몸을 굽혀 잔니의 이마에 입술을 갖다 댔다. 잔니는 신음소리를 내며 말했다.

"머리가 너무 아파요."

"일어나."

일말의 동정심도 느껴지지 않는 말투와 자기가 아픈데도 별로 동요하지 않는 태도에 잔니는 놀란 눈으로 나를 바라보면서 힘들게 몸을 일으켰다. 나는 침착한 척 침대 시트를 벗기고 침대를 다시 정돈한 다음 더러운 침대 시트와 베개 커버를 빨래 통에 집어넣었다.

그제야 나는 잔니에게 해야 할 말이 생각났다.

"네 침대로 가서 누워 있어. 체온계를 가져다줄게."

일라리아가 떼를 썼다.

"오빠를 때려줘야죠."

내가 자기 요구를 들어주지 않고 체온계를 찾기 시작하자 일라리아는 그런 나를 벌하기 위해 갑자기 나를 꼬집은 뒤 내가 아파하는지 보려고 나를 빤히 쳐다보았다.

나는 아무런 반응을 보이지 않았다. 아무래도 좋았다.

어차피 아무 느낌도 없었다. 일라리아는 포기하지 않고 얼굴이 벌겋게 달아오를 정도로 열심히 나를 꼬집었다. 나는 체온계를 찾은 다음 일라리아를 팔꿈치로 가볍게 밀어내고는 잔니의 겨드랑이 밑에 체온계를 넣어주었다.

"끼고 있어."

나는 잔니에게 이렇게 말하고 벽시계를 가리켰다.

"10분 후에 빼내야 해."

"체온계를 잘못 넣었잖아요."

일라리아가 내게 따지듯 말했다.

내가 일라리아의 말을 귀담아 듣지 않자 잔니가 체온계를 확인했다. 잔니는 원망스런 눈초리로 나를 바라보면서 정말로 내가 수은이 없는 쪽을 겨드랑이에 넣은 것을 보여주었다. 집중하자. 지금 내게 필요한 것은 집중뿐이다. 나는 체온계를 잔니에게 제대로 꽂아주었다. 일라리아는 흐뭇해하면서 자기가 알아챈 거라고 했다.

그렇다. 내가 틀렸다. 나는 고개를 끄덕여 보였다. 대체 왜 수만 가지 일을 한꺼번에 해야 하는 걸까. 이렇게 살아온 지가 벌써 10년이 다 되어간다. 게다가 나는 아직 잠에서 완전히 깨어나지 못했다. 커피도 못 마시고 아침도 못

먹었다.

커피포트를 준비해 불에 올리고 일라리아에게 줄 우유를 데우고 싶었다. 세탁기를 돌리고 싶었다. 하지만 그 순간 오토의 울음소리가 들려왔다. 그동안 오토는 쉬지 않고 컹컹대면서 헐떡거리고 있었는데 잔니에게 집중하느라 오토의 울음소리에는 아예 귀를 막았던 것이다. 이제 오토는 소리를 내는 정도가 아니라 온몸에서 전파를 발산하는 것 같았다.

"지금 갈게!"

나는 오토를 향해 소리쳤다.

그제야 전날 밤 깜빡 잊고 오토를 데리고 나가지 않았다는 사실을 깨달았다. 녀석은 미쳐가고 있었다. 볼일을 해결해야 했기 때문이다. 사실 나도 그랬다. 나는 살아 있는 살덩이를 담은 부대 자루나 마찬가지였다. 내 몸은 배설물로 가득 찼고 방광이 터질 듯했고 배가 아팠다. 나는 자기 연민의 감정을 완전히 지우고 냉정하게 생각했다. 머릿속에 울리는 혼란스러운 소리는 살덩이로 꽉 찬 부대 자루에 불과한 나를 연속으로 강타했다.

'잔니가 토했다. 나는 머리가 아프다. 체온계는 어디 있

지? 멍멍멍. 어떻게 좀 해봐.'

"오토부터 데리고 나가자."

나는 큰 소리로 혼잣말을 했다.

나는 오토에게 목줄을 채우고 열쇠를 돌렸다. 열쇠를
빼낼 때 약간 애를 먹었다. 층계에 나가면서 잠옷에 슬리
퍼 차림이라는 사실을 알았는데 마침 카라노네 집 현관을
지날 때였다. 혐오감에 얼굴이 일그러지면서 씁쓸한 미소
가 떠올랐다. 그는 광란의 밤을 보낸 후 체력을 회복하느
라 틀림없이 곯아떨어져 있을 것이다. 하긴 카라노가 이
런 내 꼴을 보든 말든 무슨 상관이란 말인가. 그는 이미 내
가 내 진짜 옷만 입고 있는 것을 보지 않았나. 그는 마흔이
다 된 여인의 맨몸을 보았다. 이제 우리는 매우 친밀한 사
이가 된 것이다. 다른 이웃들은 벌써 오래전에 휴가를 떠
났거나 금요일 오후에 산이나 바다로 주말여행을 떠난 후
였다. 마리오만 아니었어도 우리 셋도 매년 그랬듯 이미
한 달 전에 바다나 산으로 휴가를 떠났어야 했다. 더러운
색마 같으니라고.

건물은 텅 비어 있었다. 8월은 원래 그렇다. 다른 집 문
앞을 지날 때마다 나는 그들을 비웃고 싶었다. 혀를 내밀

고 엄지를 코에 갖다 대 경멸감을 표하고 싶었다. 그들은 나와 상관없는 인간들이었다. 그들은 오손도손 행복한 가족들이었다. 전문직에 종사하면서 돈을 두둑히 벌고 공짜로 제공해야 할 서비스를 비싼 값에 판 대가로 안락한 생활을 누리고 있었다.

마리오도 마찬가지다. 그는 자기 아이디어를 팔아서 우리를 부양했다. 그는 그의 지성과 수업할 때 설득력 있는 말투를 이용해 가족을 먹여 살렸다. 일라리아가 층계참에서 외쳤다.

"토한 냄새를 맡고 싶지 않아요."

내가 아무런 대답도 하지 않자 일라리아는 집으로 돌아갔다. 약이 올라 문을 쾅 닫는 소리가 들렸다.

맙소사. 이런 식으로 사람을 양쪽에서 동시에 들볶으면 대체 어쩌란 말인가. 동시에 여러 가지 일을 할 수는 없지 않은가. 오토는 헉헉대며 계단과 계단을 잇듯 빠르게 달려 나가면서 나를 잡아끌었다. 나는 그런 오토를 어떻게든 멈추려 했다. 나는 뛰고 싶지 않았다. 달리면 온몸이 부서져버릴 것 같았다. 이미 한 계단씩 내려갈 때마다 뒤에 남은 계단이 형체도 없이 사라져버리는 느낌이었다. 기억에서조차 지워져버리는 느낌이었다.

난간과 누런 벽이 액체가 되어 폭포처럼 내 양옆으로 쏟아져 내렸다. 내 눈에는 오직 뚜렷하게 선이 그어진 계단만 보였다. 등 뒤에서 가스 새는 소리 같은 것이 들렸다. 나는 혜성이 된 것 같았다.

정말이지 끔찍한 날이다. 아침 일곱 시밖에 안 됐는데 벌써 무더웠다. 카라노의 차와 내 차를 제외하고는 주차장에 차가 한 대도 없었다.

세상을 일상의 질서 속에 끼워 맞추기에는 나는 너무나 지쳐있었다. 집 밖으로 나오지 않는 편이 좋았을 뻔했다. 집에서 나오기 전에 뭘 했더라? 커피포트를 불에 올려놨었나? 포트에 물을 채우고 커피를 넣었던가? 커피가 새지 않게 꼭 돌려 잠갔던가? 일라리아에게 줄 우유는 어떻게 했더라?

이 모든 일을 하려고 마음만 먹었는지 아니면 이미 했는지 구분이 되지 않았다. 냉장고 문을 열어 우유를 꺼낸 다음 냉장고 문을 닫고 냄비에 우유를 부어놓고 우유를 식탁에 놓아두지 않고 냉장고에 다시 넣고 가스 불을 켜고 냄비를 불에 올리고… 내가 이 모든 일을 제대로 했던가?

오토는 나를 꽁무니에 달고 아래로 달음박질쳐서 음란한 낙서가 가득 쓰여 있는 터널을 지났다. 공원에는 아무도 없었다. 새파란 플라스틱 같은 강 건너편 너머로 연둣빛 언덕이 펼쳐졌다. 주변에서는 자동차 소리 대신 새소리만 들릴 뿐이었다. 커피나 우유를 가스 불에 올려놓고 왔다면 새까맣게 타버렸을 것이다. 우유는 끓으면서 냄비 밖으로 흘러넘쳤을 테고 그러면서 가스 불을 꺼뜨려 온 집 안에 가스가 퍼졌을 것이다.

나는 아직도 가스에 대한 집착에서 벗어나지 못했다. 창문도 열어놓지 않았는데… 아니면 나도 모르게 열어놓았던가? 늘상 하는 일상적인 행동을 하지 않았는데도 한 것 같았다. 아니면 반대로 무의식적으로 행동에 옮기고도 모르는 것일 수도 있었다.

나는 무심히 이런저런 가능성을 헤아려보았다. 욕실에 틀어박혀 있는 편이 좋았을 텐데. 배가 당기고 거북할 정도로 묵직했다. 햇볕이 나뭇잎과 솔잎의 윤곽을 정교하게 그려나가고 있었다. 광적일 정도로 세밀한 빛의 작업이었다. 나뭇잎을 한 장씩 셀 수 있을 정도였다. 아니다. 나는 커피도 우유도 가스 불 위에 올려놓지 않았다. 이제야 확신할 수 있었다. 나는 그 확신을 믿기로 했다.

"가만히 좀 있어, 오토!"

녀석은 볼일이 너무 급해 나까지 뛰게 만들었다. 나는 나대로 아랫배가 무거웠다. 목줄을 놓칠 것 같아서 나는 오토를 세게 한 번 잡아당기고는 몸을 숙여 녀석을 해방시켜주었다. 오토는 순수한 생명체처럼 달려나갔다. 본능으로 꽉 찬 거대하고 새까만 덩어리 같았다. 오토는 나무에 대고 쿵쿵대다 풀잎 사이에 큰 일을 해결하고 나비를 쫓아 소나무 숲으로 자취를 감췄다.

나는 언제 저런 동물적이고 고집스러운 에너지를 잃었던가. 아마 사춘기 때였던 것 같다. 하지만 지금 나는 다시 야생의 상태로 회귀하고 있다. 나는 발목과 겨드랑이를 살펴보았다. 마지막으로 왁싱을 하고 털을 민 것이 언제였더라? 4개월 전만 해도 내 몸은 신의 음식처럼 향기롭고 꿀처럼 달콤했었는데.

마리오를 사랑하고 나서부터 나는 그가 나를 혐오스러워할까봐 두려워했다. 그래서 몸을 씻고 향수를 뿌리고 불쾌한 체취를 감추는 일에 신경을 썼다. 나는 공중으로 떠오르고 싶었다. 지상에서 떠올라 온전히 좋기만 한 것들이 그러듯 내가 공중으로 부양하는 모습을 마리오가 봐주기를 바랐다.

나는 악취가 사라지기 전에 화장실에서 나온 적이 한 번도 없었다. 남편이 내가 오줌 누는 소리를 듣지 못하게 언제나 수도꼭지를 틀어놓곤 했다. 허구한 날 몸을 닦고 머리를 빗었다. 머리도 이틀에 한 번씩 감았다. 나는 아름다움이란 꾸준히 몸의 흔적을 지워나가는 노력이라고 생각했다. 나는 남편이 육체가 지니는 뻔한 특성을 잊고 내 몸을 사랑해주기를 바랐다. 나는 아름다움이란 그런 인간의 육체적 특성을 망각하는 것이라고 생각하면서 불안해했다.

지금 생각해보면 정작 남편은 그렇게 생각하지 않았을지도 모른다. 나 혼자 남편의 사랑을 받기 위해서는 그런 집착에 가까운 노력이 필요하다고 믿은 것인지도 모른다. 하지만 그것은 고리타분한 옛날식 생각이었다. 여자는 외모를 가꾸는 데 신경써야 한다는 가르침을 준 어머니 탓이었다. 항공사에서 근무하던 시절 어느 날 아침 내 오랜 직장 동료가 아무런 수치심 없이 방귀를 뀌었을 때 나는 혐오인지 놀라움인지 재미인지 알 수 없는 감정을 느꼈다. 많아 봤자 스물다섯 살 정도인 여자였는데 그녀는 장난스러운 눈길로 나를 바라보면서 공모자 같은 희미한 미소까지 지어 보였다.

요즘 여자아이들은 남들이 다 보는 데서 트림을 하고 방귀도 뀐다. 지금 생각해보면 내 학교 친구 중에도 그런 아이가 있었다. 그때 그 아이 나이가 열일곱, 그러니까 카를라보다 세 살 어렸을 때였다. 친구는 발레리나가 꿈이어서 시간이 날 때마다 발레 자세를 연습했다. 그애의 실력은 훌륭했다. 쉬는 시간마다 발끝으로 가볍게 회전하며 온 교실을 누볐다. 그러면서 책상은 정확하게 피해 다녔다. 그러다 우리를 경악하게 하거나 멍청한 사내아이들의 뇌리에 남은 자기 자신의 우아한 잔상을 훼손하기 위해 일부러 몸으로 소리를 냈다. 그애는 내키는 대로 방귀를 뀌기도 하고 트림을 하기도 했다. 그날 아침 일어났을 때부터 나는 그런 여성의 야생성을 온몸으로 생생히 느꼈다.

갑자기 온몸이 녹아내릴 것 같았다. 너무나 불안한 나머지 복통까지 와서 벤치에 앉아 숨을 가다듬어야 했다.

오토의 모습은 보이지 않았다. 돌아올 생각이 아예 없는 것 같았다. 나는 마지못해 휘파람을 불었다. 오토는 이름 모를 나무가 가득한 숲속에 있었다. 실제 숲이 아니라 수채화처럼 보였다. 사방이 온통 나무였다. 포플러나무인가? 향나무인가? 아니면 아카시아? 수염나무? 나는 생각나는 대로 아무 나무 이름이나 떠올렸다. 주변에 있는 나무 이름이 무엇인지 내가 어떻게 알겠는가. 나는 식물에 대해 아는 게 아무것도 없었다. 집 주위에 있는 나무 이름조차 몰랐다. 누가 나무에 대해서 글을 쓰라고 한다면 나는 쓰지 못했을 것이다.

나무 그루터기가 도수 높은 돋보기를 대고 보는 것처럼 가까이 보였다. 나무와 나 사이의 거리가 존재하지 않는 것 같았다. 하지만 이야기를 제대로 들려주기 위해서는 지켜야 할 규칙이 있다. 그것은 바로 시간의 흐름을 가늠하기 위한 달력과 사건과 인물 그리고 전달하고자 하는 감정간의 거리감을 측정하기 위한 자를 준비하는 것이다. 그런데 내게는 이 모든 것이 숨결이 닿을 정도로 너무 가깝게 느껴졌다.

그 순간도 마찬가지였다. 나는 잠시지만 내가 잠옷 대

신 발렌티노 공원의 나무와 길, 이사벨라 공주 다리와 강, 우리 집 건물과 오토가 그려진 기다란 망토를 걸치고 있다는 착각에 빠졌다. 그 무거운 망토를 걸치고 있느라 이렇게 몸이 무겁고 둔하게 느껴지는 거라고 생각했다. 나는 수치스럽고 배가 아파서 끙 하고 소리를 내면서 일어났다. 방광이 터질 것 같아서 도저히 참을 수 없었다.

나는 집 열쇠를 꼭 쥐고 목줄로 땅을 내리치며 비틀거리면서 걸었다. 그렇다. 나는 나무에 대해서 아무것도 모른다. 공원에 심어놓은 이 나무들은 무엇일까. 포플러나무? 레바논산 향나무? 알레포산 소나무? 아카시아나무와 수염나무는 뭐가 다르지? 다 말장난일 뿐이다. 다 속임수다. 아마도 약속의 땅은 현실을 미화시키는 수식어가 필요 없는 곳일 것이다. 나는 자기혐오에 가득 찬 냉소적인 미소를 지으면서 잠옷을 걷어 올리고 쪼그리고 앉아 나무 뒤에서 오줌을 누고 똥을 쌌다.

"피곤하고, 피곤하고, 피곤하구나."

큰 소리로 외쳐봤지만 내 목소리는 바로 생명력을 잃었다. 목 안에서는 생생했던 목소리가 입 밖으로 나오는 순간 생기를 잃었다. 멀리서 일라리아가 나를 부르는 소리가 들렸다. 일라리아의 목소리가 희미하게 들려왔다.

"엄마! 돌아와요! 엄마!"

불안해서 어쩔 줄 모르는 작은 생명체의 목소리였다. 일라리아의 모습은 보이지 않았다. 나는 일라리아가 발코니 난간을 손으로 꼭 잡고 외치는 모습을 상상했다. 나는 일라리아가 밑에 아무것도 없는 허공으로 길게 뻗은 발코니를 무서워한다는 것을 알고 있었다. 일라리아가 거기까지 나왔다면 정말 내가 필요하다는 뜻이다. 정말로 가스불 위에서 우유가 끓고 있는지도 모른다. 커피포트가 폭발한 것일 수도 있다. 집 안 전체에 가스가 퍼지고 있을지도 모른다.

설사 그렇다 해도 서두를 필요가 있을까. 나는 서글프게도 딸아이에게는 내가 필요하지만 내게는 딸아이가 전혀 필요하지 않다는 사실을 깨달았다. 사실 그건 남편도 마찬가지였을 것이다. 일라리아도 잔니도 필요 없으니까 카를라에게 가버린 것이다.

욕망은 선택적이다. 욕망의 대상이 아닌 것은 무참히 잘려나간다. 남편의 욕망은 끝없이 펼쳐진 얼음 위에서 스케이트를 타듯 우리에게서 멀어져가는 것이었고 현재

나의 욕망은 나 자신을 버리고 나락으로 떨어지는 것이었다. 귀머거리에 벙어리가 되어 내 혈관 속으로, 내 장기와 방광 속으로 침몰하는 것이다.

문득 내가 식은땀을 흘리고 있다는 사실을 깨달았다. 날씨는 아침부터 무더운데 내 몸은 서늘한 막으로 뒤덮인 것이다. 무슨 일이 일어나고 있는 걸까. 나는 집으로 돌아가는 길조차 찾을 수 없었다.

바로 그 순간 축축한 무언가가 내 발목을 스치고 지나갔다. 내 옆에 있는 오토의 모습이 눈에 들어왔다. 오토는 귀는 쫑긋 세우고 혀는 쭉 내밀고 순한 늑대 같은 눈으로 나를 바라보고 있었다.

나는 몸을 일으켰다. 오토가 얌전히 있었는데도 목줄이 잘 채워지지 않았다. 오토는 숨을 약간 헉헉거리면서 평소와는 다른 눈빛으로 나를 바라보았다. 아마도 슬픔이리라. 나는 가까스로 목줄을 채웠다.

"자, 이제 가자."

내가 오토에게 말했다. 목줄을 꼭 잡고 오토 뒤만 따라가면 얼굴에 불어오는 더운 공기를 다시 느낄 수 있을 것 같았다. 피부가 보송보송해지고 밑에서 나를 지탱해주는 땅이 느껴질 것 같았다.

20

나는 소나무 숲에서 건물 입구까지 이어지는 팽팽한 줄 위를 걷는 느낌으로 엘리베이터에 도착했다. 엘리베이터가 느릿느릿 올라가는 동안 금속으로 만든 벽에 몸을 기대고 고마운 마음으로 오토를 바라봤다. 오토는 다리를 살짝 벌리고 서서 숨을 헐떡이고 있었다. 턱에서 가는 침 줄기가 흘러내려 엘리베이터 바닥에 구불구불한 선을 그리며 떨어졌다. 덜컹 소리와 함께 엘리베이터가 멈추자 일라리아가 보였다. 일라리아는 불만이 가득한 얼굴로 층계참에 나와 있었다. 내 의무를 제대로 수행하지 못했다는 사실을 일깨워주기 위해 내 어머니가 저승에서 돌아온 것 같았다.

"오빠가 또 토했어요."

일라리아가 말했다.

일라리아는 목줄에서 해방된 오토를 뒤에 달고 나보다 먼저 집에 들어갔다. 우유 탄 냄새도 커피 탄 냄새도 나지 않았다. 나는 현관문을 잠그느라 잠시 지체했다. 나는 기계적으로 열쇠구멍에 열쇠를 넣고 두 번 돌렸다. 이제는 익숙해진 동작이었다. 그렇게 해야만 누군가 내 집에 침입해 내 물건을 뒤지지 못하게 막을 수 있었다. 집 밖에는 내게 의무감과 죄책감을 강요해서 제대로 생활하지 못하게 하려고 안달이 난 사람들이 있었고 나는 그런 자들로부터 나 자신을 보호해야 했다.

내 자식들마저도 자기들 몸이 시들시들한 건 다 내 탓이라고, 엄마인 나와 같은 공기를 들이마시기만 해도 그렇게 된다고 믿게 하려는 건 아닌가 하는 의심이 퍼뜩 머리를 스쳤다. 잔니는 이를 증명하기 위해 일부러 병에 걸린 것 같았다. 잔니가 연출한 무대를 일라리아가 내게 보란 듯이 소개하면서 즐기고 있는 것 같았다.

또 토했다고? 그래서 뭐 어쩌라고? 처음 토한 것도 아닌 데다 이번이 마지막이 될 리도 없었다. 잔니는 제 아빠를 닮아 위가 약했다. 부자는 똑같이 뱃멀미와 차멀미를 했다. 찬물을 한 모금만 마셔도, 기름기가 너무 많은 케이크를 한 조각만 먹어도 어김없이 배앓이를 했다. 잔니는 상황을 더 복잡하게 하고 내 하루를 더 힘겹게 만들려고 나 몰래 대체 뭘 주워 먹은 걸까.

방으로 들어가보니 그새 다시 엉망이 되어 있었다. 이번에는 더러운 침대 시트가 구름처럼 방구석에 뭉쳐 있었고 잔니는 일라리아 침대에 누워 있었다. 일라리아가 나를 대신한 것이었다. 어린 시절 내가 어머니에게 한 것과 똑같은 일을 자기 오빠에게 해준 것이었다. 일라리아는 내가 제 오빠에게 어떻게 하는지 보고 따라한 것이다. 나를 대체함으로써 내 권위를 깎아내리는 놀이를 하고 있었던 것이다. 일라리아는 내 자리를 차지하고 싶었던 것이다. 평상시 나는 그런 일라리아에게 협조적이었지만 어머니는 그렇지 않았다. 내가 자기를 흉내 내서 무언가를 해놓을 때마다 어머니는 제대로 못했다며 화를 냈다. 지금도 어머니는 일라리아의 몸을 빌려 내가 엄마로서 부적합하다는 사실을 증명하고 싶은 것이다. 일라리아는 자기가 대장 노릇을 하고 있는 놀이에 함께하자고 나를 초대하고 싶은지 내게 설명을 늘어놓았다.

"더러운 침대 시트는 저기 놔뒀고 오빠는 내 침대에 눕혔어요. 많이 토하지는 않았어요. 오빠는 이렇게 했어요."

일라리아는 토악질하는 흉내를 몇 번 하고 바닥에 침을

뱉었다.

잔니에게 다가가 보니 땀을 흘리고 있었다. 잔니는 원망스런 눈빛으로 나를 바라보았다.

"체온계는 어디에 뒀니?"

내가 물었다.

일라리아가 기다렸다는 듯이 침대맡 탁자에서 체온계를 집어 들더니 숫자도 못 읽는 주제에 아는 척하며 내게 내밀었다.

"열이 있어요."

일라리아가 말했다.

"그런데 좌약은 넣기 싫대요."

체온계를 봤지만 집중해서 수은이 몇 도를 가리키고 있는지 읽기가 쉽지 않았다. 나는 다시 시력이 돌아오기를 불안한 마음으로 기다렸다. 얼마나 오랫동안 체온계를 손에 들고 있었는지 모르겠다. 잔니를 돌봐줘야 한다고, 열이 몇 도인지 알아야 한다고 속으로 되뇌어 보았지만 도무지 집중할 수가 없었다.

지난밤 무슨 일이 있었던 것이 틀림없었다. 그게 아니라면 몇 달 동안 벼랑 끝을 걷는 듯한 긴장감 속에서 지내다 이제 꿈꾸듯 서서히 추락하고 있는 것인지도 모른다. 두 손으로 체온계를 꼭 움켜쥔 채 슬리퍼 신은 발로 바닥을 디디고 서서 기다림을 담은 아이들의 시선이 나를 꼭 붙잡고 있는 것을 느끼면서도 나는 추락하고 있었다.

남편에게서 받은 고통 때문이다. 하지만 이대로 살 수는 없다. 기억에서 고통을 떼어내버려야 했다. 뇌를 할퀴고 지나간 상처 자국을 사포로 문질러버려야 했다. 또다시 더러워진 침대 시트를 가지고 나가 세탁기에 시트를 넣고 작동시켜야 했다. 세탁기에 난 유리 구멍 너머로 빨래가 물과 세제와 함께 돌아가는 광경을 바라봐야 했다.

"38.2도예요. 머리가 정말 아파요."

잔니가 조그맣게 말했다.

"좌약을 넣어야 한다니까요."

일라리아가 고집스레 말했다.

"난 좌약은 안 넣을 거야."

"그러면 내가 뺨을 때려줄 테야."

일라리아가 오빠에게 윽박질렀다.

"오빠를 때리기만 해봐."

내가 끼어들었다.

"그럼 엄마는 왜 뺨을 때리는데요?"

나는 뺨을 때린 적이 없다. 그러겠다고 위협한 적은 있지만 실제로 그런 적은 없었다. 하지만 아이들은 위협하려고 하는 말과 실제 행동의 차이를 모른다. 지금 생각해보면 어렸을 때 나도 그랬다. 어쩌면 다 커서도 그랬던 것같다. 어머니가 내린 금지령을 거역한 대가는 실제 거역여부에 상관없이 결국은 실현됐다. 어머니의 말은 현실이되었다. 내가 저지를 뻔했거나 저지르고 싶었던 잘못은기억에서 사라졌지만 벌 받은 상처는 아직도 타는 듯이아팠다. 어머니가 내게 자주 하던 말이 떠올랐다.

"그만두지 않으면 손모가지를 잘라버릴 테다."

어머니는 내가 재봉할 때 쓰는 물건을 만질 때마다 그렇게 말했다. 어머니의 말은 가위 같았다. 길고 날 선 가위가 통째로 어머니의 입에서 튀어나와 구리로 된 가윗날로내 손목을 댕강 잘라버릴 것 같았다. 손목이 있던 자리에잘린 부위를 바늘과 재봉실로 기운 그루터기만 남을 것같았다.

"내가 언제 때렸다고 그래."

내가 말했다.

"거짓말 마세요."

"말로만 그랬지. 말로만 때리겠다고 한 것과 진짜 때리는 것은 전혀 다른 이야기야."

말은 그렇게 했지만 속으로는 아무런 차이가 없다고 생각했다. 그렇게 생각하고 나는 흠칫 놀랐다. 그런 차이를 구분하는 능력을 상실한다면, 그것도 완전히 상실해버린다면 홍수에 휩쓸려 내리듯 모든 것의 경계가 지워져버릴 것이다. 그렇게 되면 그 무더운 날 무슨 일이 일어날지 어떻게 알겠는가.

"엄마가 뺨을 때리겠다고 말하는 건 정말로 때리겠다는 뜻이 아니야."

나는 시험관 앞에서 내가 얼마나 침착하고 이성적인 사람인지 증명이라도 하는 것처럼 일라리아에게 차분히 설명해주었다.

"뺨을 때린다는 표현의 의미는 정말로 이렇게 때린다는 의미가 아니란다."

나는 아이들뿐만 아니라 나 자신을 설득하기 위해 야무지게 내 뺨을 때리고는 웃어 보였다. 느닷없이 자기 뺨을 때린 상황이 객관적으로 우습기도 했고 아이들이 내 행동에 위협을 느끼지 않고 가볍게 받아들이게 하기 위해서였다. 하지만 부질없는 짓이었다. 내 돌발 행동에 잔니는 황급히 침대 시트로 얼굴을 가렸고 눈에 눈물이 그렁그렁해진 일라리아는 어안이 벙벙한 표정으로 나를 바라보았다.

"엄마, 다쳤잖아요."

일라리아가 슬픈 듯이 말했다.

"엄마 코에서 피가 나요."

정말로 핏방울이 잠옷 위로 뚝뚝 떨어졌다. 나는 수치심을 느꼈다. 나는 코를 훌쩍이며 욕실로 가서 일라리아가 들어오지 못하게 안에서 문을 잠갔다.

'이제 그만하자. 집중하자. 잔니가 열이 난다. 뭐라도 해야 한다.'

나는 탈지면으로 콧구멍을 막고 전날 정리해놓은 약상자를 신경질적으로 뒤지기 시작했다. 해열제를 찾으면서 생각했다.

'안정제를 한 알 먹어야겠어. 내게 끔찍한 일이 일어나고 있는 게 분명해. 우선 마음을 가라앉히자.'

이런 생각을 하는 동안 이미 잔니 생각은 머릿속에서 아득해졌다. 바로 옆방에서 열에 시달리고 있는 잔니에 대한 기억이 희미해졌다. 그 짧은 순간조차 아픈 아이 생각을 유지하지 못한 것이었다. 아이는 이미 내 관심 밖이었다. 아이의 형상이 증기로 만들어진 것 같았다. 흐트러진 구름 같아서 흘끗 곁눈질하고 지나쳐버리게 될 것만 같았다.

내가 먹을 안정제를 찾았지만 약은 약상자에 없었다. 약을 어디에 두었더라? 그제야 불현듯 전날 밤 약을 싱크대에 버린 기억이 떠올랐다. 바보 같으니라고. 긴장을 풀게 뜨거운 물에 목욕이라도 해야겠다고 생각했다. 가능하면 제모도 해야겠다고 생각했다. 목욕을 하면 마음이 안정될 것이다. 피부 위로 와닿는 물의 무게감을 느끼고 싶었다. 나는 이성을 잃어 가고 있었다. 하지만 내가 정신을 놓으면 아이들은 어떻게 되겠는가.

나는 카를라의 손길이 아이들 몸에 닿는 것을 원치 않았다. 상상만 해도 끔찍해서 온몸에 소름이 돋았다. 아직 사춘기 소녀티도 채 못 벗은 계집아이가 내 아이들을 돌보다니. 애인의 정액으로 더럽혀진 손으로 애인의 정액이 피 속에 흐르는 아이들을 돌보는 게 말이 되는가. 내 아이들을 그년과 남편에게서 되도록 멀리 떨어뜨려 놓아야 한다. 어떻게 해서든 자립해야 한다. 그들에게서 아무것도 받지 않을 것이다. 나는 욕조에 물을 받았다. 얼마간 물방울이 똑똑 욕조 바닥에 떨어지는 소리가 들렸다. 수도꼭지에서 쏟아져 나오는 물 소리에 최면에 걸린 듯 정신이 아득해졌다.

그도 잠시일 뿐 어느 순간 콸콸 쏟아지는 물소리마저 들리지 않았다. 나는 옆에 있는 거울에 정신을 빼앗겼다. 거울 속에 내 모습이 보였다. 헝클어진 머리, 화장기 없는 눈, 검게 변한 피가 묻은 탈지면 때문에 부은 코, 생각에 골몰해서 잔뜩 인상을 찌푸리고 있는 얼굴, 지저분하고 길이가 짧은 잠옷까지 모든 것이 참기 힘들 정도로 또렷이 보였다.

나는 어떻게든 수습하고 싶어서 화장솜으로 얼굴을 닦기 시작했다. 다시 아름다워지고 싶었다. 아름다워지고 싶은 마음이 절박했다. 아름다움은 마음을 평안하게 해준다. 아름다워지면 아이들도 기뻐할 것이다. 잔니도 예쁜 엄마를 보면 기분이 좋아져서 병이 나을 것이고 내 상태도 한결 나아질 것이다. 눈 전용 리무버와 클렌저로 섬세하게 화장을 지운 다음 무알콜 수분 크림과 파운데이션을 바르고 화장을 하자. 색을 지워낸 얼굴은 어떻게 보일까. 색칠을 하는 이유는 감추기 위해서다. 표면을 감추는 데 색깔만큼 효과적인 것은 없다. 이제 그런 색깔을 지우자. 깨끗하게 지워버리자.

내면 깊숙한 곳에서 속삭이는 소리가 들려온다. 마리오다. 나는 마리오가 수년 전 내게 들려주었던 사랑의 속삭임 속으로 빨려 들어갔다.

남편은 나를 '즐겁고 행복한 삶의 귀여운 새'라고 불렀다. 남편은 고전 문학에 조예가 깊은 데다 부러울 정도로 기억력이 뛰어났다. 남편은 자신이 나에게 어떤 존재가 되길 원하는지 하나하나 읊어대며 재미있어했다. 그는 내 브래지어가 되어 내 가슴을 감싸고 싶다고 했다. 내 팬티와 치마가 되고 싶다고 했다. 내 신발이 되어서 내 발의 압력을 느끼고 싶다고 했다. 내 몸을 씻는 물과 내 몸에 바르는 로션과 내 모습을 비추는 거울이 되고 싶다고 했다.

남편은 고전 문학을 재치 있게 인용했다. 엔지니어 출신인 남편은 내가 아름다운 단어에 집착한다고 놀리면서도 나에 대한 욕망에 형상을 부여하는 수많은 이미지를 떠올리는 자신의 능력에 스스로 매료되곤 했다. 남편은 내게, 지금 거울 속에 비친 저 여인에게 욕망을 느꼈다. 하지만 이 순간 과거 남편이 갈망했던 여인은 탈지면을 쑤셔 박아 코가 부은 데다 립스틱과 블러셔로 화장을 떡칠해서 얼굴은 가면 같고 목에서는 피맛이 났다.

갑작스런 혐오감에 흠칫 놀라 고개를 돌리니 욕조에서 물이 넘치려고 했다. 나는 수도꼭지를 잠그고 욕조에 손을 넣었다. 물이 얼음처럼 차가웠다. 뜨거운 물이 나오는지 확인조차 하지 않았던 것이다. 나는 미끄러지듯 거울에서 천천히 고개를 돌렸다. 이제는 내 얼굴에 대한 관심이 사라졌다. 냉기가 올라오니 잔니의 열과 구토와 두통이 생각났다. 내가 욕실에서 문까지 걸어 잠그고 뭘 찾고 있었더라? 해열제다. 나는 다시 약상자를 뒤졌다. 해열제를 찾은 뒤 나는 도움을 청하듯 큰 소리로 아이들 이름을 불렀다.

"일라리아? 잔니?"

21

지금 당장 아이들 목소리가 듣고 싶어졌다. 하지만 아

이들은 대답하지 않았다. 나는 황급히 문 쪽으로 갔지만 문은 열리지 않았다. 그제야 욕실 문을 잠근 기억이 떠올랐다. 문을 열려면 열쇠를 왼쪽으로 돌려야 하는데 계속 오른쪽으로 돌리고 있었다. 나는 길게 심호흡을 하고 올바른 동작을 기억해냈다. 나는 열쇠를 제대로 돌리고 복도로 나왔다.

욕실 문 바로 앞에 오토가 있었다. 오토는 바닥에 머리를 대고 모로 누워 있었다. 나를 보고도 꼼짝하지 않았다. 귀도 쫑긋하지 않고 꼬리도 흔들지 않았다. 나는 녀석이 언제 그렇게 행동하는지 잘 알고 있었다. 오토는 몸이 아프거나 사랑받고 싶을 때 그렇게 눕곤 했다. 고통과 슬픔을 표현하거나 이해를 구하는 자세였다.

멍청한 개새끼 같으니라고. 이제는 개까지도 내가 불안감을 조성한다고 믿게 하려는 거다. 정말로 내가 온 집 안에 병균을 퍼뜨리고 다니고 있는 걸까? 정말 그런 걸까? 대체 언제부터 그랬던 걸까? 4년 전, 아니 5년 전부터? 그래서 남편이 나를 버리고 애송이 카를라 년에게 가버린 걸까? 나는 맨발을 오토의 배 위에 올려놓았다. 오토의 몸에서 나는 열기가 발바닥을 뚫고 창자까지 올라왔다. 녀석의 턱 주변에 레이스 장식처럼 침이 주렁주렁 달려 있었다.

"오빠가 잠들었어요."

일라리아가 복도 끝에서 속삭였다.

"이리 오세요."

나는 오토를 타고 넘어 아이들 방으로 갔다.

"엄마, 너무 예뻐요."

일라리아가 진심으로 감탄하며 외쳤다. 일라리아는 오빠가 자는 모습을 보라면서 나를 제 오빠 곁으로 떠밀었다. 잔니는 이마에 동전 세 개를 얹고 거친 숨을 몰아쉬며 자고 있었다.

"동전이 시원해요."

일라리아가 내게 설명해주었다.

"차가운 동전을 올려주면 머리도 낫고 열도 내릴 거예요."

일라리아는 이따금 동전을 오빠 이마에서 떼어내 물컵에 넣었다 물기를 닦아내고 다시 오빠 이마에 올려주었다.

"오빠가 깨면 해열제를 먹여야겠다."

내가 말했다.

나는 약을 침대 머리맡 탁자에 올려놓은 뒤 뭐라도 하기 위해 복도로 나왔다. 뭐든 하고 싶은 심정이었다. 그래, 아침 준비를 해야겠다. 잔니는 못 먹겠지만. 세탁기를 돌려도 좋고 오토를 쓰다듬어주는 것도 좋겠지. 하지만 오토는 어느새 욕실 문 앞에서 사라지고 없었다. 침을 질질 흘리며 내 앞에서 슬프다고 시위하기를 멈춘 것이다. 차라리 잘된 일이다. 내가 발산하는 해로운 기운이 아이와 오토를 아프게 한 것이 아니라면 아이와 오토가 나를 병들게 하고 있는 것이다.

'의사를 부르자!'

나는 엄청나게 중대한 결단이라도 내리는 것처럼 그렇게 생각했다.

'의사에게 전화를 해야겠다.'

나는 방금 한 생각을 놓치지 않으려 했다. 의사를 부르겠다는 생각을 자칫하면 바람에 날아가버릴 것 같은 리본처럼 꼭 붙들고 조심조심 거실로 갔다. 책상이 너무 엉망이어서 놀랐다. 서랍이란 서랍은 죄다 열려 있었고 책들이 어지럽게 흩어져 있었다. 나중에 쓸 책을 위해 평소에 메모하는 노트도 펼쳐져 있었다. 마지막 몇 장을 들춰보니 작은 글씨로 시몬 드 보부아르의 『위기의 여자』 몇 구절과 『안나 카레니나』에 나오는 문장이 쓰여 있었다. 나는 그런 문장을 쓴 기억이 없었다. 물론 나는 책 구절을 필사하는 습관이 있다. 하지만 그 노트는 필사용이 아니었다. 필사용 노트는 따로 있었다. 기억력이 이렇게 무너져버리다니.

"여기가 어디지? 나는 지금 뭘 하고 있지? 대체 왜?"

기차가 안나를 쓰러뜨리고 짓밟기 전에 그녀가 자기 자신에게 던진 질문이다. 문장 아래에는 빨간색 잉크로 밑줄이 좍 그어져 있었지만 나는 밑줄을 그은 기억이 없었다.

놀라운 문장이 아니었다. 너무나 익숙한 문장이었다. 그런데도 그 문장이 왜 하필 거기에 쓰여 있는지 이해할 수 없었다. 어제나 그제 옮겨 적었기 때문에 문장이 익숙하게 느껴지는 걸까. 그렇다면 왜 기억나지 않는 걸까. 왜 필사용 노트가 아니라 그 노트에 문장을 써 놓은 걸까.

나는 책상 앞에 앉았다. 뭔가를 붙잡아야 했는데 그게 뭔지 기억이 나지 않았다. 그대로 멈춰 있는 것은 아무것도 없다. 모든 것이 미끄러지듯 사라져버렸다. 나는 안나의 질문 아래 그어진 빨간줄을 닻 삼아 노트를 바라보았다. 문장을 읽고 또 읽어도 눈길만 글씨 위를 맴돌 뿐 도무지 그 의미를 이해할 수 없었다.

감각에 문제가 생긴 게 분명했다. 감각과 감정이 간헐적으로 끊기는 느낌이었다. 그런 느낌이 들 때마다 가끔은 포기하고 받아들였고 가끔은 흠칫 놀라곤 했다. 안나의 질문만 해도 그렇다. 나는 질문에 대한 답을 몰랐다. 모든 대답이 불합리하게 느껴졌다. 나는 여기가 어디이며 지금 뭘 하고 있느냐는 질문에 당황했다. 왜라는 질문 앞에 벙어리가 되었다. 하룻밤 새 나는 그런 여자가 되어버렸다.

정확히 언제부터인지는 모르지만 몇 달 동안 발버둥을 치고 맞서 싸우면서 그 책들에 등장하는 여인들의 모습에서 내 모습을 발견했던 것 같다. 그때 내 꼴은 말이 아니었을 것이다. 완전히 망가진 모습이었을 것이다. 나는 망가진 시계였다. 망가졌는데도 금속으로 된 심장이 박동을 멈추지 않아 모든 것의 시간을 파괴하고 있는 시계였다.

22

순간 콧구멍이 얼얼해 또 코피가 나는 줄 알았다. 얼마 안 있어 후각적인 자극을 촉각으로 착각했다는 사실을 깨달았다. 고약한 악취가 집 안 전체에 퍼지고 있었다. 나는 잔니가 정말 심각하게 아픈가보다고 생각하면서 아이들 방으로 돌아갔다. 하지만 잔니는 일라리아가 이마에 동전을 열심히 올려주는데도 곤히 잠들어 있었다. 나는 복도로 나가 조심스레 남편의 서재로 향했다. 문이 살짝 열려 있어서 방으로 들어갔다.

악취의 근원은 그곳이었다. 서재 안의 공기는 숨을 쉬기 힘들 정도였다. 오토는 제 주인의 책상 아래 모로 누워 있었다. 내가 가까이 다가가자 한참 동안 온몸을 덜덜 떨었다. 턱에 침을 질질 흘리면서도 눈빛은 여전히 순해 보였다. 하지만 눈동자가 뿌옇게 변해 있었다. 표백 처리를 한 것처럼 희미해 보였다. 오토 옆에는 피가 섞인 진흙처럼 보이는 시꺼먼 얼룩이 주변으로 번지고 있었다.

순간 나는 뒤로 물러서고 싶었다. 문을 닫고 서재를 나가버릴까도 생각했다. 집 안 곳곳을 뱀처럼 기어 다니는 이해할 수 없는 병마의 존재를 느끼며 한참을 망설였다. 대체 무슨 일이 일어나고 있는 걸까. 결국 나는 그곳에 남기로 했다. 이제 오토는 조용히 누워 있었다. 발작도하지 않고 눈을 감고 있었다. 오토는 손가락으로 스위치를 살짝 내리기만 하면 바로 움직일 태세를 갖추고 잠시 정지해 있는 오래된 금속 태엽 장난감 같았다.

서서히 역한 냄새에 익숙해졌다. 나중에는 악취층이 작은 조각으로 부서져 그 틈새로 다른 냄새가 스며들기 시작했다. 남편의 체취였다. 내게는 오토가 뿜어내는 냄새보다 그 냄새가 더 역하게 느껴졌다. 남편이 가져가지 못한 체취가 그의 서재에 배어 있었던 것이다.

마지막으로 내가 서재에 들어간 것이 언제였더라 갑자기 분노가 치밀어오르면서 진작에 남편 물건을 모조리 치우게 해야 했다고 생각했다. 남편 흔적을 깨끗이 지워야 했다. 나를 버리기로 마음먹었다면 남편은 땀구멍에서 발산된 체취를, 제 육신의 흔적을 오토의 악취를 압도할 정도로 온 집 안에 진동하게 남겨 놓지 말아야 했다. 하지만 다른 한편으로는 오토에게 발로 문고리를 내리칠 힘을 준 것이 바로 남편이 남기고 간 체취라는 사실을 깨달았다.

오토마저 내게 만족하지 못하고 자기 주인의 체취가 더 강하게 느껴지는 곳을 찾아 책상 아래까지 기어들어가 안정을 얻고자 한 것이었다.

나는 비참했다. 지난 몇 달 동안 느꼈던 비참함보다 더 비참하게 느껴졌다. 배은망덕한 짐승 같으니라고. 내가 지금까지 자기를 돌봐주었는데, 자기를 버리지 않고 곁에 남아준 것도, 볼일을 볼 수 있게 밖으로 데리고 나가준 것도 나였다. 그런데 막상 자기 몸뚱이가 고통과 땀에 정복당하자 못 믿을 배신자이자 도망자인 내 남편의 체취에서 위안을 찾은 것이다. 그래, 여기 혼자 쓸쓸히 있으렴. 그래도 싸다고 나는 생각했다. 나는 오토가 왜 그러는지 몰랐고 알고 싶지도 않았다. 오토가 아픈 것도 그날 내가 잠을 설쳐서 겪고 있는 부당한 일 중에 하나였다. 도무지 정신을 차릴 수 없는 그날 하루에 일어난 불합리한 일 가운데 하나였다. 화가 잔뜩 나서 서재에서 나가려는데 일라리아가 등 뒤에서 물었다.

"이 고약한 냄새는 뭐예요?"

일라리아는 오토가 책상 밑에 쓰러져 있는 것을 보고 물었다.

"오토도 아파요? 독약을 먹은 거예요?"

"독약이라니?"

내가 문을 닫으면서 물었다.

"독을 넣은 먹이 말이에요. 아빠가 항상 조심해야 한다고 했어요. 아래층에 사는 아저씨가 개를 싫어해서 공원에 독이 든 개 먹이를 놓아둔다고 했어요."

나는 오토가 걱정되어 서재 문을 열려는 일라리아를 막았다.

"오토는 괜찮아."

내가 말했다.

"배가 좀 아픈 것뿐이야."

일라리아는 내 얼굴을 유심히 살폈다. 나는 아이가 내 말이 정말인지 가늠해보는 거라고 생각했다. 그런데 일라리아는 이렇게 물었다.

"나도 엄마처럼 화장해도 돼요?"

"안 돼. 넌 오빠를 돌봐주렴."

"엄마나 돌봐줘요."

일라리아는 토라져서 내게 쏘아붙인 후 바로 욕실로 향했다.

"일라리아! 엄마 화장품에 손대기만 해!"

일라리아는 내 말에 대답하지 않았고 나는 그런 일라리아를 내버려두었다. 나는 뒤돌아보지도 않고 일라리아가 내 시야 밖으로 사라지도록 내버려두었다. 나는 발을 질질 끌면서 잔니가 있는 방으로 갔다. 너무나 지쳐서 내 목소리마저 현실이 아니라 머릿속에서 울리는 소리처럼 느껴졌다. 나는 일라리아가 잔니의 머리에 올려놓은 동전을 떼어낸 후 잔니의 메마른 이마에 손을 갖다 댔다. 이마가 펄펄 끓었다.

"잔니."

이름을 불러보았지만 잔니는 계속 잠만 잤다. 아니 자는 척하는 것 같기도 했다. 잔니는 입을 벌리고 있었다. 염증이 생긴 입술이 새하얀 이빨이 난 불타듯 새빨간 상처처럼 보였다. 나는 다시 한번 이마를 만져봐야 할지 이마에 입술을 대보아야 할지 아니면 잔니를 살며시 흔들어 깨워야 할지 몰라 망설였다. 잔니의 상태가 얼마나 심각한지 알고 싶지 않았다. 음식을 잘못 먹었거나 여름 감기이거나 차가운 음료 때문이거나 뇌막염일 수도 있었다. 내 모든 추측이 현실적으로 가능할 것 같기도 했고 아닐 것 같기도 했다. 이제는 가정을 세우는 일조차 힘겨웠다. 우선순위를 정하기가 힘들었고 무엇보다도 도무지 경각심이 생기지 않았다.

나는 생각하는 것 자체가 두려웠다. 생각을 하면 안 될 것 같았다. 생각마저 병에 감염된 것 같았다. 오토까지 그 지경이 되고 나니 내가 만악의 근원처럼 느껴졌다. 접촉을 최대한 피하는 게 좋을 것 같았다. 일라리아를 만지면 안 된다. 지금으로서 최선의 방법은 우리 집 주치의인 늙은 소아과 의사와 수의사를 부르는 것이다. 내가 이미 그들을 불렀던가? 아니면 부르려고 생각하다 잊어버렸나? 지금 당장 의사들을 불러야 한다. 아이가 아플 때 의사를 부르는 것은 기본적인 규칙이고 규칙은 지키라고 있는 것이다. 건강 염려증 환자였던 남편처럼 행동하기는 싫었지만 어쩔 수 없었다. 남편은 아무것도 아닌 일로 걱정하고 의사를 부르곤 했다.

아이들은 내게 아빠는 아래층 남자가 공원에 독이 든 개 먹이를 놓아두는 것을 알고 있었다고 했다. 아빠는 열이 높을 때는 어떻게 해야 할지, 머리가 아플 때는 어떻게 해야 할지, 독을 먹었을 때는 어떤 증상이 있는지 잘 알고 있다고 했다. 남편이 있었다면 우선 나를 위해 의사를 불렀을 거라는 생각이 갑자기 들었다. 하지만 나는 이내 남편이 나를 배려해서 신속하게 움직여주었을 것이라는 생각을 버렸다. 이제 나는 남편에게 아무런 배려도 요구할 수 없었다. 나는 잊힌 아내였다. 내 몸은 폐기 처분됐고 내 병은 여자로서 쓸모없어졌기 때문에 생긴 것이었다. 나는 단호하게 전화기 쪽으로 향했다. 수의사와 의사를 부를 생각으로 수화기를 들었다가 이내 화를 내며 끊어버렸다.

대체 정신을 어디에 두고 있는 거지?

정신을 차려야 한다. 정신을 꼭 붙들어야 한다.

수화기에서는 아직도 눈보라가 몰아치는 소리가 났고 전화선은 먹통이었다. 나는 그 사실을 뻔히 알고 있으면서도 모르는 척했던 것이다. 아니면 정말로 몰랐던 것일 수도 있다. 기억이 오락가락했다. 뭔가를 배우고 배운 내용을 기억하는 능력을 상실했으면서 그렇지 않은 척하고 있었다. 그러면서 내 자식들과 오토를 돌봐야 한다는 책임을 회피하고 있었다. 무엇이든 제대로 할 줄 아는 사람처럼 행동하고 있었지만 실은 그렇지 않았다. 나는 냉혹한 무언극 배우처럼 그런 사람을 흉내 내고 있을 뿐이었다.

다시 수화기를 들고 소아과 의사에게 전화를 걸어보았지만 여전히 치직거리는 소리만 들릴 뿐이었다. 무릎을 꿇고 탁자 밑에 있는 플러그를 찾아 코드를 뽑았다가 다시 꽂은 다음 수화기를 들어봤지만 바람 소리는 여전했다. 번호를 눌러도 마찬가지였다. 이번에는 나도 수화기에 대고 고집스레 입김을 불어넣기 시작했다. 입김을 불어서 통화를 방해하는 바람을 밀어낼 수 있을 것 같았다. 하지만 부질없는 짓이었다. 나는 전화기를 내버려두고 마지못해 복도로 돌아갔다.

내가 뭔가를 놓치고 있는 것일 수도 있다. 어떻게든 집중해야 했다. 잔니가 아픈 데다 오토까지 병이 났다는 사실을 인지하고 긴장해야 했다. 현재 상황의 심각성을 깨달아야 했다. 나는 열심히 하나하나 손가락으로 꼽아가며 상황을 정리해보았다. 첫째, 거실 전화기는 고장이 났다. 둘째, 방에는 열이 펄펄 끓는 데다 토하는 아이가 있다. 셋째, 남편 서재에는 상태가 심각한 셰퍼드가 있다.

그래도 흥분하지 마, 올가. 서두르지 말고 조심하라고. 서두르다 자칫하면 한쪽 팔이나 목소리를 잃어버릴지도 몰라. 마음속에 품고 있던 생각마저 잃어버릴지도 몰라. 아니면 급히 움직이다 바닥이 종이처럼 찢어져서 거실과 아이 방이 도저히 손을 쓸 수 없을 정도로 멀리 떨어져 나가게 될지도 몰라.

"몸은 좀 어떠니?"

나는 잔니에게 물었다. 그러면서 잔니를 너무 거칠게 흔들었던 것 같기도 하다.

"아빠 좀 불러주세요."

쓸모없는 그놈의 아빠 타령 좀 그만했으면 좋겠다고 생각했다.

"엄마가 있잖아. 걱정하지 마."

"네. 그래도 아빠를 불러주세요."

아빠는 없다. 척척박사 아빠는 우리 곁을 떠났다. 이제는 우리끼리 이 난관을 헤쳐나가야 한다. 하지만 전화기는 고장 났고 전화선은 불통이다. 잠시나마 머리가 맑아진 순간 나마저도 이성을 잃어가고 있다는 사실을 깨달았다. 나는 출구로 향하는 길이 아니라 잘못된 길을 헤매고 있었다. 잔니는 이를 눈치채고 머리가 아프고 열이 나는데도 엄마인 나를 걱정하고 있는 것이다.

그렇게 생각하자 마음이 아팠다. 상황을 바로잡아야 한다. 낭떠러지로 떨어지기 전에 멈춰야 한다. 탁자 위에 종이를 정리할 때 쓰는 금속 집게가 보였다. 나는 도움이 될지도 모른다는 생각에 집게로 내 오른팔을 집었다. 무엇이든 의지할 만한 것이 필요했다.

"엄마 금방 다시 올게."

내 말에 잔니는 내 모습을 제대로 보기 위해 몸을 조금 일으켰다.

"엄마 코가 왜 그래요?"

잔니가 물었다.

"솜 때문에 더 아프잖아요. 그런 건 빼버려요. 그리고 팔에 그건 또 뭐예요? 내 곁에 있어줘요."

잔니는 나를 물끄러미 바라봤지만 솜뭉치와 집게밖에 안 보이는 것 같았다. 내 화장 이야기는 한마디도 하지 않았다. 내가 예쁘다는 생각은 못 한 것이다. 애나 어른이나 남자는 진정한 아름다움의 가치를 모른다. 자기 욕구를 채울 생각만 한다. 잔니도 분명히 크면 자기 아빠의 애인을 욕망할 것이다. 충분히 가능한 일이다. 나는 아이 방에서 나와 남편의 서재로 가서 금속 집게로 팔을 더 꽉 집었다. 오토는 정말 카라노가 만든 독이 든 음식을 먹은 것일까.

오토는 여전히 주인의 책상 아래 누워 있었다. 참을 수 없을 정도로 지독한 악취가 진동했다. 오토는 그새 몇 번 더 설사를 한 것이다. 그런데 방 안에는 오토만 있는 것이 아니었다. 검푸른 어둠 속에, 책상 뒤 남편의 회전의자에 한 여인이 앉아 있었다.

23

여자는 맨발을 오토의 몸 위에 얹고 있었다. 안색이 창백한 그 여자는 다름 아닌 마치니 광장의 버림받은 여자였다. 어머니가 '불쌍한 여자'라고 부르던 그 여자였다. 여자는 손으로 빗질을 하며 머리를 세심하게 정리하다 깊게 파인 색 바랜 옷의 가슴 부분을 단정히 매만졌다. 흠칫 하는 순간 '불쌍한 여자'의 환영은 사라져버렸다.

불길한 징조였다. 덜컥 겁이 났다. 한낮의 무더위가 나를 극한의 상태로 떠밀고 있었다. 나는 방금 목격한 현상을 곰곰이 따져보았다. '불쌍한 여자'가 실제로 그 방에 있다면 내가 여덟 살 어린아이 상태로 되돌아갔다는 것을 의미했다. 그것은 이제는 남이나 마찬가지인 여덟 살짜리 꼬맹이가 나이가 서른여덟이나 된 내 정신을 지배하기 시작했다는 것인데 만약 그렇다면 그건 더 심각한 일이다. 그 아이는 지금 내게 자기 시간과 자기 세계를 강요하고 있었다. 아이가 나의 세계와 자신의 세계를 바꿔치기하기 위한 작업을 시작한 것이다.

이것은 시작일 뿐이다. 내가 조금이라도 아이에게 장단을 맞춰주거나 포기하고 아이가 하는 대로 내버려둔다면 그날 우리 집에는 수많은 시간대가 공존하게 될 것이었다. 각기 다른 장소와 사람들과 사물과 내 수많은 자아가 동시에 나타나고 현실과 꿈과 악몽이 뒤섞여 절대 빠져나올 수 없는 복잡하게 뒤엉킨 미로가 만들어질 것이었다.

그렇다고 내가 손 놓고 앉아 있을 사람은 아니다. 그런 일이 일어나도록 내버려둘 수는 없다. 책상 뒤에 있는 여자가 불길하기는 하지만 그래봤자 징조에 불과하다는 사실을 기억하기로 했다.

정신 차려 올가!

30년 전 아무도 너의 조그만 머릿속으로 걸어 들어가지

않았으니 지금 네 머릿속에서 뼈와 살로 이루어진 멀쩡한
여자가 걸어나올 리 없잖아.

마리오의 책상 뒤에서 내가 본 것은 '여자' '마치니 광
장의 여자' '불쌍한 여자'라는 단어들이 빚어낸 환영일 뿐
이다.

자, 이제 상황을 정리해보자.

우선 개는 살아 있다. 적어도 아직까지는 그렇다. 그리
고 여자는 죽었다. 30년 전에 물에 빠져서 죽어버렸다. 더
구나 나는 30년 전의 여덟 살 어린아이가 아니다. 나는 이
러한 사실을 기억하기 위해 고통이 느껴질 때까지 오랫
동안 손가락을 깨물었다. 그러고는 병든 개의 악취에 정
신을 집중시켰다. 그 순간만큼은 오직 악취에만 집중하고
싶었다.

나는 오토 옆에 무릎을 꿇었다. 오토는 제 몸을 통제하
지 못하고 발작을 일으키고 있었다. 고통의 마수 안에서
오토는 축 늘어진 헝겊 인형에 지나지 않았다. 눈앞에는
참혹한 광경이 펼쳐지고 있었다. 오토는 주둥이를 꼭 다
물고 끈끈한 침을 질질 흘리고 있었다. 오토가 다리를 한
껏 움츠리고 있는 모습을 보자 손가락을 깨물거나 집게로

팔을 집었을 때보다 정신이 제대로 들었다.

뭐든 해야겠다고 생각했다. 일라리아 말이 맞다. 오토는 독을 먹은 것이다. 내 잘못이다. 내가 제대로 살피지 못한 탓이다.

하지만 그 생각은 내 목소리로 음성화되지 못했다. 대신 혼잣말을 되뇌일 때처럼 목구멍 속으로 아이 숨결 같은 진동이 느껴졌다. 그것은 성인의 것이기도 하고 동시에 소녀가 콧소리를 내며 애교 떠는 소리 같기도 했다. 나는 그런 말투를 싫어했다. 카를라는 그런 식으로 말했다. 열다섯 살 때도 말투가 여섯 살 아이 같았다. 지금도 그럴지 모른다. 여자들은 대부분 나이가 들어서도 어린아이처럼 말하지만 나는 그러지 않았다. 열 살 때 벌써 어른 목소리를 내려고 했다. 사랑을 나눌 때조차 어리광을 피우지 않았다. 여자는 소녀가 아니라 여자다워야 한다고 생각했다.

"카라노에게 가보렴."

창문 옆 서재 한구석에 다시 모습을 드러낸 마치니 광장의 '불쌍한 여자'가 나폴리 사투리로 내게 충고했다.

"그에게 도움을 청해."

나는 참지 못하고 위험에 처한 어린아이처럼 애처로운 목소리로 말했다. 온 세상이 자기를 해하려 한다는 사실을 모르는 순수한 아이처럼.

"카라노가 오토에게 독약을 먹였어요. 마리오에게 그렇게 할 거라고 했대요. 벌레 한 마리 못 죽일 것 같은 사람들이 오히려 끔찍한 일을 저지를 수 있나봐요."

"하지만 좋은 일을 하기도 하지, 얘야. 어서 가봐. 건물에 남아 있는 사람은 카라노밖에 없어. 너를 도와줄 사람은 그 사람뿐이란다."

바보 같으니라고. 애당초 말을 걸어서는 안 됐는데 결국에는 환영이랑 대화까지 나누게 된 것이다. 소설을 쓸 때는 머릿속에 등장인물들의 유령이 산다. 하지만 지금 나는 글을 쓰고 있지 않았다. 먼 옛날 어머니의 작업대 아래서 그랬던 것처럼 혼잣말로 '불쌍한 여자' 이야기를 읊조리고 있는 것도 아니었다.

나는 혼자서 말을 하고 있었다. 이렇게 미쳐가기 시작하는 법이다. 자기가 한 말에 다른 사람이 말한 것처럼 대답하면서 말이다. 환영에게 말을 건 것은 실수였다.

나는 뭐든 실제로 존재하는 물건을 붙잡고 의지했어야

했다. 그 견고함을 받아들이고 영속성을 믿어야 했다. '불쌍한 여자'는 어린 시절 내 기억 속에서만 존재했다. 두려워할 필요는 없었지만 그렇다고 그녀의 말에 맞장구쳐줄 필요는 더욱더 없었다.

인간은 죽을 때까지 산 자와 죽은 자에 대한 기억을 간직한 채 살아간다. 중요한 것은 기준을 정하는 것이다. 예컨대 자기 말에 대답할 필요는 절대 없다. 나는 내가 누구고 지금 어디에 있는지 기억하기 위해 두 손을 오토의 털 속에 밀어넣었다. 오토는 뜨거운 열을 뿜어내고 있었다. 내 손길이 닿는 순간, 내가 쓰다듬자마자 녀석은 흠칫 놀라 고개를 들고 허연 눈을 부릅뜨고 으르렁대며 내게 침 세례를 퍼부었다. 나는 겁에 질려 뒤로 물러섰다. 오토는 자기 고통 속에 나를 끌어들이고 싶지 않았던 것이다. 내게는 자기 고통을 나눌 만한 자격이 없다는 듯 나를 나만의 고통 속으로 밀어넣었다.

여자가 말했다.

"시간이 없어. 오토가 죽어가잖니."

24

나는 몸을 일으킨 후 문도 닫지 않고 서재에서 뛰쳐나
왔다. 아무도 나를 붙잡지 못하게 큰 보폭으로 걷고 싶
었다.

올가가 복도를 지나 거실로 간다. 올가는 단호하다.

'일라리아가 네 화장품을 갖고 갔어. 그 아이가 욕조에
서 대체 무슨 사고를 치고 있을까? 이제 온전히 네 것인
것은 아무것도 없어. 일라리아가 뭐든 손댈 테니까. 어서
가서 아이를 때려줘.'

머릿속에 있는 여자아이의 달콤한 속삭임에도 올가는
이 상황을 수습해낼 것이다.

나는 이내 속도를 늦췄다. 나는 지나친 흥분 상태를 견
디지 못했다. 주변 사물이 속도를 내면 나는 되레 속도를
늦추곤 했다.

올가는 뭔가를 꼭 해야 한다는 강박관념을 두려워한다.
빨리 걷거나 움직여서 모든 일에 즉시 반응을 보여야 한
다는 생각에 사로잡힐까봐 두려워한다. 올가는 자신을 다
그치며 괴롭히는 내면의 아우성을 참지 못한다. 빨리, 더

빨리 움직여야 한다는 불안감을 느끼면 관자놀이가 지끈 거리고 속이 메스껍고 식은땀이 흐른다. 그러니 서두르면 안 된다. 차라리 몸에 힘을 빼고 발을 질질 끌면서 걷는 편 이 낫다.

나는 나 자신을 3인칭 시점으로 타자화하는 것을 그만 두기 위해 집게를 더 단단히 죄었다. 그렇게 해서 달음박 질쳐가고 싶어 하는 올가에게서 벗어나고 싶었다. 나는 내 본연의 모습으로 돌아가고 싶었다. 내가 누군지 알고 내 행동을 통제할 줄 아는 상태에서 현관문을 향해 나아 가고 있는 원래의 나로 돌아가고 싶었다.

나는 내 기억력이 멀쩡하다고 생각했다. 나는 자기 이 름도 기억하지 못하는 그런 사람이 아니다. 나는 기억한 다. 실제로 나는 강화문을 설치해준 두 사내를 똑똑히 기 억한다. 한 명은 나이가 많았고 한 명은 젊었다. 둘 중에 서 내게 "너무 힘을 주지 마세요, 부인. 열쇠를 사용할 때 조심하셔야 해요. 섬세한 장치거든요"라고 말했던 사람 이 누구였더라? 둘 다 음흉해 보이는 사람들이었다. 열쇠 를 가로로 꽂아야 한다느니 세로로 꽂아야 한다느니 하며 성적인 암시를 던졌다. 내가 원래 앞가림을 잘하니 망정이지. 마리오에게 그렇게 당하고 나서도 나는 자아를 잃지 않았다. 어린 시절 나는 커서 '불쌍한 여자'처럼 될까 봐 두려웠다. 지난 30년 동안 그런 두려움을 마음에 품고 살아왔다. 하지만 내가 그렇게나 오랫동안 속고 살다가 결국에는 버림받음으로 인한 분노의 시기를 거친 다음 지난 몇 달 동안 격동의 시기를 이겨내고 지금 이 순간 8월 초의 무더위 속에서 불합리한 역경에 온 힘을 다해 저항하고 있다는 사실은 어린 시절 두려워했던 일이 일어나지 않았음을 의미했다.

그러니 나는 이 상황에 잘 대응하고 있는 것이다. 아주 훌륭하게 대응하고 있는 것이다. 내 삶의 파편들을 놓치지 않고 꼭 붙잡고 있는 것이다. 장하다, 올가. 수많은 역경이 있었는데도 나는 정신을 놓지 않았다.

나는 정말로 달음박질쳐온 사람처럼 문 앞에서 잠시 멈췄다. 그래, 카라노에게 도움을 청하자. 설사 그가 오토에게 독을 먹인 장본인이라고 할지라도. 다른 방법이 없었다. 카라노에게 전화기를 좀 쓰게 해달라고 부탁하자. 이번에도 내 성기와 엉덩이를 넘보려 하면 안 된다고 하면 그만이다. 기회는 지나갔다고, 급한 일 때문에 찾아온 것

뿐이니 괜한 상상은 하지 말라고 하자. 나는 카라노가 내가 그 짓을 하고 싶어서 자기한테 돌아왔다는 생각을 하지 못하게 곧바로 그렇게 말할 것이다. 기회는 지나갔고 다시는 돌아오지 않을 것이다. 두 번째 기회는 반드시 세 번째로 이어지는 법이지만 첫 번째 기회가 두 번째로 이어지는 법은 드물다. 게다가 바보 같은 자식은 그 유일한 기회를 혼자서 콘돔에 허비하지 않았던가.

하지만 나는 현관문을 열기도 전에 문이 열리지 않을 것을 직감했다. 열쇠를 돌리자 역시 예상했던 대로 열쇠는 돌아가지 않았다.

나는 불안감에 사로잡혔다. 그것은 지금 이 순간 내가 가장 피해야 할 반응이었다. 나는 힘을 더 세게 주면서 열쇠를 돌렸다. 허둥대며 열쇠를 왼쪽으로 돌렸다 다시 오른쪽으로 돌렸다. 부질없는 짓이었다. 이번에는 열쇠를 구멍에서 빼내려 했지만 열쇠는 나오지 않았다. 금속이 녹아내린 것마냥 구멍 속에서 꼼짝도 하지 않았다. 나는 주먹으로 문짝을 치고 어깨로 밀어본 다음 다시 열쇠를 돌렸다. 갑자기 온몸이 잠에서 깨어나는 것 같았다. 나는 절망에 빠져 땀에 흠뻑 젖은 채 문 여는 것을 포기했다. 땀이 나서 잠옷이 몸에 달라붙어 있는데도 이가 덜덜 떨렸고 무더운 날씨에도 오한이 났다.

나는 바닥에 쭈그리고 앉았다. 생각을 해야 했다. 그래. 열쇠공들이 내게 조심하라고 했었지. 잠금장치가 망가질 수도 있다고 했었어. 하지만 그때 그 열쇠공들의 말투는 남자들이 자기가 중요한 존재라는 사실을 강조하고 싶을 때 쓰는 말투였다. 무엇보다도 자신의 성적인 능력을 과시하기 위해 쓰는 말투였다. 늙은 열쇠공이 필요할 때 부르라고 말하면서 짓궂게 자기 명함을 건넸을 때가 생각났다. 그 늙은이가 고치고 싶어 한 것은 잠금장치가 아니었다.

나는 그의 말이 무슨 뜻인지 너무나 잘 알고 있었다. 그러니 그 늙은이가 한 말에서 기술적인 부분을 모두 지워보자. 늙은이는 애당초 내게 추파를 던지려고 자기 분야의 은어를 쓴 것이었다. 이는 곧 그가 괜히 나를 겁주려고 한 말도 머릿속에서 지워버려야 한다는 의미였다. 결국 나는 애당초 잠금장치의 톱니바퀴가 어딘가에 낄까봐 걱정할 필요가 없었다. 그러니 그 천박한 사내들이 한 말을 머릿속에서 깨끗이 지워버리자.

긴장을 풀고 생각을 정리하고 말의 진짜 의미를 놓치지 않아야 한다. 개도 마찬가지다. 개가 반드시 독을 먹었으리라는 법은 없지 않은가. '독'이라는 단어를 지워버리자. 겪어보니 카라노는 개 먹이에 독을 넣을 사람처럼 보이지는 않았다. 상상하는 것만으로도 헛웃음이 났다.

오토는 상한 음식을 주워 먹은 것인지도 모른다. 이제 '상한'이라는 단어를 간직하자. 그 단어를 잘 기억해두자. 잠에서 깨어난 순간부터 그날 하루 동안 일어난 모든 일을 재구성해보자. 오토의 발작에 대한 현실적인 원인을 찾아보자. 모든 일에 균형을 되찾아야 한다.

나 자신도 균형을 되찾아야 한다. 나는 누구인가? 나는 4개월 동안 긴장과 괴로움 때문에 쇠약해진 여자다. 절망에 빠진 나머지 몰래 독을 먹여서 친아들을 열에 시달리게 하고 애완견의 생명을 빼앗고 전화기를 먹통으로 만들고 강화문의 톱니바퀴를 부식시키는 마녀가 절대 아니다.

서둘러야 한다. 아이들은 여태껏 아무것도 먹지 못했다. 나 역시 아침도 못 먹은 데다 제대로 씻지도 못했다. 시간이 쏜살같이 흘렀다. 색 빨래와 흰 빨래도 분류해야 했다. 깨끗한 팬티 한 장 없는 데다 침대 시트는 토사물로 더럽지 않은가. 청소기를 돌리고 집 안을 정리하자.

25

　나는 급하게 몸을 움직이지 않도록 주의하면서 몸을 다시 일으켜 모기를 잡을 때처럼 열쇠를 한참 동안 노려보다 단호한 동작으로 오른손을 뻗었다. 나는 손가락에게 열쇠를 왼쪽으로 돌릴 것을 명령했다. 하지만 열쇠는 꿈쩍도 하지 않았다. 이번에는 열쇠를 내 쪽으로 당겨보았다. 조금이라도 좋으니 제 위치로 돌아올 정도만이라도 움직여주길 바랐지만 열쇠는 단 1밀리미터도 움직이지 않았다. 열쇠가 아니라 놋쇠판에 달린 혹이나 아치형으로 튀어 나온 판의 일부분 같았다.

　나는 문짝을 살펴보았다. 육중한 문은 반짝이는 손잡이를 제외하고는 튀어나온 부분 하나 없이 매끄럽고 경첩은 견고했다. 부질없는 짓이다. 열쇠를 사용하지 않고는 문을 열 방법이 없다. 나는 자물쇠 두 개가 달린 매끄러운 금속판 두 개를 꼼꼼히 살펴보았다. 열쇠는 아래쪽 자물쇠에 꽂혀 있었다. 두 개의 금속판은 각각 네 개의 나사로 고

정되어 있었다. 나사를 풀어봤자 별 도움이 안 될 줄은 알

았지만 그래도 나사를 풀면 적어도 포기하지 않을 정도의

힘은 날 것 같았다.

　나는 창고에서 공구함을 찾아 현관까지 끌고 왔다. 공

구함을 뒤져 봤지만 나사못에 맞는 드라이버는 없었다.

모두 너무 컸다. 결국 나는 부엌으로 가서 칼을 가지고 왔

다. 나는 아무 나사못이나 골라서 칼끝을 작은 십자 홈 안

에 넣었다. 하지만 나사못이 돌아가기도 전에 칼날은 미

끄러져 버렸다. 나는 다시 드라이버를 찾아보았다. 드라

이버 중에서 가장 작은 것을 골라 아래쪽 놋쇠판 가장자

리 밑 틈새에 드라이버 끝을 밀어넣어 보았지만 그 역시

부질없었다.

　나는 몇 번의 시도 끝에 결국 포기하고 다시 창고로 갔

다. 나는 집중하려고 노력하면서 천천히 문 밑에 넣을 만

한 튼튼한 물건을 찾아보았다. 물건을 지렛대 삼아 문짝

을 들어올려서 경첩에서 문을 떼어낼 수 있는지 시험해보

기 위해서였다.

　그렇게 생각하긴 했지만 동화에나 나올 법한 이야기였

다. 문짝을 들어올리기에 적합한 도구가 있을 것 같지도

않았고 설사 그런 도구를 찾았다 해도 내게는 그 생각을 실현할 힘이 없다는 사실을 알고 있었다. 그런데 운 좋게도 끝이 뾰족한 짧은 철봉을 찾아냈다. 현관으로 돌아와 철봉의 뾰족한 끝 부분을 문 아래로 밀어 넣어보려 했지만 공간이 전혀 없었다. 문짝은 완벽하게 바닥과 밀착된 상태였다. 게다가 지금 보니 철봉을 문틈에 밀어 넣는 데 성공할지라도 위쪽으로 문을 경첩에서 빼낼 수 있을 정도의 공간은 없었다.

나는 철봉을 그대로 놔버렸다. 철봉은 요란한 소리를 내면서 바닥에 떨어졌다. 이 상황에서 뭘 해야 할지 알 수 없었다. 내 집에 갇히다니. 나는 쓸모없는 존재였다. 그날 처음으로 눈물이 고였다. 그 느낌이 싫지 않았다.

26

"엄마 뭐해요?"

울음을 터뜨리려는 순간 일라리아가 물었다. 그새 까치발로 살금살금 내 뒤로 다가왔던 것이다.

일라리아는 정말로 내 대답을 듣고 싶은 것이 아니었

다. 내가 자기를 쳐다봐주기를 원했던 것이다. 아이가 원하는 대로 고개를 돌렸을 때 나는 일라리아의 혐오스러운 모습에 흠칫 놀랐다. 일라리아는 내 옷을 입고 화장을 하고 예전에 제 아빠가 선물해준 낡은 금발 가발까지 쓰고 있었다. 하이힐을 신은 데다 몸에 걸친 내 푸른색 원피스가 등 뒤로 질질 끌려서 행동이 부자연스러웠다. 눈 화장을 하고 볼터치에 입술까지 칠한 얼굴은 가면에 색칠을 해놓은 것 같았다. 어머니가 어렸을 때 보메로의 케이블카 안에서 봤다던 늙은 난쟁이 여자들처럼 보였다.

어머니는 어림잡아 백 살은 되어 보이는 똑같이 생긴 쌍둥이 난쟁이가 케이블카에 들어와 다짜고짜 만돌린을 연주하기 시작했다는 이야기를 해준 적이 있다. 난쟁이 자매는 삼베같이 꺼칠꺼칠한 머리에 진한 눈 화장을 한데다 얼굴이 쭈글쭈글했고 볼에는 빨간 연지를 칠하고 립스틱까지 발랐다고 했다. 그들은 연주를 마친 후 고맙다는 인사 대신 혀를 낼름 내밀었다고 했다. 내 눈으로 직접 본 적은 없지만 어머니가 그 모습을 생생하게 묘사해주었기 때문에 난쟁이 자매의 모습은 내 머릿속에 선명하게 살아 있었다. 그리고 지금 내 딸 일라리아가 어린 시절 들었던 어머니의 이야기에서 바로 튀어나온 것 같은 행색으로 내 앞에 서 있었다.

일라리아는 내 표정에서 충격과 혐오감을 읽어내고 민망한 미소를 지어 보였다. 일라리아는 두 눈을 반짝이며 내게 변명하듯 말했다.

"이제 우리는 똑같아졌어요."

나는 일라리아의 말이 거슬렸다. 순간 온몸에 소름이 돋았다. 순식간에 간신히 붙들고 있던 정신줄을 놓치고 말았다. 우리 둘이 똑같아졌다는 말이 무슨 뜻일까. 그 순간만큼은 나를 제외한 그 누구와도 닮고 싶지 않았다. 내가 케이블카의 난쟁이 자매들과 닮았다니. 도저히 상상할 수 없다. 아니 지금 같은 상황에서 그런 상상은 금물이었다. 생각만 해도 머리가 어지럽고 속이 메스꺼웠다. 모든 것이 다시 무너져 내리기 시작했다.

불현듯 일라리아도 가짜일지 모른다는 생각이 들었다. 정말로 보메로의 난쟁이 자매 중 하나일지도 모른다는 생각이 들었다. 미세노곶에 빠져 죽은 '불쌍한 여자'의 환영이 나타났던 것처럼 갑자기 난쟁이 여인의 유령이 나타난 것일 수도 있다. 아니다. 나는 이미 오래전에 늙은 만돌린 연주자 가운데 하나가 된 것인지도 모른다.

남편은 그 사실을 알아채고 나를 떠난 것이다. 나도 모르는 사이에 난쟁이 자매 중 한 명으로 변해버린 것이다. 유년 시절 상상 속에 존재하던 인물로 변한 것이다. 일라리아는 노파가 되어버린 나처럼 화장을 하고 내 모습을 흉내 내고 있을 뿐이다. 그런 식으로 내 본모습을 상기시켜주고 있는 것이다. 이것이 바로 지난 몇 년 동안 내 겉모습 뒤에 숨겨져 있던 현실이었고 나는 이제야 진짜 현실을 깨닫게 된 것이다.

나는 이미 내가 아니었다. 나는 다른 사람이었다. 그날 잠에서 깬 순간부터 걱정했던 것처럼 말이다. 언제부터 그런 두려움을 지니고 살았는지 정확히 기억나지 않는다. 이제는 아무리 저항해봤자 소용이 없다. 이성을 잃지 않으려고 이를 악물고 애쓰던 바로 그 순간 나는 이성을 잃고 말았다. 나는 그곳에 없었다. 우리 집 현관 강화문 앞에서 도무지 말을 듣지 않는 열쇠와 씨름하고 있는 여자는 내가 아니었다. 역할극을 하면서 노는 어린아이처럼 나인 척하고 있는 것뿐이었다.

나는 억지로 힘을 짜내서 일라리아의 손을 잡고 복도로

끌고 갔다. 일라리아가 힘없이 반항했다. 그러는 도중에 신발 한 짝이 벗겨졌고 버둥거리다 가발도 떨어졌다. 일라리아가 말했다.

"엄마 나빠요. 엄마 싫어요."

나는 욕실 문을 열어젖히고 되도록 거울에서 시선을 피하면서 일라리아를 물이 가득 찬 욕조까지 끌고 갔다. 나는 한 손으로 일라리아의 머리를 잡아 물속에 밀어 넣은 뒤 다른 한 손으로 아이의 얼굴을 힘껏 문질렀다. 현실, 현실을 있는 그대로 드러내야 한다. 화장으로 가리지 않은 맨 얼굴을 드러내야 한다. 지금은 그렇게 해야 한다. 나 자신을 구하고 내 자식들을 구하고 오토를 살리려면 그렇게 해야만 한다. 억지로라도 나 자신에게 구원자의 임무를 부여해야 한다.

자, 이제 다 닦았다. 일라리아를 물 밖으로 끌어올리자 아이는 거친 숨을 내쉬며 내게 물을 내뿜었다.

"엄마 때문에 물을 먹었잖아요. 엄마 때문에 물에 빠져 죽을 뻔했어요."

일라리아는 발버둥을 치면서 숨을 헉헉 몰아쉬며 고함을 질렀다.

"내 새끼가 얼마나 예쁜지 보고 싶어서 그랬어. 네가 얼마나 예쁜지 엄마가 잊어버려서 그래."

나는 갑자기 마음이 짠해져서 일라리아에게 말했다. 다시 울고 싶어졌다.

나는 손바닥을 오므려 물을 떠서 아직도 내게서 벗어나려고 발버둥치는 일라리아의 얼굴과 입술과 눈을 문질렀다. 남아 있던 색조 화장이 섞이고 녹고 개어서 일라리아의 얼굴이 시퍼런 인형처럼 변할 때까지 문질러댔다.

"이제 됐다."

나는 이렇게 말하면서 일라리아를 품에 안으려 했다.

"이제 예뻐졌어."

일라리아는 나를 밀어내며 소리 질렀다.

"저리 가요! 왜 엄마는 화장을 하면서 나는 못하게 해요?"

"네 말이 맞아. 엄마도 화장을 안 해야지."

나는 일라리아를 놓아주고 차가운 욕조 안에 얼굴과 머리를 집어넣었다. 기분이 한결 나아졌다. 고개를 들어 얼굴을 문지르는데 코를 막은 피에 젖은 솜뭉치가 손에 닿았다. 나는 솜뭉치를 조심스레 빼서 욕조 안에 버렸다. 검붉은 피가 묻은 솜뭉치는 욕조 위에 둥둥 떠다녔다.

"이제 괜찮니?"

"우린 아까가 더 예뻤어요."

"우리는 서로 사랑할 때 예뻐진단다."

"엄마는 나를 사랑하지 않아요. 내 팔목을 아프게 했잖
아요."

"엄마는 너를 아주 많이 사랑해."

"나는 아니에요."

"정말이니?"

"아니요."

"엄마를 사랑한다면 엄마를 좀 도와줘."

"어떻게요?"

순간 눈앞이 아찔했다. 맥박이 심하게 뛰더니 갑자기
모든 것이 무너져 내리는 것 같은 기분이 들었다. 나는 불
안한 표정으로 거울을 바라보았다. 꼴이 말이 아니었다.
머리는 젖어서 이마에 딱 달라붙어 있었고 콧구멍에는 피
딱지가 앉은 데다 화장은 지워지거나 까맣게 덩어리져서
얼굴에 들러붙어 있었다. 지우다 만 립스틱이 콧등과 턱
까지 번져 있었다. 나는 손을 뻗어 화장솜을 집어들었다.

"그러니까 어떻게 도와달라는 거예요?"

일라리아가 참지 못하고 나를 재촉했다.

일라리아의 목소리가 아득히 들려왔다. 잠깐만. 화장부터 제대로 지워야겠다.

양쪽에 거울이 달린 수납장 덕분에 나는 멀찌감치 떨어져 있는 내 옆모습을 볼 수 있었다. 처음에는 내 오른쪽 옆모습에 이끌렸다가 곧이어 왼쪽 옆모습에 매료되었다. 양쪽 모습 모두 생소하게 느껴졌다. 평소에 나는 측면 거울을 보지 않고 큰 거울에만 내 모습을 비춰보곤 했다. 나는 옆모습과 앞모습을 동시에 볼 수 있게 거울 위치를 조정했다. 거울과 꿈보다 뛰어난 자기 복제 기술은 아직도 없다.

'나를 좀 봐.'

나는 거울을 향해 속삭였다. 거울은 내가 처한 상황을 잘 보여주고 있었다. 내 앞모습은 나는 '올가'이고 오늘 하루를 무사히 끝마칠 수 있을 거라고 안심시켜주고 있었다. 반면에 측면 거울에 비친 내 옆모습들은 그러지 못할 것이라고 내게 경고하고 있었다.

양옆의 측면 거울은 목덜미와 못생긴 귀, 내가 싫어하

는 살짝 굽은 매부리코, 턱, 튀어나온 광대뼈, 백짓장처럼 창백한 얇은 볼살을 비추고 있었다. 나는 그 반쪽짜리 얼굴이 올가의 통제 영역이 아니라는 사실을 깨달았다. 올가에게는 그럴 만한 고집도 끈기도 없었다. 올가는 거울에 비친 옆모습과 아무런 관계가 없었다. 은폐의 기하학적 원칙에 따라 어떤 면은 더 나빠 보이기도 하고 어떤 면은 더 좋아 보이기도 한다.

나는 올가의 앞모습이 내 진짜 모습이라고 믿었지만 다른 사람들은 왼쪽 면과 오른쪽 면의 종잡을 수 없고 불안한 접합을 내 이미지로 생각해왔을 것이다. 내 옆모습의 조합이 전체적으로 어떤 모습인지 나는 모른다. 특히 남편에게 올가의 앞모습을 보여주고 있다고 생각했는데 실제로 지금까지 내가 그에게 어떤 얼굴과 어떤 몸을 보여주었는지 확신할 수 없게 되었다. 남편은 지금껏 변덕스럽고 일관성이 없고 애매모호한 내 옆모습의 조합을 보아온 것이다. 남편은 내 어떤 조합에 이끌렸던 걸까. 어떤 조합에 혐오감을 느끼고 결국 나를 사랑하지 않게 된 걸까.

나는 남편에게 한 번도 내 본모습을 보여준 적이 없다. 이렇게 생각하자 소름이 끼쳤다. 올가는 사춘기가 끝날 무렵 안정적인 모습을 찾았다고 착각했다. 그녀의 삶의 의미가 그 시절 잘못된 판단의 결과물일 뿐이라는 사실을 나는 불현듯 깨달았다. 지금부터라도 이 상황을 극복하려면 내 옆모습에 의지해야 했다. 앞모습의 익숙한 느낌보다는 옆모습의 생소한 이질감에 의존해야 하는 것이다. 이질감을 바탕으로 서서히 나 자신에 대한 신뢰를 회복하고 진정한 성인이 되어야 했다.

나는 그런 결론이 진실되게 느껴졌다. 왼쪽 옆모습을 자세히 살피다보니 그동안 미처 눈에 들어오지 않았던 부분들 때문에 인상이 달라 보였다. 나는 그 속에서 '불쌍한 여자'와 닮은 얼굴을 봤다. 우리가 그토록 많이 닮았을 거라고는 상상도 못 했었다.

계단을 내려와 괴로움에 가득 찬 텅 빈 시선으로 나와 내 친구들을 훑어보며 우리의 놀이를 중단시키던 '불쌍한 여자'의 옆모습이 어느새 내 안에 숨어들어 있다 지금 이 순간 거울 속에 모습을 드러낸 것이다. '불쌍한 여자'는 거울 속에서 속삭였다.

"개는 죽어가고 있고 잔니는 배앓이에 열까지 있다는 것을 기억해."

"고마워."

나는 여인의 모습에 놀라지 않고 말했다. 오히려 고마운 마음이 들었다.

"고맙다니, 뭐가요?"

일라리아가 뾰로통이 나서 물었다.

나는 정신을 차렸다.

"엄마를 도와주기로 해서 고마워."

"어떻게 도와줘야 할지 말해줘야죠."

나는 미소를 지으며 말했다.

"따라와. 보여줄게."

27

몸을 움직이는데 나 스스로가 매끄럽게 연결되지 못한 양쪽 면 사이에 압축된 공기처럼 느껴졌다. 나는 어느 한 구석 익숙하지 않은 곳이 없는 집을 부질없이 헤매고 다녔다. 집 안의 모든 공간이 분리되어 멀리 떨어져 나간 것 같았다. 5년 전 방 크기를 재고 정성껏 꾸미느라 우리 집의 모든 공간을 속속들이 알게 되었다. 하지만 지금은 욕

실과 거실, 거실과 창고, 창고와 현관 사이 거리를 가늠할 수 없었다. 놀이를 하는 것처럼 여기저기 끌려다니는 것 같았다. 순간 현기증이 났다.

"엄마, 조심하세요!"

일라리아가 말하며 내 손을 잡았다. 내가 몸을 비틀거렸던 것이다. 넘어질 뻔한 것 같기도 하다. 나는 창고로 가서 일라리아에게 공구함을 가리켰다.

"망치를 들고 엄마를 따라오렴."

내가 말했다.

우리는 왔던 길을 되돌아갔다. 일라리아는 망치를 자랑스레 두 손으로 들고 있었다. 이제야 내가 자기 엄마인 게 자랑스럽게 느껴지는 모양이었다. 일라리아가 좋아하니 나도 좋았다. 거실에 이르렀을 때 나는 일라리아에게 말했다.

"여기 앉아서 바닥에 대고 망치질을 하렴. 쉬지 말고."

일라리아는 신나 죽겠다는 표정을 지었다.

"카라노 아저씨를 화나게 하려고요?"

"그래."

"화가 나서 우리 집까지 쫓아오면 어떻게 해요?"

"그땐 엄마가 알아서 할 테니 엄마를 불러."

일라리아는 거실 중앙으로 가서 망치를 두 손으로 잡고 바닥을 내리치기 시작했다.

이제 잔니의 상태를 확인해야겠다고 생각했다. 그새 잔니를 까맣게 잊고 있었던 것이다. 칠칠치 못한 엄마 같으니.

일라리아와 마지막으로 의미심장한 시선을 주고받은 후 잔니에게 가려던 순간 있어서는 안 될 물건이 책장 아래 굴러다니고 있는 것을 보았다. 살충제 스프레이였다. 창고에 있어야 할 살충제가 바닥에 떨어져 있었다. 오토가 물어뜯어 깡통이 찌그러진 데다 하얀색 꼭지가 떨어지고 없었다.

나는 스프레이 통을 집어 들고 자세히 살펴보다 당황해서 주위를 두리번거렸다. 그러다 책장 아래로 길게 줄지어 가는 개미를 발견했다. 개미 떼가 또다시 집에 침입한 것이다. 어쩌면 새까만 개미들의 행렬이야말로 이 집이 완전히 무너지지 않도록 붙들어주고 있는 유일한 끈일 수도 있다는 생각이 문득 들었다. 집요한 개미들이 없었다면 일라리아가 있는 거실 마룻바닥은 여러 조각으로 흩어져 지금보다 훨씬 더 산산이 부서졌을 것이다. 잔니가 누워 있는 방은 성문을 굳게 닫아버린 성보다 더 접근하기 힘들었을 것이고 오토가 괴로워하고 있는 고통의 방은 아무도 범접할 수 없는 나병환자 수용소가 되었을 것이다. 개미 떼가 아니었다면 주변의 모든 것이 8월의 타는 햇살 속에 한줌의 먼지가 되어 사라져버렸을 것이다. 내 감정과 생각과 낯선 도시와 고향 땅과 탁자 밑에 들어가서 어머니의 이야기에 귀를 기울이던 지난날의 추억까지도.

그러니 개미들을 내버려둬야겠다. 어쩌면 개미들은 적이 아닐지도 모른다. 애초에 그들을 몰살시켜야겠다는 마음을 먹지 않았어야 했다.

'어떤 것은 결속에 방해가 되는 불편한 요소들로 인해 더 견고해지기도 하지.'

그 마지막 생각이 큰 소리로 쩌렁쩌렁 울리는 것 같아 순간 흠칫했다. 그 소리는 내 목소리가 아니었다. 나는 그 소리를 똑똑히 들었다. 일라리아의 성실한 망치질 소리까지 뚫고 나올 정도로 큰 소리였다. 나는 손에 들고 있던 살충제 스프레이에서 내 책상으로 시선을 옮겼다. 종이 반죽으로 만든 것 같은 '불쌍한 여자'의 형상이 내 책상 앞에 앉아 있었다. 내 양쪽 옆얼굴을 손으로 붙여놓은 것 같은 모습이었다. '불쌍한 여자'의 몸속에는 나와 같은 피가 흐르고 있었고 여자는 그 덕분에 생명을 유지하고 있었다. 축축하고 새빨간 혈관이 박동하는 모습이 훤히 보였다. 여자의 목과 성대도 내 것이었다. 성대에서 진동하는 숨결마저 내 것이었다. 그 부조리한 문장을 입 밖에 낸 후 여자는 내 노트에 글을 쓰기 시작했다.

가까이 다가가지 않아도 그녀가 무엇을 쓰고 있는지 똑똑히 보였다. '불쌍한 여자'는 내 노트에 자기 글을 메모하고 있었다.

'이 방은 너무나 커.'

여자가 내 글씨체로 써내려 갔다.

'도무지 집중할 수가 없어. 내가 누구이고 무엇을 하고 있고 그 이유는 무엇인지 나는 완전히 이해하지 못했어. 밤이 너무나 길어. 영원히 끝나지 않을 것 같아. 남편이 나를 버린 것도 그 때문이야. 남편은 이 밤이 빨리 지나가기를 원했던 거야. 다 늙어 죽기 전에 말이야. 글을 잘 쓰려면, 모든 질문의 본질에 가까이 다가가려면 여기보다 더 작고 안전한 장소가 필요해. 불필요한 부분을 없애고 공간을 좁혀야 해. 글을 쓴다는 것은 어머니의 자궁 안에서 말을 하는 것과 같아. 페이지를 넘겨, 올가. 다시 시작하는 거야.'

책상 앞의 '불쌍한 여자'는 지난밤 내가 잠자리에 들지 않았다고 알려주었다. 하지만 나는 침대에 누웠던 기억이 난다. 잠깐 잠들었다 깬 후 다시 잠들었나 보다. 아주 늦은 시간에 침대에 대각선으로 쓰러지듯 누웠던 것 같다. 그래서 아침에 그렇게 이상한 위치에서 일어난 것이다.

집중하자. 사건을 순서대로 재구성해보자. 이미 지난밤 내면의 무언가가 견디지 못하고 부서지고 말았다. 이성과 기억력이 무너져 내리고 말았다. 너무 오랜 고통은 이런 결과를 초래할 수 있다. 나는 잠자리에 들었다고 생각만 했을 뿐 실제로는 잠들지 않았다. 아니면 잠들었다 다시 깬 것일 수도 있다. 내 몸은 내 명령을 따르지 않았다. 반항적인 내 몸은 내 노트에 몇 페이지에 걸쳐 글을 빽빽하게 써놓았다. 내 몸은 두려움을 극복하고 모멸감을 이겨내기 위해 왼손으로 글을 썼다. 지난밤 아마도 이런 일이 있었을 것이다.

나는 스프레이 통의 무게를 가늠해보았다. 어쩌면 나는

밤새 개미와 헛된 사투를 벌였던 것인지도 모른다. 오토가 발작을 일으키고 잔니가 구토 증세를 보이는 것도 내가 방마다 살충제를 뿌리고 다녔기 때문일지 모른다. 아니다. 그렇지 않을 수도 있다. 내 어두운 자아가 있지도 않은 죄를 만들어 올가에게 뒤집어씌우고 있는지도 모른다. 나를 느리고 무책임하고 무능한 여자인 것처럼 포장하고 자기 폄하의 길로 이끌어 현실을 더욱 혼란스럽게 만들고 나로 하여금 경계를 긋지 못하게 하려는 것이다. 현실과 허구를 구분하지 못하게 하려는 것이다.

나는 스프레이 통을 선반 위에 올려놓고 책상에 앉아 다시 글을 쓰기 시작한 '불쌍한 여인'의 형상과 바닥을 열심히 망치로 내리치고 있는 일라리아를 방해하지 않기 위해 까치발을 들고 거실 문으로 향했다. 나는 상상 속 죄책감과 싸우며 다시 욕실로 갔다. 불쌍한 내 아들, 사랑스런 내 아들. 나는 엉망이 되어버린 약상자에서 노발지나*를 꺼내 물컵에 정확히 열두 방울을 넣었다. 왜 이렇게 신중하지 못했을까. 정말로 살충제 스프레이 한 통이 다 없어

* 이탈리아에서 흔히 쓰는 해열제.

질 만큼 밤새 살충제를 뿌리고 다닌 걸까. 그것도 창문이란 창문은 모두 닫아둔 채로.

복도로 나가자마자 잔니의 헛구역질 소리가 들렸다. 정체를 알 수 없는 힘이 아무런 소득 없이 잔니의 속을 헤집어 놓는 바람에 아이는 얼굴이 시뻘게져서 두 눈을 크게 뜨고 입을 크게 벌린 채 몸을 침대 밖으로 내밀고 있었다. 내가 무감각한 상태여서 차라리 다행이었다. 아무런 감정도 감동도 의구심도 느껴지지 않아 다행이었다.

그새 또 생각이 변했다. 그날 있었던 사건들이 떠오르면서 잔니가 병이 나게 된 요인이 될 수 있는 다른 가능성이 생각났다. 치타델라 요새에 있던 대포 말이다. 오래된 대포 안에서 잔니는 기후가 다른 먼 이국땅에서 흘러 들어온 빈곤의 질병을 퍼뜨리는 세균을 들이마신 것은 아닐까. 급변하는 격동의 사회, 국경이 넓어지고, 멀었던 나라가 이웃 나라가 되고, 체제 전복의 함성이 들리고, 해묵었거나 새로운 증오로 가득하고, 멀리서나 가까이에서 전쟁을 겪고 있는 그런 세계의 흔적을 묻혀온 게 아닐까.

나는 머릿속에 떠오르는 모든 상상과 모든 공포 앞에 굴복하고 말았다. 사춘기 후에 형성된 이성적인 세계가 갈수록 좁아지고 있었다. 내가 아무리 천천히 움직이고 신중하게 행동하려 해도 지난 수년간 휘말렸던 너무나도 강력한 소용돌이 때문에 원래 공 모양이었던 이성의 세계는 얇고 동그란 원반이 되어버렸다. 너무나 얇아서 잡기만 해도 조각이 떨어져 나갈 것 같은 그 원반 가운데에는 구멍이 있어서 이대로 가면 얼마 안 있어 결혼반지 모양이 됐다가 결국은 흔적도 없이 사라지고 말 것이다.

나는 잔니 옆에 앉아 이마를 받쳐주고 토하도록 도와주었다. 잔니는 기진맥진해서 녹색 침을 뱉고는 울면서 털썩 누웠다.

"엄마를 불렀는데 오지도 않았어요."

잔니가 울면서 나를 원망했다.

나는 잔니의 입과 눈을 닦아주었다. 나는 해결해야 할 문제가 있었다고 했다. 급한 일이어서 잔니가 부르는 소리를 못 들었다고 변명했다.

"오토가 독을 먹었다는 게 사실이에요?"

"아니. 그렇지 않아."

"일라리아가 그랬어요."

"일라리아가 지어낸 이야기야."

"여기가 아파요."

잔니가 목덜미와 목을 내보이며 한숨을 쉬었다.

"너무너무 아파요. 하지만 좌약은 싫어요."

"좌약은 안 넣을게. 이 물약만 마시면 돼."

"먹으면 또 토할 것 같아요."

"물약을 마시면 토하지 않을 거야."

잔니는 힘겹게 물을 마시고 헛구역질을 한 번 하더니 베개에 얼굴을 파묻었다. 이마를 만져보니 열이 펄펄 끓었다. 오븐에서 막 꺼낸 갓 구운 파이처럼 잔니의 뜨겁고 건조한 피부를 만지기 힘들었다. 멀리서 들려오기는 했지만 일라리아의 망치질도 참기 힘들었다. 어찌나 기운차게 두들겨대는지 온 집 안이 쩌렁쩌렁 울렸다.

"저건 무슨 소리예요?"

잔니가 깜짝 놀라서 물었다.

"이웃집에서 공사를 하고 있어."

"듣기 싫어요. 가서 그만하라고 해주세요."

"그럴게."

나는 잔니를 안심시키고 억지로 체온계를 몸에 꽂았다. 잔니는 마지못해 하면서도 내가 두 팔로 꼭 껴안아주자 내 말을 따랐다.

"내 새끼."

나는 잔니를 살살 어르며 말했다.

"내 새끼 아파서 어떻게 해. 이제 곧 다 나을 거야."

일라리아가 한결같이 내리치는 망치질 소리가 들리는 데도 잔니는 얼마 후 잠이 들었다. 하지만 눈꺼풀이 완전히 감기지는 않았다. 눈가가 발그스레했고 속눈썹 사이로 흰자위가 하얀 줄처럼 보였다. 호흡이 거친 데다 눈꺼풀 아래로 보이는 눈동자의 움직임이 걱정되어 잠시 가만히 있다 체온계를 빼냈다. 수은주는 아까보다 훨씬 위로 올라와 있었다. 열이 거의 40도였다.

나는 체온계가 살아 있는 생명체라도 되는 듯 징그러워하면서 침대 머리맡에 있는 탁자 위에 올려놓았다. 그러고는 죽은 사람처럼 입을 벌리고 있는 잔니의 빨간 입속을 바라보면서 잔니를 침대 시트 위에 눕히고 베개를 베어주었다. 일라리아의 망치질 소리가 머릿속을 울렸다. 정신을 차려야 한다. 어젯밤부터 오늘까지 저지르고 다닌 실수를 만회해야 한다. 나는 잔니와 일라리아가 내 자식들이라는 사실을 애써 되새겼다. 아이들은 내 피조물이다. 비록 아이들을 잉태하는 순간 남편이 나 말고 다른 여자를 생각하고 있었고 나 역시 내가 올가라는 여자라고 믿고 있었다 할지라도 말이다. 지금 이 순간 남편이 유일하게 의미와 가치를 부여하는 사람은 그가 저지른 또 다른 실수에 지나지 않는 카를라라는 이름의 계집아이뿐이다. 그는 자신이 한때 사랑했고 자기 씨를 심었던 내 몸과 내 몸의 특징조차 잊었지만 그럼에도 아이들은 내가 만든 피조물이다.

내가 지금껏 남편이 생각했던 여자였던 적도, 이제야 깨달았지만 내가 생각했던 올가라는 여자였던 적도 없다 할지라도 아이들은 여전히 내 피조물이다. 비록 내가 나의 양쪽 면을 대충 붙여 만들어놓은 상상만 해도 끔찍한 조합물에 지나지 않더라도, 나 자신도 형체를 알아보기 힘든 입체파 회화 작품의 추상적인 도형의 숲에 불과할지라도 잔니와 일라리아는 내 피조물이었다. 내 몸에서 나온, 내 배 아파가며 낳은 살아 숨 쉬는 피조물이었다. 그러니 내겐 그 아이들에 대한 책임이 있다.

그렇기 때문에 상상할 수 없을 정도로 힘들었지만 나는 젖 먹던 힘을 다해 일어났다. 정신을 차려야 한다. 상황 판

단을 제대로 해야 한다. 지금 당장 외부와 연락을 취해야
한다.

28

휴대폰을 어디에 두었더라? 휴대폰을 망가뜨린 날 부
서진 조각들을 어디에 놔뒀더라? 내 침실 탁자 서랍을 뒤
져보니 두 동강 난 보라색 휴대폰이 나왔다.

나는 휴대폰 작동 원리에 대해 아는 게 없었다. 아마도
바로 그런 이유 때문에 휴대폰이 고장 나지 않았다고 나
자신에게 최면을 걸 수 있었을 것이다. 나는 휴대폰 액정
과 버튼이 있는 부분을 꼼꼼히 살핀 후 전원 버튼을 눌러
보았다. 아무 변화도 없었다. 분리된 부분을 연결하기만
하면 될 것 같아서 휴대폰을 아무런 기준 없이 손이 가는
대로 만져 보았다. 우선 빠진 배터리를 다시 끼워 넣고 분
리된 부분을 어떻게든 붙여보려 했다. 하지만 나는 이내
휴대폰이 두 동강 난 이유가 본체가 아예 부서져 버렸기
때문이라는 사실을 깨달았다. 접합부의 홈이 갈라진 것
이다.

우리는 물건을 만들 때 우리의 육체를 모방한다. 그래서 양쪽 면을 하나로 이어붙이는 것이다. 그렇지 않으면 다른 육체에게 이끌려 하나가 되는 인간의 특징을 물건을 만들 때도 반영한다. 그 결과 만들어지는 것은 그러한 뻔하디 뻔한 상상의 결과물인 것이다.

마리오도 사회적으로 성공했고 능력 있고 똑똑한 사람이지만 뻔한 상상력의 소유자라는 생각이 갑자기 들었다. 오히려 그렇기 때문에 마리오라면 휴대폰이 본연의 기능을 수행할 수 있게 해주었을 것이다. 그렇기 때문에 마리오라면 오토와 잔니를 구해줄 수 있었을 것이다. 성공은 뻔하디 뻔한 일을 치밀하게 계산해 조작할 수 있는가의 여부에 따라 판가름 난다. 나는 그런 기준에 적응하지 못했다. 나 자신을 마리오에게 완전히 맞추지 못했다. 그래도 노력은 했다. 무딘 성격인데도 그가 원하는 모습만 보여주려고 애썼다. 상상의 나래를 펼치는 기질도 애써 없애버렸다. 그런데도 이런 내 노력이 충분하지 않았는지 남편은 나를 떠나버렸다. 다른 곳에 더 견고하게 뿌리내리기 위해서 내 곁을 떠나버렸다.

이제 그만 생각하고 휴대폰에 집중하자. 나는 서랍에서

녹색 끈을 찾아 두 동강 난 휴대폰을 꽉 묶은 다음 전원 버튼을 켰다. 아무런 반응이 없었지만 나는 기적이 일어나기를 바라며 통화음이 나는지 들어보았다. 하지만 소리가 나지 않았다. 정말 아무런 소리도 들리지 않았다.

나는 일라리아의 망치질 소리에 지쳐서 휴대폰을 침대 위에 내동댕이쳤다. 그때 컴퓨터 생각이 났다. 왜 진작 그 생각을 못 했을까. 이게 다 내가 모자라서다. 나는 아는 것이 별로 없었다. 컴퓨터는 내 마지막 희망이었다. 나는 거실로 향했다. 망치질 소리가 잿빛 장막이라도 되는 것처럼 팔을 뻗어 손으로 주변을 더듬으며 한 발 한 발 걸음을 내디뎠다.

일라리아는 쭈그리고 앉아서 바닥 타일을 내리치고 있었다. 듣기 힘든 파열음이 났다. 나는 카라노도 그렇게 느끼기를 바랐다.

"그만해도 돼요?"

일라리아가 땀을 뻘뻘 흘리면서 벌겋게 달아오른 얼굴로 눈을 희번덕거리며 물었다.

"아니. 정말 중요한 일이야. 계속해줘."

"그럼 엄마가 해요. 나는 피곤하단 말이야."

"엄마는 급히 해야 할 일이 있어."

이제 내 책상 앞에는 아무도 없었다. 의자에 앉아보았지만 체온은 느껴지지 않았다. 나는 컴퓨터를 켜고 이메일 아이콘을 클릭한 뒤 이메일을 보내기 위해 자판을 두드렸다. 전화는 안 되어도 인터넷은 연결되기를 바랐다. 통신사 직원 말대로 통신 장애가 기기 문제이기를 바랐다. 메일로 나와 마리오의 친구들과 지인들에게 구조 요청을 보낼 생각이었다. 하지만 아무리 시도해도 컴퓨터는 인터넷에 연결되지 않았다. 듣기 싫은 신호음만 길게 내다가 꺽꺽대더니 통신망 찾기를 멈췄다. 나는 키보드를 꽉 움켜쥐고 불안해하지 않으려고 여기저기 둘러보았다. 가끔 눈길이 아직 펼쳐져 있는 노트와 문장에 머물렀다.

'여기가 어디지? 나는 지금 뭘 하고 있지? 대체 왜?'

안나가 바보같이 연인에게 배신당하고 버림받을지도 모른다고 의심하면서 한 말이다.

때때로 우리는 이유 없는 긴장감에 휩싸여 우리 스스로에게 의미 있는 질문을 던진다. 일라리아의 망치질 소리는 컴퓨터가 뱉어내는 불안한 소리를 조각냈다. 아이가 망치를 휘둘러 방 안을 휘젓고 다니는 뱀장어를 조각내고 있는 것 같았다. 나는 참지 못하고 소리쳤다.

"그만!"

내가 소리를 질렀다.

"망치질 좀 그만해!"

일라리아는 놀라서 입을 벌리고 동작을 멈췄다.

"내가 그만하고 싶다고 했잖아요."

나는 낙심해서 고개를 끄덕여 보였다. 카라노보다 내가 먼저 포기한 것이다. 망치질 소리가 시끄러운데도 건물에 인기척이 전혀 없었다. 나는 일관성 없이 행동하고 있었다. 전략을 세우고 진득하게 밀어붙이지 못했다. 내게 남은 유일한 협력자는 일곱 살짜리 꼬맹이밖에 없는데 그 아이와의 관계마저 망가질까봐 걱정이 되었다.

나는 컴퓨터 스크린을 바라보았다. 아무런 변화가 없었다. 나는 자리에서 일어나 일라리아를 안아주었다. 나도 모르게 긴 신음이 흘러나왔다.

"엄마, 머리 아파요?"

일라리아가 물었다.

"괜찮아질 거야."

내가 대답했다.

"이마 마사지해줄까요?"

"그래."

내가 바닥에 앉자 일라리아가 손가락으로 정성스레 내 관자놀이를 문질러주었다. 다시 모든 것을 포기하고 싶은 생각이 들었다. 잔니와 오토를 구할 수 있는 시간이 얼마나 남았을까.

"내가 낫게 해줄게요."

일라리아가 물었다.

"이제 괜찮아요?"

나는 고개를 끄덕여 보였다.

"근데 엄마, 팔에 집게는 왜 끼웠어요?"

정신을 차려보니 집게가 눈에 들어왔다. 그때까지 집게를 까맣게 잊고 있었던 것이다. 집게 때문에 느껴지는 미약한 고통은 그새 내 몸의 일부가 되어버렸다. 한마디로 부질없는 짓이었던 거다. 나는 집게를 빼서 바닥에 내려놓았다.

"이렇게 하면 기억하는 데 도움이 되거든. 오늘 엄마가 계속 깜빡하네. 어떻게 해야 할지 모르겠어."

"내가 도와줄게요."

"정말?"

나는 몸을 일으킨 후 책상에서 금속으로 된 종이 자르는 칼을 집어 들었다.

"들고 있어."

내가 말했다.

"엄마가 딴생각을 하는 것 같으면 이걸로 엄마를 찌르렴."

일라리아는 칼을 받아들고 찬찬히 살폈다.

"엄마가 딴생각을 하는지 어떻게 알아요?"

"알 수 있어. 사람이 딴생각에 빠지면 냄새도 못 맡고 말도 못 듣거든. 아무 소리도 못 들어."

"엄마가 이것도 못 느끼면 어떻게 해요?"

일라리아가 내게 칼을 내밀었다.

"엄마가 느낄 때까지 찔러. 이제 이리 와 보렴."

29

나는 굵은 밧줄을 찾기 위해 일라리아를 데리고 창고 물건을 다 뒤졌다. 나는 창고에 분명히 밧줄이 있었던 걸로 기억하고 있었다. 하지만 내가 찾은 것은 소포끈 한 뭉치뿐이었다. 나는 현관으로 가서 끈의 한쪽 끝을 현관문 앞바닥에 놓아둔 짧은 철봉에 묶은 다음 일라리아를 데리고 거실로 돌아와 발코니로 나갔다.

한줄기 무더운 바람이 귀에 거슬리는 나뭇잎 스치는 소리를 내며 나무를 살며시 흔든 후 나를 감쌌다. 순간 숨이 멎을 뻔했다. 바람에 깡똥한 잠옷이 몸에 딱 달라붙었다. 일라리아는 바람에 날아가 버릴까봐 겁이 나는 듯 아무것도 들지 않은 손으로 내 잠옷자락을 꼭 붙잡았다. 공기에서 진한 야생 박하향과 먼지와 햇볕에 탄 나무껍질 냄새가 났다.

나는 아래층 발코니를 내려다보기 위해 난간 밖으로 몸을 쭉 내밀었다. 카라노네 집 발코니였다.

"떨어지지 않게 조심해요."

일라리아가 내 잠옷을 잡아당기며 주의를 주었다.

카라노네 집 창문은 닫혀 있었다. 들리는 소리라고는 새 지저귀는 소리와 멀리 버스 지나가는 소리뿐이었다. 강물은 텅 빈 잿빛 활주로 같았다. 사람 소리는 들리지 않았다. 1층부터 6층을 통틀어서 위아래, 좌우로 인기척이 전혀 없었다. 라디오에서 흘러나오는 음악소리나 노랫소리나 텔레비전 방송 소리라도 들릴까 귀를 쫑긋 세워보았지만 소용없었다. 적어도 우리 집 근처에서는 아무런 소리도 나지 않았다. 이따금 비정상적으로 후덥지근한 바람에 나뭇잎이 스치는 소리 빼고는 사방이 고요했다. 나는 다 꺼져가는 작은 목소리로 몇 번이나 고함을 쳤다. 나는 원래 목소리가 작았다.

"카라노 씨! 알도! 아무도 없어요? 도와줘요! 나 좀 도와주세요!"

아무 일도 일어나지 않았다. 뜨거운 음료가 든 컵을 입에 가져다 대고 말할 때처럼 바람이 내 입술에서 말을 잘라 먹었다.

일라리아는 눈에 띄게 긴장하면서 내게 물었다.

"우리가 왜 도움을 받아야 해요?"

나는 뭐라 말해야 할지 몰라 대답하지 않고 웅얼댔다.

"걱정하지 마. 우리끼리 할 수 있어."

나는 끈에 묶은 철봉을 난간 밖으로 꺼내놓고 카라노네 집 발코니 난간에 닿을 때까지 천천히 내렸다. 철봉이 카라노네 집 창문에서 얼마나 떨어져 있는지 가늠해보기 위해 몸을 내밀자 일라리아가 잠옷자락을 놓고 냉큼 내 맨다리를 꼭 껴안았다. 다리에 일라리아의 숨결이 느껴졌다.

"내가 잡아줄게요, 엄마."

일라리아의 목소리가 들렸다.

나는 오른쪽 팔을 최대한 뻗어 끈을 엄지와 검지로 잡은 후 확고한 동작으로 재빨리 철봉을 흔들었다. 철봉은 카라노네 집 발코니 쪽으로 진자 운동을 시작했다. 철봉을 제대로 움직이려고 애쓰다 보니 상체가 점점 더 발코니 바깥으로 튀어나갔다. 나는 최면에 걸린 듯 철봉을 바라보았다. 까맣고 뾰족한 물체가 도로 위로 솟아오르는가 싶더니 어느 순간 되돌아와 카라노네 집 발코니 난간을 스쳐 지나갔다. 얼마 지나지 않아 난간 아래로 떨어질 것 같은 두려움이 사라졌다. 아니, 우리 집 발코니와 땅의 거리가 딱 끈 길이 정도밖에 안 되는 것처럼 느껴졌다.

내 목적은 카라노네 집 창문을 깨뜨리는 것이었다. 나는 철봉이 창문 유리를 깨뜨리고 집 안으로 날아 들어가게 만들고 싶었다. 지난밤 나를 맞이했던 거실로 말이다. 순간 웃음이 나왔다. 분명 카라노는 나른하게 졸면서 침

대에서 뒹굴고 있을 것이다. 신체적으로 꺾이기 시작한
남자. 발기도 제대로 못 하는 남자. 그저 비참함에서 벗어
나기 위해 시도한 우연한 잠자리 상대로도 부적절한 남
자. 그가 어떻게 하루를 보내고 있을지 상상하니 경멸감
이 치밀어 올랐다. 하루 중 가장 무더운 시간에 그는 분
명 시원한 집 그늘에서 긴 낮잠을 즐기고 있을 것이다. 땀
을 뻘뻘 흘리고 깊은 숨을 내쉬며 잠들어 있을 것이다. 아
무런 희망도 없이 별 볼일 없는 오케스트라에서 연주하러
가는 날을 기다리면서. 그의 길고 메마른 혀와 입에서 느
껴지던 짭짜름한 맛이 생각났다. 오른쪽 허벅지를 파고드
는 일라리아의 종이칼을 느끼고 나서야 나는 정신을 차
렸다.

　장하다 내 딸. 일라리아는 주의 깊고 세심한 아이였다.
그 순간 나는 그런 자극이 필요했다. 나는 손가락으로 잡
고 있던 끈을 놓아버렸다. 철봉은 순식간에 아래층 발코
니로 사라졌다. 유리가 깨지는 소리와 함께 끈은 끊어져
버렸다. 나는 철봉이 아래층 발코니 타일 바닥에서 튕겨
나가 난간에 부딪힌 후 허공으로 추락하는 광경을 지켜
보았다. 그 순간이 한없이 길게 느껴졌다. 철봉은 반짝이

는 유리 조각과 함께 층별로 판에 박은 듯 똑같이 생긴 발코니 난간에 부딪히며 떨어졌다. 철봉은 점점 작아지다가 까만 쇳조각이 되어 아스팔트 도로에 떨어졌다. 멀리서 쇠 튕겨져 나가는 소리가 몇 번에 걸쳐 메아리처럼 울려퍼졌다.

순간 나는 겁이 나서 난간 뒤로 물러났다. 그제야 6층 높이의 깊은 심연이 다시 실감났다. 일라리아는 여전히 내 다리를 꼭 붙잡고 있었다. 내 행동에 피해를 입고 잔뜩 화가 난 음악가의 허스키한 목소리가 들려오기를 기다렸지만 아무런 반응이 없었다. 대신 새들이 다시 지저귀기 시작했다. 타는 듯이 뜨거운 바람이 나와 일라리아를 감쌌다. 일라리아는 나를 현실에 붙잡아주고 있었다. 일라리아는 내 육신이 만들어낸 진짜 피조물이었다.

"잘했어."

내가 말했다.

"내가 안 잡아줬으면 엄마는 아래로 떨어졌을 거예요."

"무슨 소리 들리니?"

"아니요."

"그럼 우리 같이 소리치자. 카라노 씨! 카라노 씨! 도와주세요!"

우리는 한참 동안 함께 소리를 질렀다. 하지만 카라노네 집에서는 여전히 아무런 인기척이 없었다. 대신 어디선가 개가 낑낑대는 소리가 길고 희미하게 들렸다. 여름철 도로변에서 버림받은 개가 멀리서 내는 소리일 수도 있고 아니면 오토 소리일 수도 있다. 그렇다, 우리 집 셰퍼드 오토가 우는 소리다.

30

지금 당장 행동에 나서야 한다. 해결책을 생각해내야 한다. 오늘 하루 동안 벌어진 말도 안 되는 모든 상황에 굴복하지 말자. 큰 그림의 일부분이라는 일념으로 산산조각 나버린 내 삶의 조각들을 주워 모으자. 나는 일라리아에게 뒤따라오라고 고갯짓을 한 뒤 미소를 지어 보였다. 이제 일라리아는 스페이드의 여왕처럼 한 손에 종이칼을 꼭 쥐고 있었다. 손이 하얗게 변할 때까지 칼을 꼭 쥐고 있을 정도로 아이는 자기 역할을 진지하게 받아들이고 있었다.

문득 일라리아라면 내가 실패한 일을 해낼 수 있을지도

모른다는 생각이 들었다. 우리는 현관 앞 강화문 앞으로
갔다.

"열쇠를 한번 돌려보렴."

내가 말했다.

일라리아는 종이칼을 왼손에 바꿔 쥐고 팔을 뻗었지만
손이 열쇠에 닿지 않았다. 나는 일라리아의 허리를 껴안
고 열쇠를 잡을 수 있게 올려주었다.

"이쪽으로 돌려요?"

일라리아가 물었다.

"아니 반대쪽으로."

일라리아는 작고 보드라운 고사리 손으로, 불면 사라질
듯 연약한 손가락으로 열쇠를 돌리려고 애썼지만 힘이 모
자랐다. 열쇠가 지금처럼 꽉 끼어 있지 않고 평상시처럼
꽂혀만 있었다 해도 일라리아에게는 힘에 부쳤을 것이다.

나는 일라리아를 내려놓았다. 일라리아는 엄마가 준 새
로운 과제를 해내지 못해 실망한 눈치였다. 일라리아는
발끈하면서 내게 화를 냈다.

"왜 엄마가 해야 할 일을 나한테 시켜요?"

일라리아가 짜증스레 쏘아붙였다.

"네가 엄마보다 더 잘하니까."

"엄마는 이제 문을 못 열어요?"

일라리아가 걱정스레 물었다.

"그래."

"그때처럼요?"

"그때처럼이라니? 언제?"

나는 의아한 표정으로 일라리아를 바라보았다.

"엄마랑 시골에 갔을 때 말이에요."

가슴을 한 대 얻어맞은 것 같았다. 고작해야 세 살밖에
안 되었을 땐데, 그때 일을 기억하고 있다니.

"엄마는 가끔 바보처럼 열쇠를 잘 못 다뤄서 우리까지
창피하게 만들잖아요."

일라리아는 자기가 똑똑히 기억하고 있다는 사실을 강
조하기 위해 덧붙였다.

나는 고개를 저었다. 사실 평소에 나는 열쇠를 잘 다룬
다. 보통 때는 자연스럽게 문을 열었다. 열쇠가 구멍에 낄
까봐 불안해하며 떨지 않았다. 하지만 가끔 낯선 자물쇠
앞에서는 한참을 헤맸다. 예를 들면 호텔 같은 곳 말이다.
그런 상황에 처하면 나는 부끄러움을 무릅쓰고 안내데스

크에 다녀와야 했다. 특히 전자키 앞에서는 안절부절못했다. 전자키만 보면 마음이 불안해졌다. 잠시 딴생각에 빠지기라도 하면 끝장이었다. 문제가 생길 것 같다는 생각만으로도 움직임이 부자연스러워져서 문을 열지 못했다.

내 손은 움직이는 법을 잊어버렸고 손가락은 적당한 힘으로 열쇠를 올바로 잡는 법을 잊어버렸다. 그때도 그랬었다. 정말 얼마나 수치스러웠던지… 그때 요망한 카를라 년의 엄마 지나가 아이들과 함께 가라며 자기 별장 열쇠를 내게 내주었다. 남편은 할 일이 있어서 다음 날 오기로 하고 나는 아이들과 먼저 출발했다. 두 시간 동안 운전한 끝에 나는 늦은 오후 별장에 도착했다.

가는 길 내내 전쟁터 같은 주말의 교통 체증과 잠시도 쉬지 않고 티격태격하는 아이들과 아직 어려서 낑낑대는 오토 때문에 신경이 날카로워졌다. 운전하는 내내 근래 들어 내가 빈둥거리면서 멍청하게 시간만 낭비하고 있다는 생각에 빠져 있었다. 그때 나는 글을 읽지도 않았고 쓰지도 않았다. 사회 활동을 하지 않았기 때문에 누군가와 다투기도 하고 호감을 나누기도 하면서 나만의 인맥을 쌓을 수도 없었다. 사춘기 시절 머릿속에 그렸던 내 미래의 모습은 어디로 간 걸까.

나는 지나가 부러웠다. 당시 지나는 마리오와 같이 일하고 있었다. 남편은 나보다 지나와 더 많은 대화를 나눌 정도로 둘은 할 말이 항상 많았다. 나는 그때부터 카를라가 마음에 들지 않았다. 카를라는 나이가 어린데도 벌써 자기 삶에 대한 확신이 있었다. 가끔은 내게 싫은 소리도 했다. 그녀는 내가 집안일과 아이들을 돌보는 데 너무 많은 시간을 할애한다고 했다. 그녀는 내 첫 작품을 칭찬하며 힘주어 말했다.

"내가 아줌마였으면 내 적성을 제일 중요하게 생각했을 거예요."

카를라는 얼굴도 예뻤고 딸의 미래가 밝을 거라고 확신하는 엄마에게 교육을 받았다. 그래서인지 열다섯 살밖에 안 됐는데 모든 일에 참견하려 들었다. 잘 알지도 못하는 말을 남발하며 나를 가르치려 든 적이 한두 번이 아니었다. 그때부터 나는 카를라의 목소리만 들어도 신경이 날카로워졌다.

나는 이런 생각에 잠겨서 이미 불안해진 상태로 마당에 주차를 했다. 어쩌자고 두 아이와 개새끼를 끌고 여기까지 왔단 말인가. 나는 현관으로 가서 문을 열었다. 그런데 몇 번이나 시도해도 문은 열리지 않았다. 그새 날이 어두워지고 있었다. 잔니와 일라리아는 힘들고 배고프다며 찡찡거렸다. 자존심과 교만함 때문에 남편에게는 전화하고 싶지 않았다. 하루 종일 일하느라 힘들었을 남편을 나 때문에 별장까지 오게 하고 싶지 않았다. 아이들과 어린 오토는 비스킷으로 허기를 채우고 차에서 잠이 들었다. 나는 다시 문을 열어 보았다. 손가락에 힘이 빠지고 뻣뻣해질 때까지 수없이 시도해보았지만 문은 열리지 않았다. 나는 결국 포기하고 층계참에 앉아 밤의 무게가 가벼워지기를 기다렸다.

남편은 다음 날 아침 10시에 별장에 도착했다. 그는 혼자가 아니었다. 놀랍게도 별장 주인들을 데리고 왔다.

"대체 무슨 일이야? 어쩌다 그랬어? 왜 전화 안 했어?"

나는 더듬더듬 변명을 늘어놓았다. 남편이 어색한 나머지 내가 어떤 면에서는 의외로 부족하다고 농담을 하는 바람에 화가 머리끝까지 치밀었다. 남편은 내가 상상력만 풍부하고 현실적인 일은 제대로 처리하지 못하는 여자라고 했다. 한마디로 내가 멍청한 여자라는 말이 아닌가.

그 순간 나와 카를라가 오랫동안 시선을 교환했던 것으로 기억한다. 카를라는 나를 이해한다는 듯 공범자 같은 눈빛으로 나를 바라보았다. 마치 이렇게 말하는 것 같았다.

'항의하세요. 진실이 무엇인지 말해요. 아줌마가 매일 일상을 꾸려나가고 아이들이 주는 부담감을 온몸으로 감내하고 있다고 말해요.'

나는 카를라의 시선에 깜짝 놀랐다. 하지만 그때만 해도 그 시선에 숨겨진 진짜 의미를 이해하지 못했던 것 같다. 아니, 제대로 이해했을 수도 있다. 그때 카를라의 눈빛은 내게 매력적인 남자를 제대로 다루라고 요구하고 있었다. 자기가 나라면 어떻게 할지 보여주고 싶어 하는 눈빛이었다. 그새 지나는 자물쇠에 열쇠를 넣고 아무 문제 없이 문을 열었다.

칼날이 왼쪽 팔을 파고드는 느낌에 나는 정신을 차렸다.

"엄마가 딴생각을 했어요."

일라리아가 말했다.

"아니야. 네 말이 맞다고 생각했어."

"맞다니요?"

"네 말이 맞다고. 나는 그때 왜 문을 못 열었던 걸까?"

"말했잖아요. 엄마는 가끔 바보 같다니까요."

"네 말이 맞아."

31

정말이다. 나는 바보 같았다. 감정의 수로가 꽉 막혀서 삶의 에너지가 흐르지 않게 된 지 오래다. 마리오가 세심하게 제공하는 황홀한 부부생활에 취해 내 존재의 의미를 가정주부로만 한정지은 것은 너무 큰 실수였다. 마리오의 만족감과 기쁨, 날이 갈수록 성공 가도를 달리는 그의 삶을 내 자존감의 기준으로 삼은 것은 너무나도 큰 실수였다. 그중에서 가장 큰 실수는 그와 함께 있어도 내가 살아 숨 쉬고 있음을 느끼지 못하게 된 지가 이미 오래인데도 그 없이 살 수 없다고 믿었던 일이다. 손끝에 스치는 그의 피부를 마지막으로 느껴본 지가 언제였던가. 그의 입술의 따스한 온기를 느낀 적이 언제였던가.

최근 몇 년 동안 내 몸이 정말로 감수성이 풍부해지고

따스해졌던 것은 순전히 예기치 못하게 어떤 일이 일어났을 때뿐이었다. 조금만 깊이 파고들면 알 수 있는 사실을 나는 그동안 일부러 외면해왔던 것이다. 우연히 알게 된 사람이 내게 관심을 보이고 내 지성과 재능을 칭찬하며 존경하는 마음을 담아 내 몸에 살짝 손을 댔을 때나 그 사람과 다시 만났을 때 나는 그런 느낌을 받았다. 우연히 길에서 옛 직장 동료와 마주쳤을 때도 기쁨에 마음이 벅찼다. 마리오보다는 나와 더 가까워지고 싶다는 속마음을 은근히 내비친 남편의 친구와 호감 어린 말장난이나 침묵을 주고받을 때도 그랬다. 상대방이 나에게 관심을 나타내는 은근한 신호를 보내올 때도 만족감을 느꼈다.

사심이 있는 듯 없는 듯 알쏭달쏭한 신호를 주고받을 때도 좋았다. 보통은 정말로 사심이 있을 때가 더 많았다. 내가 원한다면 관계가 발전할 가능성이 있었다. 적절한 이유를 대면서 적당한 때 전화 한 통만 했어도 관계가 진전될 수 있었을 것이다. 뭔가 특별한 일이 일어나지 않을까 기대하면서 결과를 예측할 수 없는 일에 마음이 설레곤 했다.

어쩌면 마리오가 내 곁을 떠나고 싶다고 했을 때, 나는 그 지점에서부터 시작했어야 했는지도 모른다. 나는 거의 타인과 다름없는 매력적인 남자나 우연히 마주친 남자가 자동차 기름의 휘발성 냄새와 도심 속 플라타너스의 잿빛 나무 기둥처럼 하찮은 것에도 의미를 부여할 수 있을지 모른다는 가능성에서 다시 시작해야 했다. 그로 인해 그 우연한 만남의 장소를 지날 때마다 희열을 느끼고 기대감으로 가슴이 부풀어오를 수도 있다는 가능성을 출발점으로 삼아야 했다. 물론 검증해봐야 했겠지만 결국은 그만한 가치가 있었을 것이다.

마리오에게는 이제 그런 감정적인 지진을 일으킬 만한 능력이 없었다. 마리오의 모든 행동은 안전망에서 벗어나지 않고 모든 것을 제자리에 놓아두는 데 초점이 맞춰져 있었다. 그 과정에서 다른 길로 빠지는 법도, 과격한 행동을 하는 법도 없었다.

내가 그 지점에서 시작했다면, 그런 내 은밀한 감정에서부터 시작했다면 왜 마리오가 나를 떠났는지 더 잘 이해했을 것이다. 이따금 찾아오는 감정적인 혼란을 안정적인 결혼생활에 대한 애정으로 이겨냈던 내가 이다지도 격하게 상실감에 괴로워하고 슬픔을 견디지 못하는 이유를 더 잘 이해했을 것이다. 안전망에서 벗어나게 될까봐, 아무런 확신 없이 살아가는 법을 처음부터 다시 배워야 할까봐 불안한 이유를 더 잘 이해했을 것이다.

예를 들어 열쇠를 돌려 문을 여는 법만 해도 그렇다. 정말로 남편이 내 곁을 떠나면서 열쇠를 구멍에 넣고 돌리는 능력까지 앗아가 버린 것일까. 어쩌면 이미 시골 별장에 갔을 때부터 전조가 시작된 것은 아니었을까. 남편은 잘 알지도 못하는 두 여자에게 둘러싸여 행복해하면서 나의 내면을 갈가리 찢어버리고 내 손의 악력마저 빼앗아가 버린 게 아니었을까. 내가 균형 감각을 상실하고 괴로워하기 시작한 것도 바로 그때가 아니었을까. 그 순간 남편은 내가 보는 앞에서 유혹의 즐거움을 만끽했고 나는 그런 남편의 얼굴에서 쾌락을 읽어냈다. 나도 그런 남편의 쾌락에 가까이 다가간 적이 있었다. 하지만 나는 그 때문에 우리 관계가 망가질까 두려워 언제나 손길을 거뒀다.

일라리아가 또 한 번 나를 아프게 찔렀다. 한 번만 찌른 것이 아니었던 것 같다. 내가 흠칫하자 일라리아가 뒤로 물러나며 소리쳤다.

"엄마가 시켜서 그런 거예요."

나는 고개를 끄덕이며 안심하라는 손짓을 해보이고는 다른 한 손으로 일라리아가 찌른 발목을 문질렀다. 다시 한번 열쇠를 돌려보았지만 문은 열리지 않았다. 나는 몸을 숙이고 가까이에서 열쇠를 꼼꼼히 살피며 생각했다. 과거에서 이유를 찾으려는 것 자체가 잘못이다. 과거에서 벗어나야 한다.

일라리아가 멍하게 바라보는 앞에서 나는 열쇠를 입에 대어 보았다. 그러고 나서 입술로 맛을 보고 플라스틱과 금속으로 된 열쇠 냄새를 맡았다. 그런 다음 이빨로 열쇠를 꽉 물고 돌려 보았다. 무방비 상태인 열쇠를 기습 공격이라도 하는 것처럼 갑자기 고개를 휙 돌려 억지로 열쇠 위치를 바꿔보려 했다.

'어디 누가 이기나 한번 해보자.'

나는 늘큰하고 짭조름한 맛이 입안에 퍼지는 것을 느끼며 생각했다. 하지만 아무런 효과가 없었다. 아무리 돌려도 꿈쩍하지 않는 열쇠 때문에 얼굴이 변을 당하는 느낌이었다. 얼굴이 통조림 따개로 따듯 찢겨져 머리와 목구멍의 끈적거리는 내부가 적나라하게 드러나면서 이빨이 코뼈와 눈썹 하나와 눈 한쪽을 줄줄이 매달고 통째로 머리에서 쏟아져 내리는 느낌이었다.

나는 얼른 열쇠를 입에서 빼냈다. 얼굴이 칼로 껍질을
벗기다 만 오렌지 껍질처럼 한쪽에 대롱대롱 매달린 것
같았다. 이제 무엇을 더 할 수 있을까. 나는 마룻바닥의 차
가움을 느끼려고 뒤로 벌러덩 누워 맨다리를 자물쇠판에
갖다 댄 다음 발바닥으로 열쇠를 감쌌다. 나는 사나워 보
이는 주둥이처럼 튀어나온 열쇠를 발꿈치 사이에 넣고 다
시 돌려보았다. 열쇠는 살짝 돌아가는 듯하다 또다시 나
를 절망의 늪으로 빠뜨렸다. 절망한 나머지 내 몸이 금속
으로 변하는 것 같았다. 절망은 자기 몸을 캔버스 삼아 작
업하는 예술가처럼 내 몸을 문짝과 자물쇠로 만들어버렸
다. 순간 무릎 위 왼쪽 허벅지 살이 고통스럽게 찢기는 것
을 느꼈다. 나도 모르게 악 소리가 났다. 일라리아가 나를
푹 찌른 것이다.

32

일라리아는 오른손에 종이칼을 들고 놀라서 뒤로 물러
났다.

"미쳤니?"

나는 사납게 외치며 고개를 획 돌렸다.

"엄마가 내 말을 안 듣잖아요."

일라리아가 외쳤다.

"내가 불러도 못 듣고, 이상한 짓을 하고 째려보기만 했잖아요. 아빠한테 다 이를 거예요."

나는 무릎 위에 난 깊은 상처를 쳐다보았다. 피가 흐르고 있었다. 나는 일라리아 손에서 종이칼을 빼앗아 열려 있는 창고 문 쪽으로 던져버렸다.

"이제 이 놀이는 그만하자."

내가 말했다.

"넌 어떻게 놀아야 하는지 몰라. 이제부터는 꼼짝 말고 여기에 가만히 있어. 우리는 죄수처럼 집에 갇힌 거야. 네 아빠는 절대로 우리를 구해주러 오지 않을 거야. 네가 한 짓을 좀 봐."

"엄마는 더 아파도 싸요."

일라리아가 눈물이 그렁그렁한 눈으로 내게 쏘아붙였다.

나는 마음을 가라앉히기 위해 크게 심호흡을 했다.

"그렇다고 울지 마. 울기만 해봐…"

그 상황에서 나는 달리 할 말이 없었다. 할 수 있는 것은 다 해본 것 같았다. 이제는 상황을 정확하게 판단하고 받아들이는 수밖에 없었다.

"지금 우리 집에는 환자가 둘이나 있어. 잔니 오빠랑 오토 말이야. 그러니 너는 울지 말고 오빠가 어떤지 가서 살펴봐. 엄마는 오토가 잘 있는지 가볼게."

나는 짐짓 근엄하게 말했다.

"엄마 곁에서 엄마를 찔러줘야죠. 엄마가 그렇게 하라고 했잖아요."

"엄마가 잘못 생각했어. 오빠가 혼자 있잖아. 열이 있는지 이마를 만져주고 시원한 동전을 올려줄 사람이 필요해. 엄마 혼자서는 다 못 하잖니."

일라리이를 거실 쪽으로 떠밀자 일라리아가 반항했다.

"하지만 엄마가 딴생각하면 누가 엄마를 찔러줘요?"

나는 다리에 길게 난 상처를 바라보았다. 진한 피가 상처를 따라 흘러나오고 있었다.

"가끔 잊어버리지 말고 엄마를 불러줘. 그러면 엄마도 딴생각 못 할 거야."

일라리아는 잠시 생각하다 말했다.

"대신 서둘러요. 잔니 오빠가 제대로 놀 줄 몰라서 지루하단 말이에요."

일라리아의 마지막 말에 나는 마음이 아팠다. 일라리아는 놀이 이야기를 꺼냈지만 나는 일라리아가 더는 놀고 싶어 하지 않는다는 사실을 알아차렸다. 일라리아는 정말로 나를 걱정하기 시작한 것이다. 나는 두 환자에게 책임감을 느끼고 있었지만 일라리아는 나를 포함한 세 명의 환자에게 부담감을 느끼기 시작한 것이다. 불쌍한 내 새끼. 일라리아는 외로워서 남몰래 오지 않는 아빠를 기다리고 있는 것이다. 놀이인 것처럼 포장하기에는 오늘 하루 동안 우리 가족을 휩쓸고 간 혼란이 너무나 컸다.

그제야 일라리아의 불안감이 느껴졌다. 나는 일라리아의 불안을 내 불안에 더했다. 모든 것은 얼마나 쉽게 변하는가. 변하지 않는 것은 아무것도 없다. 잔니와 오토를 향해 한걸음씩 내디딜 때마다 너무 아파서 일라리아가 보는 앞에서 쓰러져 버릴까봐 두려웠다. 지혜로운 판단력과 명확한 기억력을 유지해야 했다. 이 두 가지는 건강의 필수 요건이었다.

나는 일라리아를 방에 밀어 넣고 아직 잠들어 있는 잔니를 흘낏 바라본 후 명쾌하고 자연스러운 동작으로 문을 잠갔다. 일라리아가 항의하며 나를 부르면서 손으로 문을 두드렸지만 나는 그런 아이를 무시하고 오토가 쓰러져 있는 방으로 향했다. 나는 오토에게 무슨 일이 일어나고 있는지 몰랐다. 일라리아는 오토를 많이 좋아했기 때문에 나는 일라리아가 끔찍한 광경을 목격하는 것을 원치 않았다.

그렇다. 나는 일라리아를 지켜야 한다. 일라리아에 대한 진심 어린 걱정은 내게 도움이 되었다. 내 아이들을 지켜야겠다는 뚜렷한 목표가 서서히 피할 수 없는 의무이자 내 주된 걱정이 되어가고 있다는 사실은 긍정적인 신호인 것 같았다.

오토가 남편 책상 아래 쓰러져 있는 방에서는 이제 죽음의 악취가 풍겼다. 나는 조심스럽게 서재에 들어갔다. 오토는 꿈쩍도 하지 않고 아까 그 자리에 그대로 누워 있었다. 나는 오토 곁에 쭈그려 앉았다가 바닥에 주저앉았다.

가장 먼저 내 눈에 들어온 것은 개미 떼였다. 어느새 개미 떼가 서재까지 침범한 것이다. 개미 떼가 자기 등 주변의 질척한 영토를 탐사하고 있는데도 오토는 아랑곳하지 않았다. 그새 몸이 잿빛으로 변한 것 같았다. 죽음에 임박해 마지막 숨을 내쉬며 쓰러져 있는 오토의 모습이 잿빛 섬처럼 보였다. 턱에서 흘러나온 녹색 침에 부식된 바닥 타일 아래로 오토가 가라앉고 있는 것처럼 보였다. 오토는 눈을 감고 있었다.

"나를 용서해줘."

내가 말했다.

손바닥을 목덜미에 갖다 대자 오토는 흠칫 놀라며 입을 벌리고 위협적으로 으르렁거렸다. 나는 내가 저질렀을지도 모를 일을 용서받고 싶었다. 내가 해주지 못한 일에 대해서도 용서받고 싶었다. 나는 오토를 내 쪽으로 끌어당겨 머리를 내 다리 위에 올려놓았다. 병든 개의 뜨거운 열기가 핏속으로 전해졌다. 오토는 간신히 귀와 꼬리를 움직였다. 편하다는 표현 같았다. 숨소리도 좀더 차분해진 것 같았다. 더는 고통의 체액을 만들어낼 필요가 없어서인지 오토의 검은 입 주변으로 번져가던 에나멜처럼 반짝이는 커다란 분비물 자국이 말라붙는 것 같았다.

죽음과 사투를 벌이는 생명체의 몸을 보고 있기란 정말 힘든 일이다. 어느 순간 죽음을 이겨낼 것 같다가도 어느 순간 항복해버릴 것 같았다. 그 상태로 얼마나 오랜 시간이 흘렀는지 모르겠다. 오토는 건강했던 시절 놀아주고 바깥에서 달리게 해주고 예뻐해달라고 안달하던 때처럼 숨을 빠르게 쉬다가도 갑자기 호흡이 거의 느껴지지 않을 정도로 조용해졌다. 경련과 발작을 일으키다가 죽은 듯 움직이지 않는 순간을 오갔다.

오토의 몸에서 지금까지 남아 있던 힘이 서서히 빠져나가는 것이 느껴졌다. 오토와 함께한 추억이 눈앞을 스쳤다. 공원 스프링클러에서 뿜어져 나오는 반짝이는 고운 물방울 사이를 달리던 모습, 호기심에 수풀 사이를 파헤치던 모습, 먹이를 달라고 내 뒤를 졸졸 따라다니던 모습이 눈에 선했다. 죽음에 다다른 오토와 녀석의 처절하고 피맺힌 고통 앞에서 불현듯 지난 몇 달간 내가 느낀 고통과 비현실적이었던 오늘 하루가 부끄럽게 느껴졌다. 그와 동시에 갑자기 서재가 평소의 모습으로 돌아왔다. 흩어졌던 집의 공간이 다시 이어지고 바닥은 단단해졌다. 한낮의 무더위가 투명한 풀처럼 모든 사물 위에 퍼져나갔다.

어쩌다 이렇게까지 정신을 놓았을까. 내 모든 감각과 삶의 의미가 무너지는 것을 이렇게까지 방관하고 있었다니. 오토의 머리를 쓰다듬어주자 녀석은 눈을 흐릿하게 뜨고 나를 바라보았다. 나를 원망하기는커녕 아파서 미안하다고 사과하는 오랜 벗의 눈빛이었다. 그러다 극심한 고통 때문에 눈동자가 흐려지더니 이빨을 드러내고 힘없이 짖었다. 잠시 후 오토는 내 무릎 위에서 숨을 거뒀다. 눈물이 걷잡을 수 없이 터져 나왔다. 지난 며칠 동안 아니 몇 달 동안 그렇게 평평 운 것은 처음이었다.

눈물이 마르고 마지막 흐느낌마저 마음속에서 사그라들자 마리오가 다시 좋은 사람처럼 느껴졌다. 아마도 그는 항상 좋은 남자였을 것이다. 단지 이제는 그를 사랑하지 않을 뿐이었다.

33

나는 오토의 머리를 바닥에 내려놓고 자리에서 일어났다. 나를 부르는 일라리아의 목소리가 서서히 귀에 들어오기 시작했다. 얼마 안 있어 잔니의 목소리도 더해졌다. 주변을 돌아보니 피 섞인 배설물과 개미 떼와 함께 오토의 시체가 보였다. 나는 방에서 나와 봉투와 걸레를 가지고 와서 창문을 열어젖히고 재빨리 깔끔하게 방청소를 했다.

"잠시만 기다려! 지금 갈게!"

청소하는 도중에 나는 몇 번이나 아이들에게 외쳤다.

오토를 그곳에 내버려두는 것은 못 할 짓 같았다. 나는 아이들에게 오토의 모습을 보여주고 싶지 않았다. 오토의 몸을 들어 올리려 했지만 힘에 부쳤다. 나는 오토의 뒷다리를 잡고 거실을 지나 발코니까지 끌고 갔다. 죽음의 손길이 스쳐 지나간 몸은 얼마나 무거운가. 삶은 가벼운 것이다. 아무도 그런 삶을 무겁게 만들 수 없다. 그것은 용납할 수 없는 일이다. 나는 잠시 동안 오토의 털이 바람에 날리는 모습을 바라보다 집 안으로 들어와 날씨가 무더운데도 창문을 꼭 닫았다.

집 안은 조용했다. 이제는 집이 작고 응집력 있게 느껴졌다. 어두운 구석도 그늘진 곳도 없었다. 자기들끼리 장난치고 깔깔거리면서 나를 부르는 아이들의 목소리 덕분에 즐겁게 느껴지기까지 했다. 일라리아가 소프라노 목소리로 나를 부르면 잔니가 테너 목소리로 따라 외쳤다.

나는 서둘러 아이들 방으로 가서 자신 있게 문을 열고 명랑하게 외쳤다.

"엄마 왔다!"

일라리아가 내게 달려들어 몇 번이나 다리를 찰싹찰싹 때렸다.

"왜 나를 가둬요!"

"그래, 미안해. 하지만 이렇게 다시 문을 열어주었잖니."

나는 잔니의 침대에 걸터앉았다. 열이 내린 것이 분명했다. 잔니는 당장이라도 자리에서 일어나 동생이랑 웃고 소리 지르고 싸우며 놀고 싶어서 안달이 난 것 같았다. 이마를 만져보니 땀이 좀 났을 뿐 체온은 높지 않았다. 물약이 효과가 있었던 모양이다.

"아직도 머리 아프니?"

"아니요. 배고파요."

"쌀 요리를 좀 해줄게."

"난 쌀 요리 싫은데."

"나도 싫어요."

일라리아도 야무지게 의사 표현을 했다.

"엄마가 만들어주는 쌀 요리는 맛있어."

"오토는요?"

잔니가 물었다.

나는 망설였다.

"오토는 저쪽에서 자고 있어. 편히 쉬게 놔두렴."

오토가 자기들의 삶에서 영영 사라졌다는 사실을 아이들이 잘 받아들일 수 있도록 오토의 상태에 대해서 뭔가 말해주려던 참에 예기치 않게 초인종 소리가 들렸다.

순간 셋 다 동작을 멈췄다.

"아빠다."

일라리아가 기대에 부풀어 속삭였다.

내가 말했다.

"아니. 아빠는 아니야. 너희 둘은 여기에 가만히 있어. 절대로 움직이지 마. 방에서 나오면 혼날 줄 알아. 엄마는 문 열어주러 갈게."

아이들은 내가 다시 평상시 말투를 되찾았다는 것을 알았다. 원래 나는 약간 장난스럽고 단호한 말투를 썼다. 별 것 아닌 일에도 일부러 과장된 단어를 사용했다. 나는 그런 평상시 내 말투가 돌아왔다는 것을 깨달아 이를 받아들였고 아이들도 그렇게 했다.

나는 복도를 지나 현관으로 향했다. 정말 마리오가 우리를 기억해준 걸까. 우리가 어떻게 지내는지 보려고 들른 걸까. 그런 생각이 떠올라도 별다른 느낌이 없었다. 그저 대화할 사람이 있으면 좋을 것 같다는 정도였다.

문구멍으로 내다보니 카라노가 있었다.

"무슨 일이죠?"

내가 물었다.

"별일 아니에요. 그냥 잘 있는지 보러 왔어요. 오늘 아침 일찍 어머님 댁에 다녀와야 했는데 당신을 방해하고 싶지 않아서 그냥 갔어요. 돌아와 보니 창문이 깨져 있네요. 혹시 무슨 일이 있었나요?"

"네."

"도움이 필요하세요?"

"네."

"그렇다면 문 좀 열어주시겠어요? 부탁드려요."

내가 과연 문을 열 수 있을지 확신이 들지 않았지만 그런 말을 하지는 않았다. 나는 열쇠를 향해 손을 뻗었다. 손가락으로 열쇠를 단단히 잡고 살짝 움직여보니 열쇠가 부드럽게 움직였다. 열쇠는 자물쇠 안에서 너무나 쉽게 돌아갔다.

"아, 그러니까…"

카라노가 쑥스러워하면서 내 눈치를 보며 속삭였다. 그는 등 뒤에 감추고 있던 장미 한 송이를 내게 내밀었다. 기다란 줄기에 달린 장미 한 송이. 카라노는 어색해하면서 어색한 동작으로 볼품없는 장미를 내게 건넸다.

나는 장미를 받아들고 웃음기 없이 말했다.

"어려운 부탁을 해야겠어요."

34

카라노는 친절했다. 창고에 있던 비닐 시트로 오토를 감싸 자기 차에 실은 후 내게 자기 휴대폰을 주고는 시외로 오토를 묻으러 갔다.

나는 곧바로 소아과 의사에게 전화를 걸었는데 운 좋게 휴가철인 8월인데도 의사와 연락이 닿았다. 의사에게 잔니의 증상을 자세히 설명하는 동안 내 맥박이 강하게 뛰는 것을 느꼈다. 어찌나 심하게 뛰는지 그 소리가 전화기 너머까지 들릴까봐 걱정될 정도였다. 가슴속에서는 심장이 다시 뛰기 시작했다. 내 가슴은 이제 텅 비어 있지 않았다.

나는 의사에게 잔니의 증상을 최대한 정확하게 설명하기 위해 애쓰며 집 안을 돌아다녔다. 그러면서 다시 하나가 된 집 안의 공간을 확인하고 물건들을 매만졌다. 장식품과 서랍, 컴퓨터와 책, 노트와 손잡이를 가볍게 어루만지며 나는 최악의 상황은 끝났다고 생각했다.

의사는 아무 말 없이 내 말을 다 듣더니 걱정하지 않아도 될 것 같다고 나를 안심시켜주었다. 그는 저녁 무렵에 왕진을 오겠다고 했다. 의사와 통화를 마친 후 나는 오랫동안 찬물로 샤워했다. 차가운 물이 바늘처럼 피부를 찌르자 힘들었던 오늘 하루와 지난 몇 달이 온몸에 느껴졌다.

그날 아침, 잠에서 깼을 때 세면대 위에 올려둔 반지들이 눈에 띄었다. 나는 아콰마린이 달린 반지만 다시 손가락에 끼고 결혼반지는 아무런 망설임 없이 세면대 배수구 속에 던져버렸다. 일라리아가 종이칼로 찌른 상처를 세심히 살펴본 후 소독을 하고 붕대로 감았다. 나는 차분히 색 빨래와 흰 빨래를 분리한 후 세탁기를 돌렸다. 나는 일상의 단조로움 속에서 안정을 되찾고 싶었지만 한편으로는 미친 듯이 날뛰고 싶은 욕구가 아직도 몸 안에 남아 있다는 사실을 너무나 잘 알고 있었다. 내 몸은 지금도 구멍 속에서 흉측한 독벌레를 봤을 때처럼 손사래를 치고 발을 구르며 뒤로 물러나려 했다. 나는 이제 이뤄야 할 목적과 나아갈 방향을 잘 알고 있는 사람다운 편안한 걸음걸이를 다시 배워야겠다고 생각했다.

그러기 위해 나는 아이들에게 집중했다. 아이들에게 오토의 죽음을 알려야 했다. 나는 신중하게 단어를 골라 동화책을 읽어주듯 비보를 전했다. 그 말을 듣고 일라리아는 한참 동안 울음을 그치지 못했고 잔니는 처음에는 굳은 표정으로 위협하듯이 아빠한테 이 소식을 전해야겠다고 하다가 또다시 두통과 메스꺼움을 호소했다.

두 아이를 위로하고 있을 때 카라노가 돌아왔다. 나는 그에게 문을 열어주었다. 그의 태도는 친절하기 그지없었지만 나는 그를 차갑게 대했다. 아이들은 방에서 쉴 새 없이 나를 불러댔다. 아이들은 카라노가 오토를 독살했다고 믿었기 때문에 그가 우리 집에 들어오는 것도 내가 그와 이야기를 나누는 것도 원치 않았다.

나부터도 카라노의 몸에 밴 흙냄새가 끔찍하게 느껴졌다. 그가 수줍어 하면서 친근하게 건네는 말에도 나는 고장 난 수도꼭지에서 간간이 떨어지는 물방울처럼 단답형으로 대답했다.

그는 내게 오토를 어떻게 묻어주었는지 자세히 들려주려 했다. 그러나 나는 오토가 묻힌 장소나 그가 우울한 작업이라고 표현한 매장 과정의 세부적인 내용에 대해서 조금의 관심도 보이지 않았다. 오히려 잔니와 일라리아에게 지금 갈 테니 조용히 하라고 소리치면서 자꾸 그의 말을 가로막자 그는 민망해하면서 급히 이야기를 마무리했다.

카라노는 아이들의 고함소리로부터 내 관심을 돌리기 위해 자기 어머니 이야기를 시작했다. 그는 연로한 어머니를 보살피면서 겪는 문제를 늘어놓았다. 내가 장수하는 어머니를 둔 자식은 죽음이 무엇인지 모르고 그렇기 때문에 평생 어머니에게서 자유로워지지 못하는 거라고 하자 그는 입을 다물어버렸다. 내 말에 기분이 상한 그는 불편한 마음을 숨기지 않고 작별 인사를 했다.

그날 그는 다시 나를 찾아오지 않았다. 나는 그가 준 장미를 책상 위에 있는 꽃병에 꽂아둔 채 시들도록 내버려두었다. 오래전 남편이 매년 내 생일에 프루스트의 소설에 나오는 스완을 따라서 카틀레야 꽃 한 송이를 선물해주기를 그만둔 이후로 꽃병은 안타깝게도 항상 비어 있었다. 저녁 무렵 벌써 꽃잎이 거무스름해지고 줄기가 시들어져서 나는 꽃을 쓰레기통에 버렸다.

소아과 의사는 저녁식사 후에 도착했다. 늙고 깡마른 의사는 방문할 때마다 허리를 굽실거리면서 아이들을 '조반니 군과 일리 양'이라고 불렀고 아이들은 그런 의사 선생님을 매우 좋아했다.

"조반니 군!"

의사가 말했다.

"혀를 내밀어보게나."

의사는 잔니를 세심히 살펴본 후 여름철 바이러스 때문에 배앓이를 한 거라고 했다. 달걀 등 상한 음식을 먹었을 확률도 높다고 했다. 하지만 나중에 거실에서는 목소리를 한껏 낮추고 만약 상한 음식을 먹은 게 아니라면 아주 힘든 일에 대한 반응일 수도 있다고 했다.

의사가 책상에 앉아서 처방전을 작성하는 동안 나는 남편과 헤어진 일과 드디어 끝나가는 힘들었던 하루와 오토의 죽음에 대한 이야기를 담담하게 들려주었다. 원래부터 그와 친밀한 사이였던 것처럼 말이다. 의사는 인내심을 가지고 내 말을 성심성의껏 들어준 뒤 애석하다는 듯 고개를 젓더니 아이들에게는 유산균을 주고 좀더 다정하게 대해주라고 했고, 내게는 일상으로 돌아오는 데 도움이 될 허브차를 처방해준 뒤 며칠 후에 다시 찾아오겠다고 약속했다.

35

나는 오랫동안 깊은 잠을 잤다.

다음 날 아침부터 나는 일라리아와 잔니를 돌보는 데 각별히 신경을 썼다. 나는 아이들이 내가 정말로 평소의 모습으로 돌아왔는지 아니면 또다시 예기치 못하게 모르는 사람처럼 변하는 상황에 대비해야 할지 알기 위해 나를 예의주시하고 있다고 느꼈다. 나는 그런 아이들을 안심시키기 위해 최선을 다했다.

나는 아이들에게 동화책을 읽어주고 몇 시간 동안이나 재미없는 놀이를 함께해주었다. 실처럼 가느다란 기쁨을 극대화시켜서 밀려드는 절망감을 애써 다스렸다. 잔니도 일라리아도 아빠 이야기를 꺼내지 않았는데 둘이 의논해서 일부러 그러는 것 같기도 했다. 오토의 죽음을 아빠한테 알려야 한다는 말도 하지 않았다. 나는 아이들이 엄마가 상처를 입고 다시 이상해질까봐 두려워서 아빠 이야기를 피하는 것 같아서 마음이 불편했다.

그래서 내가 먼저 아이들에게 마리오에 대한 이야기를 꺼냈다. 나는 남편과 관련된 재미있는 일화나 그가 기발하고 영리하게 어떤 문제를 해결했던 일이나 무모하게 굴었던 이야기를 꺼냈다. 아이들이 내 이야기를 어떻게 받아들였는지는 잘 모르겠다. 확실한 것은 아이들이 내 말에 귀를 기울이고 가끔은 만족스러운 미소를 지어 보였다는 사실이다. 하지만 나에게는 그런 남편과의 추억이 씁쓸하게 느껴졌다. 이야기를 하면서 나는 마리오와의 추억을 기억 속에 간직하고 싶지 않다는 사실을 깨달았다.

소아과 의사가 다시 집을 방문했을 때 잔니는 다 회복되어서 건강한 상태였다.

"조반니 군!"

의사가 말했다.

"얼굴이 보기 좋은 분홍빛이로군. 설마 돼지가 된 것은 아니겠지?"

나는 거실에서 아이들에게 우리 이야기가 들리지 않는지 확인한 다음 의사에게 내가 개미 떼를 박멸하기 위해 밤새 온 집 안에 뿌리고 다닌 살충제 때문에 잔니가 아팠던 것은 아닌지 물었다. 나는 잔니의 병이 어디까지가 내 책임인지 알고 싶었다. 의사는 일라리아는 아무런 문제가 없지 않았느냐면서 그럴 확률은 높지 않다고 했다.

"우리 집 개는요?"

나는 찌그러진 데다 살충제를 분사하는 뚜껑까지 날아가버린 살충제 스프레이 통을 의사에게 보여주며 물었다.

의사는 미심쩍은 눈빛으로 스프레이 통을 살펴보더니 자기로서는 판단할 수 없다고 했다. 그러고는 아이들 방으로 돌아가 허리를 굽혀 아이들과 인사했다.

"일리 양, 조반니 군. 안타깝게도 이 몸은 가봐야겠네. 빨리 아파서 다시 만나기를 바라네."

의사의 말투는 아이들의 마음을 안정시켜주었다. 그 후

며칠 동안 우리는 허리를 굽실거리며 서로를 '조반니 군, 일리 양, 엄마 님'이라고 부르며 놀았다. 나는 아이들에게 자애로운 엄마가 되기 위해 애썼다. 오랫동안 병원에 입원해 있던 환자가 다시 아플지도 모른다는 두려움을 이겨내기 위해 건강한 사람의 일상에 매달리는 것처럼 나는 평상시처럼 행동하려고 노력했다. 나는 새로운 음식으로 아이들 마음을 사로잡으려고 다시 요리를 시작했다. 예전처럼 썰고 굽고 양념을 했다. 달콤한 디저트도 시도해보았다. 하지만 달콤한 것은 내 적성에 맞지 않았다. 내게는 그런 소질이 없었다.

36

나는 아이들에게 상냥하고 야무진 모습을 보여주기로 마음먹었지만 항상 그러지는 못했다. 아직 걱정되는 부분이 많았다. 가끔 불 위에 냄비를 올려놓고도 잊어버리고 음식이 타는 냄새조차 못 맡곤 했다. 하수구가 막혀서 녹색 파슬리 잎이 토마토 껍질과 함께 기름 섞인 구정물 위에 둥둥 떠다니는 것을 보고 전에 없던 역겨움을 느끼기도 했다. 아이들이 식탁보나 바닥에 흘린 끈적끈적한 음식 자국을 예전처럼 자연스럽게 받아들이지 못했다. 때로는 딴생각에 빠져서 기계적으로 치즈를 갈다가 강판에 손톱과 살이 베이기도 했다.

그뿐만이 아니었다. 나는 평소에 안 하던 행동을 하기 시작했다. 가끔 욕실에 들어가 문을 잠그고 한참 동안 꼼꼼하고 집요하게 내 몸을 관찰하기 시작한 것이다. 나는 젖가슴을 만져보고 접힌 뱃살 사이로 손가락을 넣어보았다. 성기가 얼마나 볼품없어졌는지 확인하기 위해 거울에 비춰보았고 이중 턱이 되지는 않았는지, 윗입술에 잔주름이 잡히지는 않았는지 살펴보았다. 요즘 들어 너무 애를 쓰는 바람에 내가 폭삭 늙었을까봐 두려웠다. 머리숱은 줄어들고 새치는 늘어나서 염색을 해야 할 것 같았다. 머리가 기름진 것 같아 머리를 여러 번 감았고 말릴 때도 온갖 스타일을 시도해보았다.

하지만 나는 장면이나 단어가 생각날 듯 말 듯 좀처럼 떠오르지 않을 때가 제일 힘들었다. 푸른 섬광처럼 머릿속에 떠오르는 단순한 생각을 붙잡지 못하고 뇌가 만들어낸 녹색 상형문자를 놓치는 순간 또다시 불안한 느낌과 함께 내면에 두려움이 쌓여갔다.

나는 집구석 어디에선가 갑자기 어둡고 축축한 형상들이 튀어나올까봐 두려웠다. 어둠의 형상들이 이상한 소리를 내면서 빠른 동작으로 집 안을 돌아다닐까봐 두려웠다. 그러다 보면 어느새 외로움을 잊기 위해 무의식적으로 텔레비전을 켰다 끄고 있는 나 자신을 발견했다. 어린 시절 사투리로 부르던 자장가를 흥얼거리기도 했고 가끔은 냉장고 옆에 있는 오토의 빈 밥그릇을 보고 참을 수 없는 아픔을 느끼기도 했다. 이유 없이 밀려오는 졸음에 취해 소파에 누워 가벼운 손톱자국을 남기며 팔을 쓰다듬기도 했다.

대신 내가 전처럼 예의 바르게 행동할 수 있게 되었다는 것을 깨달았는데 그 사실은 그 시기를 견디는 데 큰 도움이 되었다. 나는 언젠가부터 상스러운 말을 사용하지 않게 되었고 그런 말을 하고 싶은 욕구가 싹 사라졌다. 잠시나마 그런 식으로 말했다는 사실이 부끄럽게 느껴졌다. 나는 다시 섬세한 문어체로 말하기 시작했다. 약간 횡설수설하는 것처럼 들리긴 했지만 오히려 그렇게 말할 때 안정감과 적당한 거리감을 느낄 수 있었다.

말투에도 다시 신경을 썼다. 이제 분노는 내면 깊숙한 곳으로 숨어들어가 말을 쏟아내지 않았다. 결과적으로 외부 세계와의 관계가 좋아졌다. 상냥한 태도로 끈질기게 요구한 결과 드디어 전화 문제를 해결했고 휴대폰까지 고쳤다. 기적적으로 영업 중인 휴대폰 가게를 알아내서 찾아갔더니 가게 직원이 손쉽게 휴대폰을 고쳐주었다. 그가 하는 것을 보니 나 혼자서도 할 수 있을 정도로 간단한 일이었다.

나는 고독에서 빠져나오기 위해 즉시 여기저기 전화를 돌렸다. 잔니와 일라리아 또래의 아이를 둔 지인들과 관계를 회복해서 하루 이틀 정도 함께 놀러갈 생각이었다. 그렇게 해서라도 아이들에게 암울했던 지난 몇 달간을 보상해주고 싶었다. 전화를 돌리다보니 딱딱하게 굳어버린 얼굴 근육을 미소와 상냥한 말과 행동으로 풀어줄 필요가 있다는 사실을 깨달았다.

나는 레아와 다시 가까워졌다. 레아가 급하고 민감한 소식을 전해야 할 사람처럼 조심스레 우리 집을 방문했을 때도 나는 그녀를 편안하게 맞이했다. 레아는 평소 그녀답게 본론으로 들어가기 전에 말을 한참 돌렸지만 나는 재촉하지도 않고 불안해하지도 않았다. 내가 화를 내지 않을 거라는 확신이 든 후에야 레아는 내게 이성적으로 생각하라고 충고했다. 부부 관계는 끝날 수 있지만 아버지와 자식의 관계는 그 무엇도 갈라놓을 수 없다는 이야기를 늘어놓은 뒤 결론을 말했다.

"마리오가 아이들을 만날 수 있는 날을 정하는 게 좋을 것 같아."

"남편이 보내서 온 거야?"

내가 물었다. 공격적인 어투는 아니었다.

레아는 불편해하면서 그렇다고 했다.

"아이들이 보고 싶으면 전화 한 통이면 된다고 그에게 전해주겠어?"

나는 미래를 위해 마리오와 적절한 관계를 설정해야 한다는 사실을 알고 있었다. 잔니와 일라리아를 위해서라도 그래야 했다. 하지만 나는 그럴 마음이 없었다. 차라리 그를 영영 보지 않는 편이 좋았다. 레아가 찾아왔던 그날 저녁 잠들기 전에 옷장에서 남편의 체취가 새어나오는 것이 느껴졌다. 체취는 남편이 쓰던 침대 머리맡 탁자 서랍과 벽과 신발장에서도 스멀스멀 새어나왔다. 지난 몇 달 동안 그 냄새는 내게 향수와 욕망과 분노를 불러일으켰지만 이제는 오토의 고통과 결합되어 아무런 느낌도 들지 않았다.

남편의 체취는 어린 시절 버스에서 맡았던, 죽어가는 욕정을 해소하기 위해 여자들에게 몸을 비벼대던 추잡한 노인네의 체취와 별반 다를 것이 없었다. 그 불편한 사실은 나를 우울하게 했다. 나는 한때 내 남편이었던 남자가 내가 보낸 메시지에 응답해오기를 기다렸다. 하지만 긴장되지는 않았다. 내 상태는 체념에 가까웠다.

37

꽤 오랫동안 나는 오토 때문에 마음이 아팠다. 어느 날 오후 잔니가 일라리아에게 오토가 쓰던 목줄을 채운 모습을 보고 나는 분노했다.

"가만히 있어! 엎드려! 그렇지 않으면 발로 차버릴 거야!"

일라리아가 멍멍 짖는 동안 잔니는 제 동생에게 고함을 지르면서 목줄을 질질 끌고 다녔다.

나는 목줄과 입마개를 빼앗고는 잔뜩 흥분해서 욕실로 들어가 문을 잠갔다. 그런데 막상 욕실에 들어오니 후기 펑크스타일 액세서리라도 되는 양 목줄을 내 목에 두르고 싶은 충동에 사로잡혔다. 나는 곧 정신을 차리고 울음을 터뜨렸다. 나는 목줄과 입마개를 몽땅 쓰레기통에 던져버렸다.

9월의 어느 아침이었다. 아이들이 이따금 다른 아이들과 티격태격하기도 하면서 자갈이 가득 깔린 공원에서 놀고 있었다. 그 순간 오토가 재빠르게 달려가는 모습을 본 것 같았다. 그때 나는 커다란 참나무 그늘 아래 벤치에 앉아 있었다. 멀지 않은 분수에서 목마른 새들이 쪼르르 떨어지는 물줄기에 목을 축이고 있었다. 물줄기가 땅에 떨어지는 순간 흩어지면서 생긴 물방울이 새의 깃털에 맺혀 반짝였다.

당시 나는 글을 쓰는 것이 힘겨웠고 장소에 대한 감각이 거의 없었다. 분수에서 들려오는 물의 속삭임과 돌멩이 사이로 물이 작은 폭포처럼 떨어지는 소리와 수초 사이로 물 흐르는 소리만이 들려올 뿐이었다. 그런데 갑자기 커다란 개의 그림자가 물결치듯 빠르게 잔디밭을 달려가는 모습이 스쳐 지나갔다. 아주 잠시 나는 오토가 저승에서 돌아온 것이 분명하다고 믿었다. 다시 내면의 무언가가 무너질까봐 두려웠다.

하지만 나는 이내 그 개가 불쌍한 우리 오토와 상관이 없는 처음 보는 개라는 사실을 알았다. 그놈도 예전에 오토가 그랬던 것처럼 풀밭에서 한바탕 뜀박질을 하고 목을 축이러 왔을 뿐이었다. 실제로 개는 분수로 가서 물이 나오는 곳 주변에서 윙윙대는 말벌을 향해 컹컹 짖은 후 보랏빛 혀를 내밀어 빛나는 물줄기를 게걸스레 망가뜨렸다. 그 통에 참새들은 우르르 날아가 버렸다. 나는 노트를 덮고 개에서 시선을 떼지 못했다. 감정이 복받쳐 왔다. 그 개는 우리 오토보다 뚱뚱하고 땅딸막했다. 인상도 더 심술궂어 보였다. 그런데도 그 개를 보고 있으니 애틋한 마음이 들었다. 주인이 휘파람을 불자 개는 쏜살같이 달려가 버렸고 참새들은 다시 물놀이를 하러 돌아왔다.

오후에 나는 수의사의 전화번호를 찾았다. 마리오는 필요할 때마다 오토를 모렐리라는 의사에게 데려가곤 했다. 나는 그를 직접 만난 적은 없었지만 마리오는 그에 대해 항상 좋게 말했다. 그 의사는 친구이자 동료인 폴리테크니코 대학 교수의 동생이라고 했다. 전화를 해보니 매우 친절했다. 그의 목소리는 영화배우같이 깊고 호소력이 있었다. 그는 내게 다음 날 병원으로 오라고 했다. 나는 아는 사람에게 아이들을 맡기고 병원을 찾았다.

모렐리는 밤이든 낮이든 눈에 잘 띄는 밝은 파란색 네온사인이 걸린 동물병원의 원장이었다. 나는 병원으로 이어지는 긴 계단을 따라 내려가 환한 조명이 비치는 밝은 건물 현관에 이르렀다. 강한 냄새가 코를 찔렀다. 갈색머리 여자가 의사 선생님은 수술 중이니 옆방에서 기다려달라고 했다.

대기실에는 별의별 사람이 다 있었다. 강아지를 데리고 온 사람도 있었고 고양이를 데리고 온 사람도 있었다. 30대로 보이는 어떤 여자는 검은 토끼를 무릎에 올려놓고 기계적으로 쓰다듬고 있었다.

나는 알림판에 붙어 있는 혈통 좋은 개나 고양이끼리 짝짓기를 제안한다는 광고와 잃어버린 개나 고양이에 대한 묘사가 상세히 적혀 있는 광고 따위를 읽으면서 시간을 보냈다. 가끔 사랑하는 반려 동물의 소식을 묻기 위해 들어오는 사람들도 있었다. 어떤 남자는 정기 검사를 위해 입원시킨 고양이의 상태를 물었고 어떤 남자는 화학 치료를 받고 있는 개의 상황을 물었다. 어떤 여자는 프렌치 푸들의 아픔에 힘들어했다.

병원에서는 고통이 비좁은 인간 세계의 경계를 넘어 광활한 애완동물의 세계까지 확장되고 있었다. 병원에서 나는 찌든 냄새에서 아픈 오토의 체취가 느껴져 가벼운 현기증을 느꼈고 식은땀이 났다. 모든 불쾌한 요소가 내게 영향을 주고 있었다.

얼마 지나지 않아 오토의 죽음이 내 책임이라는 생각이 강하게 들었다. 내가 잔인할 정도로 경솔했다는 생각이 들어 불편한 마음이 커져만 갔다. 병원 한구석에 있는 텔레비전에서 인간이 저지른 잔혹한 행동에 대한 뉴스가 흘러나오고 있었지만 내 죄책감은 사그라들지 않았다.

한 시간 넘게 기다린 후에야 나는 수의사를 만날 수 있었다. 이유는 모르지만 나는 손에 털이 무성하고 커다란 얼굴에 냉소적인 표정을 띤 채 피투성이 가운을 걸친 살찐 야수 같은 남자와의 만남을 상상했다. 그런데 나를 맞이한 이는 키가 크고 호리호리한 40대 남자였다. 푸른 눈의 잘생긴 호감형인 그의 이마 위로 금발이 흘러내렸다.

정신적으로나 육체적으로나 흠잡을 틈 없이 깔끔한 전형적인 의사처럼 보였다. 태도도 신사다웠다. 그에게는 낡은 주변 세상이 무너져내리는 상황에서도 애수에 찬 자신의 영혼을 지킬 것 같은 기품이 있었다.

수의사는 오토의 증상과 죽음에 대한 내 설명을 주의 깊게 들었다. 그는 내가 가끔 과도하게 감정적으로 표현할 때 그 어휘에 신빙성을 부여하기 위해 타액과다분비증, 호흡곤란증, 근육섬유다발수축, 배변실금증, 요실금증, 발작, 경련 등의 전문 용어들을 알려줄 때를 제외하고는 내 말을 가로막지 않았다. 그는 오토의 사인은 스트리크닌*이라고 잠정적인 결론을 내렸다. 살충제 때문이라는 가능성도 완전히 배제하지는 않았다. 나는 오토가 살충제 때문에 죽은 것 같다고 몇 번이나 말했지만 의사는 회의적이었다. 그는 다이아진이나 카바릴 같은 알 수 없는 화학제품 이름을 읊다 고개를 가로저었다.

"아뇨. 아무래도 스트리크닌 때문인 것 같군요."

소아과 의사가 왔었을 때와 마찬가지로 나는 그에게도

---

* 독성이 강하고 새나 설치류 같은 작은 척추동물을 죽이기 위해 살충제로 사용되는 무색의 알칼로이드 결정.

그날 나의 절박했던 상황을 들려주고 싶었다. 그즈음 나는 그날 일어났던 일을 적절한 말로 정의내리고 싶어 했다. 그래야 마음이 안정될 것 같았다. 수의사는 신중한 눈빛으로 내 눈을 똑바로 바라보면서 인내심을 가지고 내 이야기를 들어주었다. 내가 말을 마치자 그는 침착하게 말했다.

"당신의 유일한 책임은 당신이 예민한 사람이라는 사실뿐이에요."

"과민함도 죄가 될 수 있지요."

내가 말했다.

"진짜 죄는 마리오의 무심함이죠."

그는 자기는 내 말이 맞고 마리오는 어리석다고 생각한디는 눈빛으로 말했다. 그러더니 마리오가 직장에서 어떤 자리를 차지하기 위해 벌이는 기회주의자적인 행각에 대해 뒷담화를 늘어놓았다. 그는 그의 형에게 그 이야기를 들었다고 했다. 나는 깜짝 놀랐다. 나는 마리오에게 그런 면이 있는지 몰랐다. 수의사는 가지런한 치아를 드러내 보이며 미소를 지으면서 덧붙였다.

"그런 점만 빼면 장점이 많은 친구죠."

그는 마지막 말 한마디로 지극히 세련되게 마리오에 대한 비판을 칭찬으로 전환하며 이야기를 마무리 지었다. 그 솜씨가 어찌나 능숙하던지 정상적인 성인이라면 그런 능력을 지녀야 한다는 생각이 들었다. 꼭 갖춰야 할 능력이었다.

38

그날 저녁 아이들과 집에 돌아와서 남편이 떠난 후 처음으로 집에서 따뜻한 온기와 안락함을 느꼈다. 나는 아이들이 세수를 하고 침대에 누울 때까지 아이들과 함께 놀아주었다. 나도 화장을 지우고 잠자리에 들려는 참에 누군가 손등으로 현관문을 두드리는 소리가 들렸다. 문구멍으로 내다보니 카라노였다.

오토를 묻어준 이후로 카라노와는 거의 마주치지 않았다. 그나마도 항상 아이들과 함께였고 겨우 인사말 정도만 주고받았을 뿐이었다. 카라노는 자기 키가 너무 커서 부끄럽기라도 한 듯 구부정한 자세로 서 있었다. 평상시와 마찬가지로 소심해 보였다.

처음에는 문을 열어주지 않으려 했다. 그 때문에 다시 기분이 언짢아질 것 같았기 때문이다. 하지만 이내 그의 머리 스타일이 평소와는 다르다는 사실을 알아차렸다. 그는 막 감은 것처럼 보이는 잿빛 머리를 가르마 없이 빗어 넘기고 있었다. 나는 계단을 올라 우리 집 문을 두드리기로 마음먹기까지 그가 몸단장하느라 얼마나 오랜 시간을 보냈을지 생각해보았다. 아이들을 깨울까봐 초인종을 누르는 대신 노크한 것도 배려심 있게 느껴졌다. 나는 열쇠를 돌렸다.

그는 피노 비안코 품종으로 만든 시원한 화이트와인 한 병을 쭈뼛거리면서 내밀었다. 그는 어색한 태도로 그 와인이 지난번 내가 가져갔던 것과 똑같은 1998년산 부트리오 피노 비안코라는 사실을 강조했다. 나는 그날 그저 손에 잡히는 대로 아무 와인이나 들고 간 것일 뿐 내 취향을 말해주려던 것이 아니었다고 했다. 나는 화이트와인을 싫어했다. 화이트와인을 마시면 머리가 아팠다.

그는 어깨를 으쓱해 보이고는 할 말을 잃고 벌써 물방울이 맺히기 시작한 와인 병을 든 채 현관 앞에 서 있었다. 나는 와인을 받아들고 조그만 목소리로 고맙다고 인사했다. 나는 그에게 거실을 가리킨 뒤 오프너를 찾으러 주방으로 갔다. 거실로 돌아오니 카라노는 소파에 앉아서 찌그러진 살충제 스프레이 통을 만지작거리고 있었다.

"개가 험하게 만들어놓았군요."

그가 물었다.

"왜 아직도 안 버렸나요?"

침묵을 깨기 위해 별 생각 없이 한 말이었을 텐데도 그가 오토를 입에 담는 게 거슬려 그의 잔에 와인을 따라주면서 말했다.

"한잔하고 그만 가세요. 늦었어요. 피곤하기도 하고요."

그는 민망해하면서 살짝 고개를 끄덕여 보였다. 하지만 그는 내심 내 말이 진심이 아니라고 생각하고 있는 듯했다. 내가 서서히 친절하고 따뜻한 태도로 그를 대하기를 기대하고 있을 것이다. 나는 불만스레 한숨을 길게 내쉰 후 말했다.

"오늘 수의사랑 상담을 했는데 오토가 독살당한 것 같대요."

그는 진심으로 안됐다는 듯한 표정으로 고개를 저었다.

"사람들은 필요하면 아주 사악해지죠."

그가 속삭였다. 처음에는 그가 논리에 맞지 않게 수의사 이야기를 하는 거라고 생각했다. 하지만 나는 이내 그가 공원에 오는 사람들을 두고 말한 거라는 사실을 깨달았다. 나는 그를 물끄러미 바라보았다.

"당신이 한 짓은 아닌가요? 남편을 협박했다면서요. 개에게 독을 먹이겠다고 했다면서요. 아이들이 이야기해줬어요."

그는 기막혀 하는 듯하다가도 진심으로 속상해하는 표정을 지었다. 그는 내가 내뱉은 말을 멀리 쫓아버리려는 듯 허공에 대고 이상한 손짓을 해보였다. 그가 우울한 목소리로 중얼거렸다.

"나는 그런 뜻이 아니었어요. 오해가 있었나 봐요. 개에게 독을 먹이는 사람이 있다는 소문은 나도 늘었어요. 내가 직접 이야기해준 적도 있잖아요."

말을 하다 보니 울컥 화가 치밀어 올랐는지 그가 갑자기 냉정하게 말했다.

"솔직히 당신 남편이 온 세상이 자기 것인 양 행동하고 다녔다는 사실을 당신도 잘 알잖아요."

나는 전혀 몰랐지만 그렇게 말하는 것조차 부질없는 것

같았다. 남편에 대한 내 생각은 달랐지만 그와는 별개로 남편에 대해서는 마음을 비운 지 오래였다. 남편이 사라짐과 동시에 오랜 세월 그가 내 삶에 부여했던 의미도 사라져 버렸다. 하늘을 날아가던 중 비행기 기체에 구멍이 난 것을 발견한 영화처럼 갑작스럽게 일어난 변화였기에 연민의 감정을 느낄 새가 조금도 없었다.

"남편은 결점이 많았죠."

내가 속삭이듯 말했다.

"남편도 사람이니까요. 누구든 좋을 때도 있지만 가증스러울 때도 있잖아요. 내가 당신을 찾아갔을 때도 평생 상상조차 못했던 수치스러운 짓을 하지 않았던가요? 사랑도 욕망도 아닌 순전히 억한 마음에서 나온 행동이었어요. 하지만 나는 못된 여자가 아니랍니다."

카라노는 내 말에 큰 충격을 받은 것 같았다. 그가 불안해하며 물었다.

"그때 당신에겐 내가 아무런 의미도 없었던 건가요?"

"그래요."

"지금도요?"

나는 고개를 끄덕여 보였다. 카드놀이에서 졌을 때처럼

살다보면 겪을 수 있는 우연한 사고처럼 받아들이라는 의미로 나는 그에게 미소를 지어 보였다.

그는 와인 잔을 내려놓고 자리에서 일어났다.

"내게 그날 밤은 중요했어요."

그가 말했다.

"그날보다 지금은 더 그렇고요."

"미안해요."

그는 살짝 미소를 지어 보이고는 고개를 힘껏 가로저었다. 카라노는 내가 전혀 미안해하지 않으며 그저 이야기를 빨리 마무리 지으려 한다고 생각하는 것 같았다.

"당신도 당신 남편과 다를 게 없어요. 그리 오랜 세월을 함께했으니 이상할 것도 없죠."

그가 말했다.

그는 현관으로 향했고 나는 그런 그의 뒤를 힘없이 따라갔다. 문 앞에서 카라노는 가져가려던 살충제 스프레이 통을 내게 내밀었고 나는 그것을 받아들었다. 그가 문을 쾅 닫고 갈 거라고 생각했는데 예상과 달리 그는 조심스레 문을 닫았다.

39

그날 이후로 나는 마음이 편치 않았다. 그날 밤, 잠을 설친 나는 되도록 카라노를 피하기로 마음먹었다. 긴 대화를 나눈 것도 아닌데 그는 이미 나를 아프게 했다. 그 후 우연히 카라노와 다시 계단에서 마주쳤을 때 나는 그의 인사에 제대로 대답도 하지 않고 지나쳐갔다. 그의 우울하고 언짢은 시선이 등 뒤로 따갑게 쏟아졌다. 그의 비통한 눈빛과 무언의 요구를 대체 언제까지 피해 다녀야 하나 생각하니 마음이 답답해졌다. 하지만 다 내가 자초한 일이었다. 나는 그에게 너무나 경솔하게 굴었다.

그런데 상황은 예상치 못한 방향으로 흘러갔다. 카라노는 서로 마주치지 않도록 알아서 세심하게 나를 피해 다녔고 대신 멀리서 나에 대해 헌신적인 태도를 보였다. 정신없이 서두르다가 건물 입구에 놔두고 온 쇼핑 봉투를 집 앞에 몰래 가져다주기도 했고 공원 벤치에 놔두고 온 신문이나 볼펜을 문 앞에 놓고 가기도 했다. 하지만 나는 그에게 고맙다는 말조차 하지 않았다. 대신 그날 우리가 나눴던 대화를 곰곰이 되짚어 보았다. 그러다 내 마음을 가장 불편하게 했던 것은 내가 마리오와 닮았다는 그의 적나라한 비판이었다는 사실을 깨달았다. 카라노가 내 면전에 대고 폭로한 불편한 진실이 머릿속에서 사라지지 않았다. 카라노는 내가 자기 말을 그 정도로 불편하게 받아들일지 몰랐을 것이다. 나는 오랫동안 그 생각에서 벗어나지 못했다. 아이들이 개학을 해서 집에 없으니 이런저런 생각을 할 시간이 많아서이기도 했다.

평온한 초가을 아침 나는 자갈이 깔린 공원의 벤치에 앉아 글을 쓰면서 시간을 보내곤 했다. 표면상으로는 다음 작품을 위해 메모를 하는 것이었다. 적어도 나는 그렇게 생각하려 했다.

나는 나 자신을 조각조각 분해하고 싶었다. 나 자신을 잔혹하고 면밀하게 연구해 지난 몇 달 동안 있었던 끔찍한 일을 끝까지 파헤쳐야겠다고 생각했다. 하지만 실은 카라노가 던진 질문에만 매달려 있었다. 내가 정말 마리오와 닮았나. 마리오와 닮았다는 것은 무슨 의미일까. 우리는 애초에 서로 닮았다는 이유로 상대방을 선택했고 그 유사성이 세월 속에서 더 단단해진 걸까. 내가 그와 사랑에 빠졌을 때, 나는 그의 어떤 면이 나와 닮았다고 느꼈던 걸까. 우리 관계가 처음 시작했을 때 나는 그의 어떤 면을 보았던 걸까. 세월이 흐르는 동안 나는 남편의 생각과 행동과 말투와 기호와 성적 취향을 얼마나 많이 닮게 되었을까.

나는 그런 식의 질문으로 종이를 여러 장 채우곤 했다. 마리오에게 버림받은 후 그가 나를 사랑하지 않고 나도 그를 사랑하지 않게 되었는데 왜 아직도 그의 흔적을 몸에 간직하고 살아야 하나.

내가 그의 몸에 남겼던 흔적은 나 몰래 은밀한 관계를 지속했던 지난 몇 년 동안 이미 카를라에 의해 지워졌을 것이다. 한때는 내 몸에 새겨진 그의 흔적이 사랑스럽게만 느껴졌다. 이제는 그렇지 않은데 어떻게 해야 그의 흔적을 내 몸에서 떼어낼 수 있을까. 어떻게 해야 내 자아를 손상시키지 않고 그가 남긴 흔적만 내 몸과 마음에서 깔끔하게 긁어낼 수 있을까.

태양이 나무 그늘진 잔디밭 위에 그려놓은 얼룩이 어두운 하늘에 떠 있는 빛나는 녹색 구름처럼 서서히 이동하고 있었다. 나는 그 모습을 바라보다 수치심을 느끼며 카라노가 내뱉었던 적의에 찬 말에 대해 다시 생각하게 되었다. 마리오는 정말로 뭐든 제멋대로 하려 드는 사나운 사람이었던가. 수의사가 말한 것처럼 그에게 기회주의자적인 면이 있었던가. 지금껏 마리오가 그런 인간이라는 사실을 깨닫지 못했던 것은 내게도 그런 면이 있어서 그의 행동을 자연스럽게 받아들였기 때문은 아닐까.

나는 며칠 동안 저녁마다 가족사진을 보며 시간을 보냈다. 미래의 남편이 될 사람을 만나기 전에 찍었던 사진 속 내 몸에서 나만의 독립적인 모습을 찾고 싶었다. 나는 소녀 시절에 찍은 사진과 그 후에 찍은 사진 속 내 모습을 비교해 보았다. 마리오와 사귀기 시작한 후부터 내 눈빛이 어떻게 변했는지 알고 싶었다. 세월이 흐르면서 정말로 내가 그와 비슷해졌는지 알고 싶었다. 마리오의 몸에서 나온 씨가 내 몸에 들어와 내 몸을 변형시키고 뚱뚱하고 살찌게 만들었다. 나는 두 번이나 임신했다.

여자들은 흔히 뱃속에 그의 아이가 있다느니 그에게 아이를 낳아주었다느니 하는 표현을 쓴다. 나는 남편에게 아무것도 주지 않았고 잔니와 일라리아는 오직 나만의 아이들이라고 나 혼자 아무리 우겨보아도, 아이들이 한 번도 내 몸의 영향권에서 벗어난 적이 없고 나의 보살

픔을 받으며 자랐더라도 아이들의 몸속에 마리오에게서 물려받은 본성이 잠재되어 있다는 사실을 부정할 수는 없었다.

마리오는 어느 날 갑자기 아이들의 몸속에서 튀어나올 것이다. 지금 당장 그럴 수도 있고 내일 혹은 내년이 될 수도 있다. 시간이 갈수록 마리오의 흔적은 아이들의 모습에서 더욱 뚜렷하게 나타날 것이다. 그렇게 되면 나는 아이들을 사랑함으로써 나도 모르게 아이들이 닮은 남편의 모습까지 억지로 사랑할 수밖에 없을 것이다. 부부 관계는 너무나도 복잡한 것이다. 이런저런 재료를 마구 섞어서 거품이 부글부글 이는 혼합물 같다. 관계가 멀어지다 완전히 갈라서고 난 다음에도 부부는 은밀히 서로의 삶에 계속 영향을 준다. 그러니 부부 관계는 끝나지 않는다. 영원한 종지부를 찍을 수 없다.

기나긴 고요한 밤 나는 가위로 사진에서 나와 아이들과 마리오의 눈과 귀와 다리와 코와 손을 잘라냈다. 잘라낸 신체 부위를 스케치북 위에 풀로 붙여보니 미래파 회화에서나 나올 법한 뭐라 정의내릴 수 없는 괴물 형상이 만들어졌다. 나는 종이를 서둘러 쓰레기통에 버렸다.

40

다음 날 레아가 다시 찾아왔을 때 나는 마리오가 나와 만날 마음이 없고 전화조차 할 의향이 전혀 없다는 사실을 깨달았다. 레아는 자기는 마리오의 말을 전할 뿐이라는 사실을 이해해달라고 했다. 길에서 한 번 호되게 당한 후 남편은 나를 최대한 피해야겠다는 결론을 내린 것 같았다. 그런데도 그는 아이들을 보고 싶어 했다. 아이들이 그리웠을 것이다. 그는 레아를 통해 아이들을 주말에 자기 집에 보내달라고 부탁했다. 나는 레아에게 잔니와 일라리아와 이야기해보고 아이들의 결정을 따르겠다고 했다. 레아는 고개를 저으면서 나를 나무랐다.

"그러지 마, 올가. 아이들이 어떻게 그런 결정을 하겠어?"

나는 레아의 말을 무시했다. 나는 우리 세 식구가 동등하게 함께 의논하고 상의해서 만장일치나 다수결로 결정을 내릴 수 있을 거라고 생각했다. 그래서 나는 잔니와 일라리아가 학교에서 돌아오자마자 아빠가 너희를 주말에 만나고 싶어 하는데 만날지 안 만날지는 너희들이 결정하

라고 했다. 아빠를 만나러 가면 아마 아빠의 새 아내—그
렇다. 나는 일부러 아내라는 표현을 썼다—를 만나게 될
거라고 했다.

일라리아가 단도직입적으로 물었다.

"엄마는 어떻게 했으면 좋겠어요?"

잔니가 끼어들었다.

"바보야! 엄마가 우리한테 결정하라고 했잖아."

아이들은 눈에 띄게 불안해하며 자기들끼리 상의를 해
도 되느냐고 묻더니 자기들 방에 콕 틀어박혔다. 한참 동
안 둘이 티격태격하는 소리가 들렸다. 방에서 나오자 일
라리아가 물었다.

"우리가 가면 엄마는 서운해할 거예요?"

잔니가 일라리아를 거칠게 밀치며 말했다.

"우리는 엄마랑 같이 있기로 했어요."

순간 아이들의 애정을 시험하려 했던 내 자신이 부끄러
웠다. 금요일 오후가 되자 나는 억지로 아이들을 깨끗이
씻기고 제일 좋은 옷을 입힌 다음 각자의 소지품을 배낭
에 챙겨서 레아에게 바래다주었다.

레아 집에 가는 동안 아이들은 가기 싫다면서 엄마 혼

자 어떻게 주말을 보낼 거냐고 계속 물었다. 하지만 막상 레아의 차에 올라타고 나서는 기대감에 부풀어 아빠를 만나러 떠나버렸다.

나는 산책을 하다 영화를 보고 집에 돌아와 식탁을 차리지도 않고 선 채로 저녁을 먹고 텔레비전을 봤다. 저녁 늦게 레아가 전화를 걸어 마리오와 아이들의 아름답고 감동적인 만남에 대해 이야기해주었다.

레아는 조금 망설이면서 마리오네 집 주소를 알려주었다. 이번에는 진짜 주소였다. 레아는 그가 카를라와 함께 카를라 집안 소유인 크로체타의 아름다운 집에서 살고 있다고 했다. 전화를 끊기 전에 레아는 나를 다음 날 저녁식사에 초대했다. 나는 별로 내키지 않았지만 가겠다고 대답했다. 속 빈 동그라미 같은 공허한 하루를 보내는 것은 끔찍한 일이다. 그런 날이면 밤이 올가미처럼 목을 죄여온다.

나는 레아네 집에 너무 일찍 도착했다. 레아 부부는 나를 즐겁게 해주려고 애썼고 나는 그런 그들을 상냥하게 대하려고 노력했다. 저녁식사 준비가 끝난 식탁에 눈길이 가서 별 생각 없이 준비된 식기와 의자를 세어보니 6인용이었다. 순간 온몸이 얼어붙었다. 두 커플과 나 외에 여섯 번째 인물이 또 있었던 것이다.

나는 레아가 나를 도와주기로 작정했다는 사실을 깨달았다. 남자를 소개해주기로 마음먹은 것이다. 그것이 아찔한 모험이 될지 일시적인 만남이 될지 새로운 짝을 만들 기회로 발전할지는 알 수 없는 일이다. 오토의 죽음에 대해 자세히 알기 위해 찾아갔던 동물병원의 수의사 모렐리가 1년 전 마리오의 아내로서 만났던 토레리 부부와 함께 모습을 드러내는 순간 나는 레아의 의도를 확신했다. 모렐리는 레아 남편의 친한 친구였다. 그는 호감형인 데다 폴리테크니코 대학의 고상한 양반들과 관련된 소문을 잘 알고 있었다. 레아는 나를 즐겁게 해주기 위해 모렐리를 초대한 것이 분명했다.

그 사실이 나를 더 우울하게 했다. 이것이 내 미래인가 싶었다. 이제 나는 새 인생을 시작하기 위해 하염없이 남자만 기다리고 있는 여자로 낙인 찍혀 잘 알지도 못하는 사람들 집에 가서 이런 식으로 저녁을 보내게 될 것이다. 자기들 기준에 매력적인 남자들을 내게 소개해주려고 안달이 난 불행한 기혼 여성들의 놀잇감이 될 것이다. 나는 어쩔 수 없이 그 놀이에 장단을 맞춰야 할 것이다. 모임에 참석한 사람 모두가 다 아는 노골적인 목적 때문에 그녀들이 소개해준 남자들은 내게 불편한 감정만 남길 뿐이라는 사실은 고백할 수 없을 것이다.

그들은 내 차가운 몸을 만지려고 노력할 것이다. 사실 자기들도 나 못지않게 외로워하고 나처럼 타인을 두려워하면서도 나를 흥분시키려고 열을 올릴 것이다. 여자의 마음을 사로잡는 자신의 능력을 시험하려 들 것이다. 그런 남자들은 대부분 실패한 경험 때문에 지칠 대로 지쳐서 지난 수년 동안 공허하게 살아온 별거남이거나 이혼남이거나 홀아비이거나 버림받거나 배신당한 남자들일 것이다.

저녁 내내 니는 한마디도 하지 않았다. 나는 내 주변에 보이지 않는 날카로운 장막을 치고 내가 미소를 보이거나 웃어주기를 바라면서 수의사가 하는 말에 단 한 번도 미소를 보이지도 웃지도 않았다. 한두 번 내 무릎이 그의 무릎에 닿았을 때마다 몸을 피했고 그가 내 팔을 만지며 갑작스레 친밀감을 표현하면서 귓속말을 하려 했을 때는 온몸이 뻣뻣하게 굳었다.

앞으로 다시는 이런 자리에 오지 않겠다고 생각했다. 다시는 이런 일은 하지 않겠다고 다짐했다. 나는 절대로 다리 놔주기를 좋아하는 지인들이 마련한 자선 행사를 찾아다니지 않을 것이다. 상대 남자가 제대로 작업하고 있는지, 여자가 제대로 반응하고 있는지 확인하면서 만남이 어떻게 되어가는지 훔쳐보는 이들 앞에 나가지 않을 것이다. 이미 파트너가 있는 사람들에게 그런 광경은 구경거리일 뿐이었다. 손님들이 모두 떠나고 식탁에 음식 찌꺼기만 남았을 때 농담거리로 삼기 딱 좋은 소재가 아닌가.

나는 손님들이 술을 마시면서 수다를 떨기 위해 거실로 자리를 옮기려는 틈을 타서 레아와 그녀의 남편에게 고맙다는 인사를 하고 먼저 자리에서 일어났다.

41

일요일 저녁 레아가 아이들을 다시 집에 바래다주고 나서야 나는 마음이 놓였다. 잔니와 일라리아는 피곤해했지만 기분은 좋아 보였다.

"거기서 뭘 했니?"

내가 물었다.

"아무것도 안 했어요."

잔니가 말했다.

나는 아이들이 회전목마를 탔고 바다를 보러 바리고티
에도 갔었다는 사실을 알게 되었다. 점심과 저녁에 외식
을 했다는 사실도 알게 되었다. 일라리아는 두 팔을 활짝
벌리며 말했다.

"이만큼 커다란 아이스크림을 먹었어요."

"잘 지냈니?"

내가 물었다.

"아니요."

잔니가 대답했다.

"네."

일라리아가 대답했다.

"카를라도 있었니?"

내가 물었다.

"네."

일라리아의 대답이었다.

"아니요."

잔니의 대답이었다.

잠들기 전에 일라리아는 걱정스러운 목소리로 물었다.

"다음 주에도 가게 해주실 거죠?"

잔니가 제 침대에서 나를 향해 불안한 시선을 던졌다.

나는 그러겠다고 대답했다.

그날 밤 적막에 싸인 집에서 글을 쓰는데 아이들이 매주 아빠를 만나다보면 내면에 아빠의 존재감이 더 커질 거라는 생각이 들었다. 아이들은 남편과 나의 행동과 말투를 섞어서 따라할 것이다. 우리 부부는 헤어진 후에도 아이들 안에서 변화하고 얽히고설키면서 존재의 기반도 이유도 없지만 부부로서 존속할 것이다.

아이들은 서서히 카를라를 받아들일 것이다. 나는 그런 내 생각을 그대로 글로 썼다. 일라리아는 몰래 카를라의 화장법과 걸음걸이와 웃는 모습과 옷 색상을 선택하는 요령을 연구할 것이다. 그것을 제 나름대로 가감해 엄마인 나의 모습과 취향과 내가 무심결에 또는 의도적으로 하는 행동들과 뒤섞을 것이다. 잔니는 카를라를 향한 은밀한 욕망을 품을 것이다. 한때 몸을 담그고 있던 깊은 양수 속에서 그녀를 꿈꿀 것이다. 카를라의 부모까지 끼어들 것이다. 그녀의 조상들이 나의 조상들과 마리오의 조상들과 함께 내 아이들의 정신 세계를 서로 지배하려 들 것이다. 조상들의 함성이 아이들 안에서 혼란스럽게 울려퍼질 것이다. 그런 생각을 하다보니 잔니와 일라리아를 '내 아이들'이라고 부를 수도 없을 것 같았다.

오토가 플라스틱 밥그릇을 핥는 소리에 나는 펜을 멈췄다. 자리에서 일어나 확인해보니 밥그릇은 여전히 텅 빈 채 바싹 말라 있었다. 오토는 영혼일 때에도 여전히 충직하게 나를 지켜주고 있었다. 나는 침대에 누워 잠이 들었다.

다음 날부터 나는 구직에 나섰다. 할 줄 아는 게 많지는 않았지만 이동이 잦았던 마리오의 직장 때문에 오랫동안 해외에서 생활한 덕분에 최소한 3개 국어에 능통했다. 레아 남편 친구들의 도움으로 나는 얼마 안 있어 렌터카 센터에 취직해서 해외 업무를 맡게 되었다.

취업 후 하루하루가 숨 가쁘게 흘러갔다. 직장에 갔다 장을 보고 음식을 하고 집 안 청소를 하고 아이들을 돌봤다. 그 와중에 글도 다시 쓰고 싶었다. 밤이면 새 냄비를 사야 한다든가 물이 새는 싱크대를 고치기 위해 배관공을 불러야 한다든가 거실 블라인드를 고친다든가 잔니 운동복을 사야 한다든가 발이 자란 일라리아에게 새 신발을 사줘야 한다는 등 급히 처리해야 할 일들을 메모했다.

월요일부터 금요일까지 정신없이 뛰어다녔지만 지난 몇 달처럼 강박관념에 시달리지는 않았다. 나는 하루하루를 팽팽한 실로 꿰어놓고 다른 생각은 하지 않고 오직 실 위를 달린다는 생각으로 살았다. 거짓된 균형 감각은 나날이 향상됐다. 그런 생활은 마리오에게 아이들을 데려다주기 위해 레아에게 아이들을 맡길 때까지 지속되었다. 아이들이 떠나면 여유로운 주말이 갑자기 내 눈앞에 활짝 열렸다. 그럴 때면 우물 가장자리에 겨우 균형을 잡고 서 있는 기분이 들었다.

일요일 저녁 아이들은 집에 돌아와 언제나 똑같은 불만을 줄줄이 터뜨렸다. 아이들은 그새 우리 집과 마리오의 집을 오가는 데 익숙해져서 내게 상처를 줄까봐 조심하지 않게 되었다. 잔니는 카를라의 요리 솜씨를 칭찬하면서 내 요리에 대해 불평을 늘어놓기 시작했다. 일라리아는 아빠의 새 아내와 함께 샤워를 했다며 카를라 가슴이 내 가슴보다 훨씬 예쁘다는 사실을 털어놓고 음모까지 금발일 수 있다는 사실에 감탄했다. 카를라의 새하얀 속옷을 자세히 묘사하고는 자기도 가슴이 나오면 카를라와 똑같은 색상의 고급 브래지어를 사달라고 했다. 둘 다 똑같은 말버릇이 생겼는데 내게서 배운 것은 분명 아니었다. 둘은 '실제로'라는 말을 입에 달고 다녔다. 일라리아는 카를라가 자기한테 자랑하면서 보여준 고급 화장품 케이스를 사주지 않는다면서 나를 원망했다. 어느 날 내가 사준 코트가 마음에 안 든다고 투정을 부리는 일라리아와 싸우던 중에 아이가 소리쳤다.

"엄마 나빠요! 카를라가 엄마보다 착해요."

결국 나는 아이들과 함께 있을 때가 좋은지 아니면 아이들이 없을 때가 좋은지 판단할 수 없는 지경에 이르렀다. 예를 들면 나는 아이들이 얄밉게도 카를라 이야기를 떠벌리며 자기들이 내게 주는 상처에는 아랑곳하지 않으면서 내가 오로지 자기들에게 헌신하고 있는지 두 눈에 불을 켜고 예의 주시하고 있다는 사실을 깨달았다.

한번은 학교가 쉬는 날이어서 아이들을 직장에 데려간 적이 있었는데 아이들은 예상외로 얌전하게 굴었다. 남자 직장 동료가 우리 셋을 점심에 초대했을 때도 아이들은 단정한 자세로 식탁에 앉아 있었다. 시끄럽게 하지도 않고 조심스럽게 행동했다. 다투지도 않았고 묘한 미소를 주고받거나 자기 둘만 이해하는 암호 같은 말을 던지지도 않았고 식탁에 음식을 흘리지도 않았다.

나중에야 나는 아이들이 내 남자 동료가 나를 어떻게 대하는지 관찰하고 있었다는 사실을 알게 되었다. 그가 어떤 식으로 내게 관심을 나타내고 내가 어떤 말투로 그에게 대답하는지 살피면서 아이들 특유의 뛰어난 감각으로 우리 사이에 흐르는 성적인 긴장감을 가늠하고 있었던 것이다. 성적인 긴장감이라 할 것도 없이 점심시간에 순수하게 농담을 주고받는 사이일 뿐이었는데 말이다.

"엄마, 그 아저씨가 말할 때마다 쩝쩝거리는 거 봤어요?"

잔니가 내게 심술궂게 물었다. 내가 무슨 말인지 몰라 고개를 젓자 잔니는 그가 어떻게 했는지 보여주기 위해 붉은 입술을 길게 쭉 내밀고는 말 한마디 할 때마다 쩝쩝거리는 소리를 냈다. 그 모습에 일라리아는 웃다가 눈물까지 흘렸다. 제 오빠가 그럴 때마다 숨이 넘어갈 듯 웃으면서 더 해보라고 했다. 아이들의 악의적인 모습이 약간 당황스럽기는 했지만 나중에는 나도 따라 웃었다.

그날 밤 잔니가 평소처럼 굿나잇 키스를 해주러 내 침실에 왔다. 잔니는 갑자기 나를 와락 껴안더니 쩝쩝거리면서 내 뺨에 침을 잔뜩 묻혀 놓고는 일라리아와 함께 낄낄대면서 자기들 방으로 가버렸다. 그때부터 아이들은 내가 하는 모든 일에 트집을 잡고 대놓고 카를라를 칭찬하기 시작했다. 내가 못 맞힐 거라는 사실을 빤히 알면서 일부러 카를라한테 들은 수수께끼를 냈고 아빠 집은 멋있는데 우리 집은 흉측한 데다 지저분하다고 했다.

잔니는 참기 힘들 정도로 못되게 굴었다. 아무 이유 없이 소리를 지르고 물건을 망가뜨리고 같은 반 친구들과 주먹다짐을 하고 일라리아를 때렸다. 가끔은 혼자 화를 내면서 자기 팔이나 손을 물려고 했다.

11월 어느 날 아이들이 학교를 마치고 집에 오던 길에 사건이 터졌다. 잔니와 일라리아는 엄청나게 큰 아이스크림을 사먹으면서 집으로 오고 있었다. 정확하게 무슨 일이 있었던 건지는 잘 모르겠다. 아마도 잔니가 먼저 자기 몫의 아이스크림을 먹어치우고 일라리아의 것을 달라고 했던 것 같다. 잔니는 먹성이 좋아서 언제나 배고파 했다.

일라리아가 아이스크림을 주지 않자 잔니가 일라리아를 세게 밀었다. 그때 일라리아가 열여섯 살 정도 되는 소년과 부딪히면서 그 아이의 셔츠를 바닐라 아이스크림과 초콜릿 아이스크림 범벅으로 만들어놓고 말았다.

처음에 소년은 자기 옷이 얼마나 더러워졌는지에만 신경을 쓰다가 갑자기 성질이 났는지 일라리아에게 화를 내기 시작했다. 그러자 잔니가 책가방으로 소년의 얼굴을 가격한 뒤 손을 물었다. 소년이 다른 손으로 주먹을 휘두를 때까지 잔니는 소년의 손을 물고 놓지 않았다.

그날 퇴근하고 돌아와 열쇠로 현관문을 열자 집 안에서 카라노의 목소리가 들렸다. 그는 거실에서 아이들과 이야기를 나누고 있었다. 처음에 나는 카라노가 왜 내 집에 있는 건지, 어떻게 감히 우리 집에 들어올 생각을 한 건지 몰라 그를 냉랭하게 대했다. 그러다 한쪽 눈이 까맣게 멍들고 아랫입술이 터진 잔니를 보고 카라노는 잊어버리고 걱정스레 잔니를 향해 뛰어갔다.

나는 카라노가 집에 오던 길에 아이들이 위험에 처한 것을 보고 성난 소년에게서 잔니를 떼어놓고 울고 있는 일라리아를 진정시킨 다음 집까지 바래다주었다는 사실을 알게 되었다. 그뿐만이 아니었다. 카라노는 자신이 어린 시절 주먹다짐을 했던 이야기를 들려주면서 아이들의 기분을 풀어주었다. 실제로 아이들은 나를 밀어내고 그에게 이야기를 계속해달라고 했다.

나는 카라노에게 그날 일을 비롯한 그간의 친절에 고맙다고 인사했다. 그는 기뻐했다. 하지만 작별 인사를 하면서 또다시 말실수를 하고 말았다.

"아이들이 혼자서 집에 오기엔 너무 어린 것 같아요."

"형편이 이래서 어려도 어쩔 수 없어요."

내가 쏘아붙였다.

"가끔 내가 도와줄 수 있어요."

그가 용기를 내어 말했다.

나는 다시 한번 고맙다고 했다. 하지만 말투는 이미 냉랭해진 후였다. 나는 내가 알아서 하겠다고 쏘아붙이고 문을 닫아버렸다.

42

그 사건 후에도 잔니와 일라리아는 나아지지 않았다.

나아지기는커녕 계속해서 내 잘못이 아닌 실수에 대한 책임을 내게 물었다. 아이들은 현실과 악몽을 구분하지 못하고 무조건 엄마인 내 탓을 했다. 그러는 와중에 아이들은 웬일인지 갑자기 태도를 바꿔 카라노를 적으로 생각하지 않게 되었다. 얼마 전까지만 해도 그를 오토를 죽인 살인마라고 부르던 아이들이 언제부턴가 계단에서 그와 마주칠 때마다 친구라도 만난 것처럼 점점 더 친근하게 인사했다. 그런 아이들에게 카라노는 왠지 애처로워 보이는 눈빛으로 윙크를 하거나 살짝 손을 흔들어 보일 뿐이었다. 나를 기분 나쁘게 하지 않으려고 지나친 행동을 피하려는 것이었다. 하지만 아이들은 그 정도의 반응에 만족하지 않았다.

"안녕, 알도 아저씨!"

잔니는 카라노가 고개를 숙이고 "안녕, 잔니"라고 웅얼거릴 때까지 포기하지 않고 소리쳤다.

나는 나중에 잔니를 잡아당기면서 말했다.

"언제부터 둘이 그렇게 친했다고 그래? 예의를 지켜야지!"

하지만 잔니는 내 말을 무시하고 귀를 뚫어 귀걸이를

하고 싶다느니 내일 머리를 녹색으로 염색하고 싶다느니 하는 말도 안 되는 소리를 늘어놓았다.

남편이 아이들을 돌보지 못하는 일요일이면—솔직히 꽤 자주 있는 일이었다—아이들의 짜증과 책망과 난리법석 속에서 하루를 보냈다. 그럴 때면 나는 아이들을 데리고 공원으로 갔다. 가을바람에 울긋불긋한 낙엽이 회오리치듯 휘날리며 포장된 도로 위에 흐트러지고 포강의 물결 위로 떨어지는 동안 나는 끊임없이 아이들을 회전목마에 태웠다.

습하고 안개 낀 일요일에는 아이들과 함께 시내에 갔다. 그곳에서 아이들은 하얀 물줄기를 내뿜는 분수 주변을 뛰어다니면서 술래잡기를 했고 나는 피곤할 때마다 머릿속에 떠오르는 형상들과 귓속을 맴도는 시끄러운 목소리들을 떨쳐내기 위해 애쓰면서 무심하게 그 근처를 배회했다. 가끔 기분이 너무 가라앉으면 토리노 사람들의 목소리 사이에서 남부 지역 사투리를 찾곤 했다.

고향 사투리를 들으면 잠깐이나마 어린 시절로 돌아간 것 같은 착각에 빠졌다. 과거에 느꼈던 감정과 켜켜이 쌓인 지난 세월과 적당한 거리감을 두고 있던 추억이 마음속에 떠올랐다. 하지만 그보다는 사람들과 잠시 떨어져 에마누엘레 필리베르토 기념비 뒤에 있는 계단에 앉아 있을 때가 더 많았다.

그럴 때면 잔니는 아빠에게 선물받은 공상과학영화에나 나올 법한 요란스런 기관총으로 무장을 하고 동생에게 1915년에서 1918년 사이에 벌어진 끔찍한 전쟁에 대해 일장 연설을 늘어놓았다. 잔니는 전쟁에서 얼마나 많은 군인이 죽었는지 이야기하면서 청동으로 만든 군인들의 검은 얼굴과 그들의 발치에 놓인 장총에 열광했다.

아이들이 노는 동안 나는 화단을 바라보았다. 그러다 잔디 위로 솟아나온 정체불명의 굴뚝 세 개를 물끄러미 바라보았다. 굴뚝들은 회색 성을 염탐하기 위해 만들어진 망원경 같았다.

문득 내 아이들이 건강하게 뛰놀고 있는 지금 이 순간마저도 나는 아무런 위안을 느끼지 못한다는 생각이 들었다. 한때 고통스러운 나머지 심신이 약해지기는 했지만 그 고통은 나를 파괴하지 못했고 이제는 희석되었다. 그런데도 나는 그 무엇에서도 위안을 얻지 못했다. 나는 이따금씩 스타킹 위로 일라리아가 낸 상처를 쓰다듬어 보았다.

그러던 중 놀랍고도 혼란스러운 일이 일어났다. 주중에 퇴근 시간이 다 되어서 레아에게서 음성 메시지를 받았다. 레아는 그날 저녁에 음악회가 있다면서 꼭 함께 가고 싶다고 했다. 클래식 음악에 대해 이야기할 때면 으레 그렇듯 그녀는 살짝 흥분한 목소리로 다소 장황한 이야기를 늘어놓았다. 레아는 클래식 음악 팬이었다. 나는 외출하고 싶은 마음이 없었지만 그 시절 다른 수많은 일과 마찬가지로 억지로 그렇게 하기로 마음먹었다. 그러나 이내 혹시라도 레아가 나 몰래 수의사와의 만남을 계획한 것은 아닐까 걱정이 되었다.

나는 한참을 망설였다. 저녁 내내 긴장한 상태로 있고 싶지 않았다. 하지만 수의사가 있든 없든 연주를 들으면 마음이 안정될 것이라는 결론을 내렸다. 음악은 원래 좋은 영향을 주지 않나. 음악은 감정을 꽁꽁 묶어두었던 신경의 매듭을 풀어준다.

나는 수소문 끝에 잔니와 일라리아를 맡아줄 친구를 어렵게 찾아냈다. 그러고는 아이들을 설득시키기 위해 자기들을 맡아주기로 한 사람들이 아이들이 생각하는 것처럼 끔찍한 사람들이 아니라고 말해주어야 했다.

"이런 식으로 집에 안 붙어 있으려면 차라리 아빠랑 살게 해줘요."

비록 일라리아가 직설적으로 쏘아붙이기는 했지만 결국 아이들은 내 친구 집에 가기로 했다.

나는 아무런 대답도 하지 않았다. 고함을 지르고 싶을 때마다 또다시 어둠 속에서 길을 잃을지도 모른다는 두려움 때문에 균형을 잡고 마음을 다스렸다. 레아와 만났을 때 그녀가 혼자인 것을 보고 안도의 한숨을 내쉬었다. 우리는 택시를 타고 도시 외곽에 있는 극장에 갔다. 호두 껍데기처럼 모난 구석 하나 없이 매끈한 건물이었다. 레아는 그곳에 있는 사람들을 알고 있었고 그들 역시 레아를 알고 있었다. 나는 유명한 레아 덕에 마음이 편해졌다.

작은 콘서트홀은 한참 동안 소란스러웠다. 조심스레 서로를 부르는 소리와 인사를 나누는 소리로 왁자지껄했고 관중들의 향수 냄새와 숨결이 뭉게구름처럼 퍼져나갔다. 모두 자리에 앉자 사방이 조용해지고 조명이 어두워졌다. 뒤이어 연주자들과 성악가가 등장했다.

"실력 있는 연주자들이야."

레아가 내 귓가에 대고 속삭였다.

나는 레아의 말에 아무런 대꾸도 하지 못했다. 놀랍게도 연주자 가운데서 카라노를 발견했기 때문이다. 조명 아래서 보니 평소와 달라 보였다. 키가 더 커 보였다. 그는 호리호리하고 우아했다. 움직일 때마다 형형색색의 흔적을 남기는 듯했고 머리는 고급스러운 금속으로 만들어진 것처럼 반짝였다.

첼로 연주를 시작하는 순간 그는 이제 이웃집 남자가 아니었다. 그는 내 흥분한 머리가 만들어낸 환상이 되었다. 그의 몸은 비정상적으로 매혹적인 육체로 변했다. 자기 몸에서 이 세상 것이 아닌 소리를 뽑아내고 있는 것 같았다. 실제로 첼로가 그의 몸의 일부처럼 느껴졌다. 첼로는 그의 가슴과 팔과 다리와 손과 황홀경에 빠진 눈과 입에서 태어난 살아 있는 생명체 같았다.

나는 평온한 마음으로 음악에 떠밀려 다시 카라노의 집을 찾았다. 탁자 위에 와인 병이 놓여 있고 와인 잔은 가득 채워졌다가 이내 비워졌다. 금요일 밤의 어두운 장막 아래 남자의 벗은 몸과 혀와 성기가 보였다. 나는 내 기억 속에 남아 있는 그 장면 속에서, 그날 저녁 목욕가운을 걸치고 있던 남자의 모습에서 지금 무대에서 연주하고 있는 다른 남자의 모습을 찾았지만 찾을 수 없었다.

나는 참으로 어이없는 일이라고 생각했다. 이토록 뛰어나고 매혹적인 신사와 은밀한 관계를 맺고도 그를 제대로 알아보지 못했다니. 지금 다시 그를 보니 그날 밤 내게 보여주었던 그의 은밀한 모습은 그날 밤 그를 대신한 다른 남자의 모습인 것 같았다. 어쩌면 그날 밤 기억은 사춘기 소녀 시절 꾸었던 악몽일 뿐인지도 모른다. 피폐해진 여자가 꾼 백일몽이었는지도 모른다. 나는 지금 어디에 있는가. 어떤 세계에 침몰했다가 어떤 세계로 다시 떠오른 것인가. 내가 되찾은 삶은 누구의 삶인가. 무엇을 위해 그 삶을 되찾으려고 그리도 애를 썼단 말인가.

"왜 그래?"

내가 안절부절못하는 게 느껴졌는지 레아가 걱정스레 물었다.

"저 첼리스트 말이야. 우리 건물에 살아."

내가 속삭였다.

"뛰어난 연주자인데 잘 알아?"

"아니. 아무것도 몰라."

연주가 끝나자 청중은 박수를 멈추지 않았다. 연주자들은 퇴장했다가 다시 무대 위로 돌아왔다. 카라노는 불꽃이 바람에 휘어지듯 우아한 동작으로 허리를 깊게 숙여 인사했다. 금속으로 된 것처럼 보이는 머리가 먼저 바닥쪽으로 뒤집어지더니 그가 등을 활처럼 구부리면서 힘차게 머리를 드는 순간 제자리를 찾았다.

앙코르곡이 연주되고 아름다운 여가수가 열정적인 목소리로 다시 한번 우리를 감동시켰다. 청중은 다시 박수를 보냈다. 청중은 연주자들이 무대를 떠나도록 내버려두지 않았다. 박수의 파도에 떠밀려 연주자들은 무대 장막 뒤로 빨려 들어가듯 사라졌다가 누군가의 명령이라도 받은 것처럼 다시 무대 위로 튕겨져 나왔다.

나는 얼떨떨한 기분이 들었다. 피부가 근육과 뼈를 꽉 죄는 느낌이었다. 이것이 카라노의 진짜 인생이었다. 아니 이것이 그의 거짓된 인생일 수도 있지만 그 순간만큼은 진짜 인생보다 이편이 그에게 더 어울리는 것 같았다.

나는 터질 것 같은 희열로 인한 긴장감을 참아보려 했지만 잘되지 않았다. 그 조그만 연주장이 통째로 수직으로 회전한 것 같았다. 아래쪽에 무대가 있고 나는 위쪽 구명의 가장자리에서 아래를 내려다보고 있는 것 같은 느낌이 들었다. 그때 집에 가서 잠이나 자고 싶었던 어떤 관객이 개 짖는 소리 같은 것을 내자 여기저기서 웃음소리가 터져나왔고 박수 소리는 서서히 사그라들었다. 그제야 조명이 칙칙한 녹색으로 변했고 무대는 텅 비었다. 그 순간 까만 핏줄이 불끈 튀어나온 활기찬 오토의 그림자가 즐겁게 무대를 가로지르는 모습을 본 것 같았지만 나는 놀라지 않았다. 내 미래는 그럴 것이라고 생각했다.

내 미래는 생명과 땅속에 묻힌 시체의 축축한 냄새가 공존할 것이다. 관심과 무관심이 공존할 것이다. 심장의 환희에 찬 박동과 갑작스런 무기력증이 함께할 것이다. 그럼에도 내 미래는 과거보다 밝을 것이다.

택시에서 레아가 카라노에 대해 꼬치꼬치 캐물었지만 나는 말을 아꼈다. 그러자 레아는 천재적인 연주자를 나 혼자 독차지하려 한다고 생각했는지 마치 나를 질투하는 것처럼 어이없게도 그날 그의 연주에 대해 비판하기 시작했다.

"오늘은 컨디션이 안 좋아 보였어."

레아가 말했다.

그녀는 그에 대한 비판을 주절주절 늘어놓았다. 레아는 그가 실력을 끌어올리지 못한 어중간한 연주자며 자신감이 모자라서 뛰어난 재능을 망쳤고 지나치게 신중해서 소심하게 연주한다고 했다. 집에 거의 다 이르러 작별 인사를 하려는데 레아가 갑자기 수의사 이야기를 꺼냈다. 고양이 때문에 동물병원에 갔는데 내가 잘 지내고 있는지, 별거의 아픔을 잘 이겨냈는지 물어봤다는 것이다.

"모렐리 씨가 네게 전해달라고 했어."

건물 안으로 들어서려는 순간 레아가 외쳤다.

"다시 생각해보니 오토의 사인은 스트리크닌이 아닌 것 같대. 네가 말해준 정보로는 정확히 알 수 없어서 더 자세한 설명을 들어야 한대."

레아는 출발하려는 택시 창문으로 얼굴을 내밀고 짓궂게 웃어 보였다.

"다 핑계야, 올가. 그는 너를 다시 보고 싶어 해."

호감형에 믿을 만한 사람인 것 같았지만 나는 다시 수의사를 찾지 않았다. 나는 섹스를 하기 위한 가벼운 만남이 두려웠다. 그런 식의 만남이 혐오스럽게 느껴졌기 때문이다. 더구나 오토의 사인이 정말 스트리크닌인지 아닌지 알고 싶지 않았다. 오토는 그물처럼 뒤얽힌 여러 가지 사건 사이에 생긴 찢어진 틈새로 떨어져 나간 것이다. 인간은 그런 틈을 참 많이도 만든다. 원인과 결과를 조합하다가 부주의로 인해 그물에 구멍을 만드는 것이다. 하지만 상관없다. 지금 나를 지탱해주고 있는 그물의 매듭이 튼튼하기만 하면 된다.

43

그날 이후 며칠 동안 나는 날로 심해지는 잔니와 일라리아의 가혹한 불평불만을 견뎌야 했다. 아이들은 내가 잘 알지도 못하는 사람들과 시간을 보내려고 잘 알지도 못하는 사람들 손에 자기들을 내버려두었다고 원망했다. 아이들은 나를 냉혹하게 비난했다. 그럴 때면 나에 대한 애정과 다정함이 하나도 느껴지지 않았다.

"엄마는 가방에 칫솔도 안 챙겨줬어요."

일라리아가 말했다.

"그 사람들이 난방을 안 해줘서 감기에 걸렸어요."

잔니가 말했다.

"억지로 참치를 먹게 해서 토했어요."

이번에는 일라리아가 징징댔다.

주말이 될 때까지 아이들은 모든 상황을 내 탓으로 돌렸다. 잔니는 비웃는 듯한 눈초리로 암울하게 나를 물끄러미 바라보면서 아무 말도 하지 않았다. 잔니는 어디서 그런 눈빛을 배운 걸까? 내게서? 그래서 아이의 눈빛이 그렇게 끔찍하게 느껴지는 걸까? 아니면 마리오에게서? 그것도 아니면 카를라에게서? 일라리아는 별것 아닌 일에도 화를 내며 신경질적으로 소리를 질렀다. 연필을 못 찾거나 만화책이 살짝 찢어졌을 때처럼 조금만 마음에 안드는 일이 생기면 기다렸다는 듯이 바닥에 몸을 던지고 나를 깨물며 발길질을 해댔다. 자기는 생머리가 좋다면서 곱슬머리인 것까지 트집을 잡았다. 아빠는 멋진 생머리인데 날 닮아서 곱슬머리가 됐다며 내 잘못이라고 했다.

나는 아이들이 그러거나 말거나 내버려두었다. 그보다 더한 경험을 했기 때문이기도 했고 갑자기 아이들의 비웃음과 침묵과 짜증이 괴로움에서 벗어나거나 고통을 누그러뜨리기 위해 자기들 나름대로 암묵적으로 의논해서 고안한 방법일 수도 있다는 생각이 들어서이기도 했다. 그

러면서도 한편으로는 이웃 사람들이 경찰을 부를까봐 불
안했다.

어느 날 아침, 집을 나서는 길이었다. 아이들은 이미 지
각을 한 상태였고 나 역시 직장에 늦을 것이 뻔했다. 일라
리아는 신경질을 내면서 모든 것을 못마땅해 했다. 일라
리아는 신발 투정을 했다. 한 달 넘게 신고 다녔던 신발인
데 느닷없이 발이 아프다고 했다. 일라리아는 눈물을 흘
리며 층계참 바닥에 몸을 던지더니 방금 닫은 우리 집 현
관문을 발로 차기 시작했다. 일라리아는 울면서 악을 썼
다. 발이 아파서 그 상태로는 도저히 학교에 못 가겠다고
했다.

나는 일라리아를 다그치지 않고 인내심을 가지고 어디
가 아프냐고 물었다. 잔니는 계속 낄낄거리면서 동생에게
말했다.

"발을 잘라서 작게 만들지 그래. 그러면 신발이 맞을
거야."

"이제 그만하고 조용히 해. 늦었으니 어서 가자."

내가 쏘아붙였다.

그러던 중 아래층에서 자물쇠 돌아가는 소리와 함께 잠

에 취한 카라노의 목소리가 들렸다.

"도와드릴까요?"

나는 혐오스러운 행동을 하다 들킨 사람처럼 수치심에 얼굴이 빨개졌다. 한 손으로 일라리아의 입을 세게 틀어막고 다른 한 손으로는 아이를 억지로 일으켜 세웠다. 일라리아는 내가 호락호락하게 나오지 않자 놀라서 곧바로 입을 다물었고 잔니는 의아한 눈초리로 나를 바라보았다. 나는 목을 가다듬고 평상시와 같은 목소리로 말했다.

"아니에요. 감사합니다. 죄송해요."

내가 말했다.

"제가 뭐라도 도울 수 있으면…"

"괜찮아요. 걱정하지 마세요. 정말 감사해요. 전부 다요."

잔니가 카라노에게 "알도 아저씨, 안녕!"이라고 외치려 했지만 그 순간 나는 잔니를 꼭 껴안아 코와 입을 코트에 파묻어버렸다.

카라노는 조심스레 문을 닫았다. 나는 쓸쓸하게도 내가 카라노에게 위압감을 느끼게 됐다는 사실을 깨달았다. 그가 내게 해줄 수 있는 일이 무엇인지 너무나 잘 알고 있었지만 이제는 내가 아는 것을 믿지 않기로 했다. 내 눈에 아래층 남자는 겸손과 친절과 예의로 자신의 재능을 감추고 있는 신비로운 힘을 지닌 수호자로 보였다.

44

그날 오전 내내 나는 업무에 집중할 수가 없었다. 청소부 아주머니가 향이 나는 세제를 과하게 사용했는지 사무실 전체에 체리 향과 비누냄새가 진동했는데 설상가상으로 뜨거운 라디에이터 때문에 냄새가 더 시큼해졌다. 몇시간 동안 의욕 없이 독일어로 된 서류를 붙잡고 계속 사전만 뒤적였다.

그때 민원 상담실 쪽에서 한 남자의 목소리가 들려왔다. 값비싼 비용을 치르게 해놓고는 막상 해외에 나가면 서비스가 형편없다면서 화가 나서 불만을 토로하는 목소리가 내 자리까지 똑똑히 들렸다. 그런데 내게는 그 소리가 불과 몇 미터밖에 떨어지지 않은 곳에서가 아니라 내 머릿속 어딘가에서 들려오는 것 같았다. 마리오의 목소리였다.

상담실 문을 열고 밖을 내다보니 마리오가 바르셀로나

를 전경으로 한 커다란 포스터를 등지고 앉아 있었다. 카를라와 함께였다. 카를라는 마리오 옆에 앉아 있었다. 그녀는 사랑스러워 보였다. 전보다 더 어른스러워진 것 같았고 아주 조금 살이 찐 것 같았다. 하지만 아름답지는 않았다. 순간 드라마를 보는 것 같은 느낌이 들었다. 유명한 배우들이 드라마에서 내 인생의 일부분을 연기하고 있는 것 같았다. 특히 마리오는 한때 나와 아주 가까웠던 사람과 묘하게 닮은 구석이 있는 낯선 사람 같았다. 그는 머리를 뒤로 넘겨 무성한 머리와 짙은 눈썹 사이로 넓은 이마를 시원하게 드러내고 있었다. 그새 얼굴 살이 빠져서 코에서 입과 광대뼈로 이어지는 얼굴선이 내가 기억했던 것보다 더 잘생겨 보였다. 전보다 열 살은 젊어 보였다. 배와 옆구리와 가슴 살이 빠져서 키도 더 커 보였다.

무언가가 이마 한가운데를 가볍지만 세게 톡 치고 지나가는 느낌이 들었다. 손에 땀이 났다. 하지만 놀랍게도 기분은 좋았다. 마치 실제 삶이 아니라 책이나 영화를 보고 괴로움을 느낄 때 같았다. 나는 내 친구인 동료에게 차분히 물었다.

"이분에게 무슨 문제가 있나요?"

카를라와 마리오는 둘 다 흠칫 놀라 고개를 돌렸다. 카를라는 벌떡 일어서기까지 했다. 딱 봐도 겁에 질린 것처럼 보였다. 그런 카를라와 달리 마리오는 자리에서 일어나지는 않았지만 엄지와 검지로 얼마 동안 콧등을 만지작거렸다. 뭔가 불편할 때 항상 하는 행동이었다. 나는 짐짓 명랑하게 말했다.

"이렇게 만나서 정말 반가워."

내가 마리오를 향해 다가가자 카를라는 그를 보호하기 위해 무의식적으로 손을 뻗어 그를 자기 쪽으로 끌어당겼다. 마리오는 쭈뼛쭈뼛 일어났다. 내가 어떤 행동을 할지 전혀 예상하지 못하고 있는 것 같았다. 나는 그에게 손을 내밀었고 우리는 뺨에 키스를 했다.

"둘 다 좋아 보이네."

나는 이렇게 말하고 카를라의 손을 꼭 잡았지만 카를라는 아무 반응이 없었다. 카를라의 손바닥과 손가락이 막 해동한 축축한 고기처럼 느껴졌다.

"당신도 좋아 보여."

마리오가 어리둥절해하며 말했다.

"그래. 이젠 괴롭지 않거든."

내가 당당하게 말했다.

"아이들 때문에 전화하려고 했어."

"전화번호는 그대로야."

"이혼 문제도 이야기해야 하고."

"전화하고 싶을 때 언제든지 전화해."

그는 더 할 말이 없었는지 신경질적으로 손을 코트 주머니에 넣으면서 그간 별다른 일은 없었느냐고 무심히 물었다.

"별로 없어. 아이들이 다 말했겠지만 나는 몸이 좀 안 좋았고 오토가 죽었어."

내가 대답했다.

"오토가 죽었다고?"

마리오가 깜짝 놀랐다.

아이들이란 정말이지 알다가도 모르겠다. 왜 오토의 죽음을 아빠에게 알리지 않았을까. 아빠의 마음을 상하지 않게 하려고 일부러 말을 하지 않은 것일 수도 있고 아니면 아빠가 예전 삶과 관련된 것에 더는 관심이 없을 거라고 생각해서 그랬을 수도 있다.

"독약을 먹었어."

내가 말하자 그가 분노하며 물었다.

"누가 그랬는데?"

"당신이."

내가 침착하게 대답했다.

"내가?"

"그래. 알고 보니 당신은 무례한 사람이었더라. 사람들은 무례한 행동에 악의적으로 대응하는 법이지."

마리오는 우호적인 분위기가 벌써 끝난 건가 싶어 나를 물끄러미 바라보았다. 내가 지난번처럼 난리를 칠까봐 걱정하는 눈치였다.

나는 최대한 담담한 말투로 그를 안심시켰다.

"아니면 그냥 희생양이 필요했었나보지. 내가 몸을 사렸기 때문에 오토가 희생된 거야."

나는 습관적으로 나도 모르게 마리오의 재킷에 떨어진 비듬을 털어주었다. 순간 마리오는 흠칫 놀라 뒤로 물러났고 나는 미안하다고 사과했다. 카를라가 끼어들어서 내가 중단한 일을 더 꼼꼼하게 마무리했다.

마리오가 약속을 잡기 위해 전화하겠다고 한 뒤 우리는 작별 인사를 했다.

"오고 싶으면 함께 와도 좋아."

내가 카를라에게 제안했다.

"아니야."

마리오가 카를라와 눈도 마주치지 않고 퉁명스레 말했다.

45

이틀 후 마리오는 선물 꾸러미를 잔뜩 들고 집으로 왔다. 잔니와 일라리아는 내 예상과 달리 특별히 흥분하지 않고 평상시처럼 아빠를 맞았다. 주말마다 만나다 보니 아빠와의 관계를 예전처럼 일상의 일부로 받아들이게 된 것 같았다. 둘 다 바로 선물 포장지를 뜯어보고는 마음에 들어 했다. 마리오는 아이들의 놀이에 끼고 싶어 했지만 호응을 얻지 못했다. 결국 그는 방 주변을 돌아다니며 괜히 이런저런 물건을 만져보기도 하고 창밖을 내다보기도 했다. 내가 물었다.

"커피 한잔할까?"

그는 기다렸다는 듯이 내 제안을 받아들이고 나를 따라 주방으로 왔다. 우리는 아이들에 대한 이야기를 나눴다.

내가 마리오에게 요즘 아이들이 힘든 시기를 보내고 있다고 하자 그는 전혀 몰랐다고 했다. 그와 같이 있을 때는 항상 착하고 예의바르게 행동했다는 것이다. 그는 갑자기 종이와 펜을 꺼내들더니 자기가 아이들을 돌볼 날과 내가 돌볼 날에 대한 계획을 꼼꼼하게 써내려가기 시작했다. 그는 이렇게 지정된 주말에만 아이들을 만나는 것은 잘못된 것이라고 했다.

"매달 보내주는 양육비가 충분했으면 좋겠어."

마리오가 말했다.

"넉넉하게 보내줘서 충분해."

내가 말했다.

"이혼 수속은 내가 알아서 할게."

"행여나 카를라에게 아이들을 맡겨두고 당신은 일에만 신경 쓰면 다시는 아이들을 못 볼 줄 알아."

내가 분명히 말했다.

마리오는 곤혹스러운 표정을 지었다. 그는 자신 없는 눈빛으로 시선을 종이에 고정시켰다.

"걱정하지 마. 카를라는 좋은 점이 많아."

그가 말했다.

"물론 그렇겠지. 하지만 나는 일라리아가 카를라처럼 아양 떠는 것을 배우는 건 원치 않아. 잔니가 당신이 그러는 것처럼 카를라의 가슴을 만지작거리고 싶다는 욕망을 품는 것도 원치 않고."

그는 펜을 탁자 위에 내려놓고 우울하게 말했다.

"그것 봐. 전혀 괜찮아지지 않았네."

나는 입술을 꾹 다문 후 힘주어 말했다.

"난 이제 아무렇지도 않아."

마리오는 천장을 바라보다가 바닥으로 시선을 떨어뜨렸다. 나는 의자 등받이에 등을 기댔다. 노란색 주방 벽에 붙어 있는 마리오가 앉아 있는 의자에는 기댈 만한 공간이 없었다. 나는 마리오의 입가에 소리 없는 웃음기가 어리는 것을 보았다. 처음 보는 표정이었다. 마리오에게 어울리는 미소였다. 그 미소는 그를 인생에 통달한 마음씨 좋은 남자처럼 보이게 했다.

"나를 어떻게 생각해?"

그가 물었다.

"별생각 없어. 소문에 조금 놀랐을 뿐이야."

"어떤 소문?"

"당신이 기회주의자에 배신자라는 소문."

그의 입가에서 미소가 사라졌다. 그가 차갑게 말했다.

"그렇게 말하는 사람들 치고 나보다 깨끗한 사람은 없을 텐데."

"그 사람들이 어떤지는 나와 상관없어. 나는 당신이 어떤 사람인지 알고 싶을 뿐이야. 당신이 원래 그런 사람이었는지 알고 싶을 뿐이라고."

나는 그에게 내 몸에서 그의 모든 흔적을 지워버리고 싶다는 말은 하지 않았다. 막연하게 좋았던 감정과 살면서 간과해서 그동안 내가 미처 볼 수 없었던 그에 대한 모든 것을 내게서 지워버리고 싶었다. 그의 목소리와 그의 말투, 그의 태도와 그가 세상을 보는 시선에서 벗어나고 싶다는 말을 굳이 하지 않았다. 나는 나 자신이고 싶었다. 그 표현이 아직 의미가 있다면 말이다. 아니면 적어도 그를 완전히 지워버린 다음 내게 무엇이 남을지 정도는 알고 싶었다.

그는 짐짓 침울하게 말했다.

"내가 어떤 사람인지 내가 어떻게 알겠어."

그는 아직 냉장고 옆 주방 한구석에 있는 오토의 밥그

룻을 힘없이 가리켜 보였다.

"아이들에게 다른 개를 선물해주고 싶어."

나는 고개를 저었다. 오토는 아직도 집 안을 돌아다니고 있었다. 발톱이 바닥에 닿을 때마다 나던 탁탁 소리와 함께 오토가 돌아다니는 소리가 들렸다. 나는 두 손을 모으고 천천히 손바닥을 비볐다. 손바닥에 남은 고통의 흔적을 없애고 싶었다.

"나는 대체품에 익숙지 않아."

그날 저녁 마리오가 돌아가고 나서 나는 다시 안나 카레니나가 죽음을 향해 나아가는 부분과 망가진 여자들에 대해서 이야기하는 대목을 읽어보았다. 책을 읽는 동안에 나는 내가 안전하다고 느꼈다. 이제 나는 그 책에 등장하는 여자들과 달랐다. 그녀들은 이제 나를 빨아들이는 심연이 아니었다. 그제야 내가 어린 시절의 일부분인 나폴리의 버림받은 아내마저 마음속 어딘가에 깊이 파묻었다는 사실을 깨달았다. 지금 내 심장은 그녀의 가슴속에서 뛰고 있지 않았다. 나와 그녀를 잇고 있던 혈관은 끊어져버렸다. '불쌍한 여자'는 오랜 사진 속 형상처럼 변해버렸다. 피가 흐르지 않는 화석 같은 과거가 되어버렸다.

46

어느 때부턴가 아이들도 변하기 시작했다. 물론 둘 사이는 여전히 안 좋았다. 툭하면 머리채를 붙잡고 싸울 태세였지만 이제는 내게 화를 내지 않았다.

"아빠가 새 강아지를 사준다고 했는데 카를라가 싫다고 했어요."

어느 날 잔니가 말했다.

"나중에 독립하면 살 수 있어."

나는 잔니를 위로해주었다.

"엄마는 오토를 좋아했어요?"

잔니가 물었다.

"아니. 살아 있을 땐 좋아하지 않았어."

내가 대답했다.

아이들이 어떤 질문을 해도 내가 평안한 마음으로 솔직하게 대답할 수 있다는 사실이 놀라웠다.

아빠와 카를라도 아이를 낳을까요? 카를라가 아빠랑 헤어지고 더 젊은 애인을 만나지 않을까요? 카를라가 비데에 앉아 있는데 아빠가 들어가서 소변을 보는 거 알아요?

나는 아이들이 질문할 때마다 함께 대화를 나누고 설명을 해주었다. 가끔은 웃기까지 했다.

얼마 지나지 않아 나는 마리오와 정기적으로 만나기 시작했다. 일상적인 문제로 전화를 하고 제때 송금을 안 해주면 불평하기도 했다. 그러는 새 그의 몸이 다시 변하고 있다는 사실을 깨달았다. 흰머리가 많아진 데다 얼굴이 다시 붓기 시작했고 옆구리와 배와 가슴에 살이 붙었다. 그는 가끔 콧수염을 기르기도 하고 턱수염을 기르다가 갑자기 수염을 깔끔하게 밀어버리기도 했다.

어느 날 저녁 마리오가 아무런 연락도 없이 불쑥 집에 찾아왔다. 그는 우울해 보였다. 대화를 하고 싶어 했다.

"안 좋은 이야기를 좀 해야겠어."

그가 내게 말했다.

"말해봐."

"잔니가 꼴도 보기 싫어. 일라리아만 보면 신경이 곤두서고."

"나도 한때 그랬어."

"아이들이 안 보여야 기분이 좋아져."

"그래. 그럴 때가 있지."

"아이들을 지금처럼 자주 만나면 카를라와의 관계도 힘들어질 거야."

"그럴 수 있어."

"당신은 괜찮아?"

"나는 괜찮아."

"정말로 나를 사랑하지 않아?"

"응."

"왜? 내가 당신을 속여서? 당신 곁을 떠나서? 당신에게 모욕을 줘서?"

"아니. 당신이 나를 속이고 모욕했을 때도, 당신에게서 버림받았을 때도 나는 당신을 너무나 사랑했어. 함께했던 그 어느 때보다 당신을 원했어."

"그런데?"

"내가 당신을 사랑하지 않는 건 당신이 나를 배신한 이유가 공허함 때문이라고 해서야. 당신은 공허함 속에 떨어졌다고 했지. 모든 것이 무의미한 공허함 속에 빠졌다고. 하지만 그건 사실이 아니었어."

"사실이었어."

"아니. 이제 나는 공허함이 뭔지 알아. 그곳에서 다시 표면으로 떠오르는 것이 무슨 의미인지도 알고. 당신은 아니야. 당신은 몰라. 당신은 고작 공허함의 심연 속을 들여다봤을 뿐이야. 그러고는 겁이 나서 그 구멍을 카를라의 몸으로 막은 거야."

마리오는 짜증스런 표정을 짓더니 내게 말했다.

"아무튼 앞으로 당신이 아이들을 더 많이 봐줘야겠어. 카를라가 힘들어해. 시험도 봐야 하는데 아이들까지 돌볼 수는 없어. 아이들 엄마는 당신이잖아."

나는 찬찬히 그를 뜯어보았다. 그렇다. 나는 그에게 아무런 관심이 없었다. 그는 이제 내 과거의 파편조차 아니었다. 그는 얼룩일 뿐이었다. 수년 전 벽에 묻은 지문에 지나지 않았다.

47

사흘 후 퇴근하고 집에 돌아오니 현관 앞 매트에 정체불명의 작은 물건이 화장지 위에 놓여 있었다. 카라노의 새로운 선물이었다. 나는 이미 카라노의 조용한 친절에 익숙했다. 최근에는 내 옷에서 떨어진 단추와 내가 좋아하던 머리핀이 문 앞에 놓여 있었다. 선물을 보는 순간 나는 이번 선물이야말로 그동안의 모든 호의를 집약한 결정적인 선물이라는 사실을 깨달았다. 화장지 위에는 사라졌던 살충제 스프레이 통의 하얀 꼭지가 있었다.

거실에 앉아 있는데 집이 닥종이로 만든 인형의 집처럼 텅 빈 공간 같았다. 한 번도 걸친 적 없는 옷처럼 느껴졌다. 나는 자리에서 일어나 끔찍했던 8월 그날의 전날 밤에 오토가 가지고 놀았던 살충제 스프레이 통을 찾으러 창고로 갔다. 스프레이 통에 난 이빨 자국을 찾아 손가락으로 어루만지다 꼭지를 스프레이 통에 끼워보았다. 그런 다음 나는 검지로 꼭지를 꾹 눌렀다. 하지만 스프레이는 분사되지 않았다. 살충제 냄새만 희미하게 날 뿐이었다.

아이들은 이틀 동안 카를라와 마리오네 집에서 머물 예정이었다. 나는 샤워를 하고 정성껏 화장을 한 뒤 잘 어울리는 옷으로 골라 입고 카라노의 현관문을 두드렸다.

문구멍으로 한참 동안 내 모습을 관찰하는 그의 시선이 느껴졌다. 나는 그가 두근거리는 심장을 가라앉히고 있는 거라고 생각했다. 예기치 못한 방문으로 인한 흥분을 얼굴에서 지우고 있을 거라고 생각했다. 나는 삶이란 가슴이 터질 것 같은 기쁨과 처절한 고통, 강렬한 쾌락과 피부 아래에서 고동치는 혈관이라고 생각했다. 이보다 더 진실한 것은 아무것도 없다. 카라노에게 더 큰 감동을 주기 위해 다급한 내 마음을 표현하기로 마음먹고 나는 또다시 초인종을 눌렀다.

카라노가 문을 열어주었다. 머리가 부스스하고 옷차림이 흐트러진 채였다. 바지 벨트가 풀어져 있었다. 그는 벨트를 가리기 위해 양손으로 까만 벨벳 옷의 주름을 펴면서 옷섶을 잘 여몄다. 그런 그의 모습에서 부드럽고 열정적인 선율을 만들어내고 아름다운 화음을 선사하던 남자의 흔적을 찾기는 힘들었다.

내가 그의 마지막 선물에 대해 묻고 다른 선물들에 대해 감사 인사를 하자 그는 별것 아니라고 했다. 그는 특별히 과장하는 기색 없이 차 트렁크에서 살충제 스프레이 통 꼭지를 발견했다고 말했다. 감정을 추스르는 데 도움이 될 것 같아서 내게 준 것이라고 했다.

"오토의 발이나 털에서 떨어졌나 봐요. 아니면 입에서 나온 것일 수도 있고요."

지난 몇 달 동안 그가 조심스레 그물이 찢기듯 찢어진 내 주변 세계를 다시 이어 튼튼하게 만들어주려고 노력했다고 생각하니 새삼 그가 고맙게 느껴졌다. 마지막에 스프레이 통 꼭지를 선물한 것은 그가 해줄 수 있는 가장 친절한 행동이었다.

그는 내게 이제는 두려워하지 않아도 된다는 사실을 알려주고자 했다. 좋든 나쁘든 모든 일에는 이유가 있다는 사실을 알려주고자 한 것이다. 한마디로 이제 다시 공간과 시간을 잇는 튼튼한 매듭을 묶을 때가 왔다는 사실을 알리려 한 것이다. 그 선물로 카라노는 자신의 무죄를 증명하고 나의 무죄를 증명했다. 오토의 죽음은 오토가 한밤중에 벌인 놀이의 우연한 산물일 뿐인 것이다.

나는 그의 의견에 따르기로 했다. 우울한 무색무취의 남자와 심장을 뛰게 하는 눈부신 연주로 격렬한 삶의 열정을 일깨워주는 뛰어난 연주자 사이를 오가는 그의 특성 때문에 그는 그 순간 내게 필요한 사람이었다. 물론 그 꼭지가 정말로 우리 집 살충제 스프레이에서 떨어져나간 거라고 생각하지는 않았다. 그가 정말로 자기 차 트렁크에서 꼭지를 발견했을 가능성은 희박했다. 그런데도 카라노가 어떤 마음으로 내게 살충제 스프레이 꼭지를 선물했는지 이해했기에 마음이 가벼워졌다. 갑자기 그가 반투명 유리 너머로 비치는 매력적인 그림자처럼 보였다.

나는 그에게 미소를 지어 보이고 그의 입술에 입을 맞췄다.

"힘들었나요?"

그가 민망해하면서 내게 물었다.

"네."

"그날 밤 무슨 일이 있었던 거죠?"

"내가 과민 반응을 보이는 바람에 온 세상이 무너져버렸죠."

"그래서요?"

"떨어졌어요."

"어디로요?"

"아무 데도요. 그곳은 깊지도 않고 낭떠러지 같은 것도 없었어요. 아예 아무것도 없었죠."

그는 나를 품속에 꼭 껴안고 잠시 아무 말도 하지 않았다. 그는 침묵 속에서 자신의 신비한 재능을 내게 알리려 했다. 자신에게 모든 일에 더 큰 의미를 부여하고 기쁨과

충만의 감정을 만들 수 있는 능력이 있음을 알리고 싶어
했다. 나는 그를 믿는 척해주었고 그 후로 우리는 오랫동
안 조용하게 사랑을 나누었다.

악몽 같은 현실에서 자아를 찾는 페란테의 여인들

• 옮긴이의 말

'나쁜 사랑 3부작'은 '나폴리 4부작'으로 세계적인 작가가 되기 전 엘레나 페란테가 써낸 소설들이다. 이 책은 1999년 출간된 그녀의 첫 소설 『성가신 사랑』과 2002년의 『버려진 사랑』, 2006년의 『잃어버린 사랑』으로 구성되어 있다. 중단편이라기에는 길고, 장편이라기에는 짧은 이 세 작품에서도 페란테는 여전히 '여성'의 이야기를 다룬다.

『성가신 사랑』과 『버려진 사랑』과 『잃어버린 사랑』의 주인공들은 각각 델리아와 올가와 레다라는 여성이다. 델리아는 로마에서 활동하는 40대 초반의 만화작가다. 이성과 깊은 관계를 맺지 못하는 미혼녀 델리아는 자신의 삶에 큰 영향을 미쳤던 어머니의 갑작스러운 죽음을 접하고 어머니의 마지막 행적을 찾아 나폴리로 떠난다.

올가는 30대의 평범한 전업주부다. 대학 교수인 남편과 함께 두 남매를 키우면서 남부럽지 않게 살아가던 올가의 삶은 어느 날 갑자기 중년의 위기를 빌미로 이별을 통보한 남편에 의해 산산조각이 난다. 남편이 수년간 자기 몰래 친구의 딸과 관계를 가져왔다는 사실을 알게 된 올가는 남편과 아이들을 중심으로 살아가던 삶의 의미를 잃고 방황한다.

레다는 남편과 헤어진 이혼녀다. 대학교 영어강사로 재직하면서 십 수 년을 오직 두 딸을 키우는 데 바친 레다는 딸들이 캐나다에 있는 남편에게 떠나버린 후 오랜 중압감에서 벗어나 해변으로 휴가를 떠난다. 하지만 그녀가 찾은 해변은 평온과는 거리가 멀다. 그곳에서 레다는 나폴리에서 온 소란스러운 대가족을 만나고 가부장적인 남편과 육아의 고통으로 힘겨워하는 젊은 아이 엄마 리나에게 감정을 이입한다.

델리아와 올가와 레다는 나이도 직업도 사는 곳도 다르지만 세 작품을 읽고 나면 동일인물처럼 느껴진다. 꽤나 긴 터울을 두고 발표된 이 세 권의 소설이 원래부터 연작 개념으로 구상되었는지는 확실치 않지만 서로 맞닿아 있는 부분이 상당히 많다. 우선 설정 면에서 세 주인공이 모두 나폴리 태생이고 거칠고 가부장적인 환경이 싫어서 고향을 떠나 살고 있다. 또 주제 면에서도 세 작품은 각기 다른 시점에서 여성의 정체성 찾기를 다룬다.『성가신 사랑』의 델리아가 딸의 입장에서 어머니와의 관계 속에서 자신의 정체성을 찾아가는 과정이라면『버려진 사랑』은 아내의 입장에서,『잃어버린 사랑』은 어머니의 입장에서 자아를 되돌아본다. 세 작품은 독립적인 이야기면서도 여성의 생애를 중심으로 한 '연대기'적 특성을 가진다.

『성가신 사랑』: 뒤틀린 오이디푸스 콤플렉스

페란테의 데뷔작『성가신 사랑』은 그녀의 소설 가운데 유일하게 장르적인 요소가 있다. 어머니의 갑작스러운 죽음과 의미를 알 수 없는 전화, 사라진 여행 가방과 어울리지 않는 속옷 등 소설의 전반부는 미스터리한 요소들로 가득하다. 어린 시절부터 매력적인 어머니 아말리아에게 동경심과 열등감을 동시에 느껴왔고 그런 어머니에게 버림받을지도 모른다는 두려움 속에 살아왔던 델리아는 과거의 파편적인 기억에 의존해 어머니가 극단적인 선택을

373

하게 된 원인을 찾으려 한다. 그녀는 어머니의 애인이었던 카세르타가 젊은 시절 어머니와 바람을 피웠다는 이유로 델리아의 아버지와 삼촌에게 처절하게 짓밟혔던 일에 앙심을 품고 어머니를 죽음으로 몰고 갔다고 생각하지만 소설의 결말부에 이르러서는 기억 속에 묻혀 있던 충격적인 진실을 마주한다.

어린 시절 델리아가 목격했다고 생각했던 카세르타와 아말리아의 외도 장면은 사실 카세르타의 아버지에게 성추행을 당한 자신의 경험이었다. 어머니를 너무나도 사랑한 나머지 자신과 어머니를 동일시하던 어린 델리아는 혼란 속에서 혹은 고의로 아버지에게 자신이 당한 일을 카세르타와 아말리아가 저지른 일로 일러바친 것이다. 이렇게 가해자와 피해자가 전복이 되고 델리아는 자신의 자아를 버리면서까지 어머니와 똑같아지고 싶어 했던 과거의 기억을 되찾는다.

『성가신 사랑』의 주제는 '나쁜 사랑 3부작' 중에서 가장 낯설게 느껴지기도 한다. 버림받은 아내나 어머니로서 여성이 겪어야 하는 고충은 익숙한 주제이지만 어머니에 대한 딸의 집착에 가까운, 그렇기 때문에 괴롭고 성가신 사랑을 다룬 문학 작품은 상대적으로 많지 않기 때문일 것이다.

소설 속의 어머니에 대한 딸의 사랑은 버림받을지도 모른다는 두려움과 모성애에 대한 불신과 어머니의 죽음에 대한 죄책감으로 점철된 복합적인 감정이다. 델리아는 아버지의 폭력에 시달리는 어머니에게 동정심을 느끼지만 다른 한편으로는 아버지처럼 어머니의 부정을 의심하고 어머니가 관심을 보이는 모든 남자를 질투한다.

아버지와 어머니에 대한 델리아의 감정은 다분히 이중적이다. 델리아는 아버지를 증오하면서도 어머니에 대한 감정에 대해서는 아버지와 동일한 감정을 느끼고 어머니를 한없이 동경하면서도 그런 어머니를 의심하고 거부한다.

델리아가 묘사하는 아말리아의 이미지 역시 양면적이다. 아말리아는 늙은 노인과 젊은 여인의 이미지를 모두 가지고 있다. 아말리아는 딸 앞에서 다 늘어진 커다란 분홍색 팬티를 입고 물렁한 살과 축 처진 뱃살을 드러내는 예순세 살의 노인이지만 나이에 비해서 믿기 힘들 정도로 젊게 보이는 올리브빛이 감도는 늘씬한 다리에 야한 브래지어를 입고 다닌다. 집에서는 누더기 같은 옷을 걸친 채

재봉질에 몰두하지만 밖에서는 주변 사내들과 웃고 떠들고 농담을 하면서 온 몸으로 주체할 수 없는 매력을 발산한다. 아말리아의 매력은 의도한 것이 아니다. 그녀의 매력은 일종의 '원죄'처럼 평생 그녀를 쫓아다닌다.

> 내 어머니의 몸은 절제를 몰랐다. 어머니의 엉덩이는 주변 사내들의 엉덩이 쪽으로 벌어졌고 다리와 배는 어머니 앞에 앉아 있는 사내의 무릎이나 어깨를 향해 기울어졌다. 아니면 그 반대였는지도 모른다. 정육점이나 햄 가게 진열장 위에 매달아놓은 죽은 벌레가 잔뜩 달린 누렇고 끈적끈적한 종이에 파리가 꼬이듯 사내들이 어머니의 몸에 달라붙었던 것인지도 모른다. 내가 아무리 발로 차고 팔꿈치로 밀어내 보아도 사내들을 밀어낼 수 없었다.(『성가신 사랑』, 98쪽)

델리아는 평생을 그런 매력적인 어머니에게 버림받을지도 모른다는 불안감에 시달린다. 어린 시절 그녀는 어머니가 자신을 떠날 거라는 두려움을 두려움으로 이기기 위해 일부러 어두운 창고에 틀어박혀서 어머니를 기다린다. 성인이 된 후에도 자신을 찾아오는 길에 어머니에게 무슨 일이 생길까봐 두려워한다. 결국 그녀의 두려움은 현실이 된다.

『성가신 사랑』에서의 모녀 관계는 뒤틀린 오이디푸스 콤플렉스를 연상시킨다. 아들이 동성인 아버지에게는 적대적이지만 이성인 어머니에게는 무의식적인 성적 애착을 보이는 오이디푸스 콤플렉스와는 달리 델리아는 동성인 어머니에 대한 사랑이 너무 큰 나머지 이성인 아버지를 적대시한다.

『성가신 사랑』에서의 델리아와 아말리아의 관계는 심리학적 분석의 대상으로 삼을 정도로 흥미롭다. 델리아는 남근기를 극복하지 못한 것처럼 어머니에 대한 집착을 버리지 못한다. 실제 어린 시절 그녀는 어머니를 너무나 사랑해서 분리장애를 겪는 것처럼 어머니와 자신을 동일시하고 이로 인해 비극적인 결과를 낳는다.

페란테는 그런 델리아의 감정을 격정적으로 묘사한다. 아말리아와 완벽하게 닮고 싶은 욕구를 충족하지 못한 채 성인이 된 델리아는 그 '미완의 유사성'이 힘들어 차라리 어머니와 관련된 모든 것을 지워버리기를 원한다.

나는 어머니와 관련된 것이라면 내 내면 가장 깊은 곳에 뿌리내린 것까지 모두 지워내고 싶었다. 나는 내게서 어머니의 몸짓과 말투를 지워내려 했다. (⋯) 어머니의 호흡마저 닮고 싶지 않았다. 어머니에게서 떨어져 나와 온전히 내가 되기 위해 그 모든 것을 새로 만들고 싶었다.

게다가 나는 누군가 내 안에 깊이 뿌리내리는 것을 바라지 않았다. 그렇게 할 의지도 능력도 없었다. 얼마 후면 나는 아이를 가지지 못하게 될 터였다. 그렇게 되면 평생 단 한 번도 어머니와 완전히 한 몸이 되지 못했기 때문에 오히려 어머니에게서 분리되기가 힘들었던 나처럼 누군가가 내게서 분리되는 것이 힘들어 괴로워할 일도 없게 될 것이다. 이 세상에 나 같은 사람은 오직 나밖에 없을 것이다. 나는 어머니의 몸에서 몰래 취한 것에 만족하지 못하고 결국 평생을 홀로 불행하게 살 것이다.(『성가신 사랑』, 122~123쪽)

카세르타의 은신처이자 과거 그의 아버지에게 성추행을 당했던 가게를 찾은 델리아는 그곳에 걸려 있던 아말리아의 푸른 정장을 입고 어머니의 생애 마지막 날의 행적을 그대로 따라 그녀가 자살했던 해안으로 간다. 그곳에서 델리아는 자신의 신분증 사진을 변형시켜 아말리아와 유사하게 만들어놓고 사진 속 여인이 아말리아라고, 자신이 곧 아말리아라고 한다.

이 장면은 무엇을 의미하는 것일까. 자아의 해방을 의미하는 것일까 아니면 와해를 의미하는 것일까. 소설 내내 델리아는 어머니에 대한 끊임없는 죄책감과 열등감에 시달린다. 어린 시절 겪었던 끔찍한 일에 대한 망각은 아마도 델리아에게는 일종의 방어막 역할을 했을 것이다. 나폴리에서 보낸 이틀간의 여정 끝에 델리아는 스스로 그 방어막을 무너뜨리고 어머니를 있는 그대로 받아들이게 된 것일 수도 있다. 아니면 반대로 자신의 자아를 밀어내고 아말리아의 자아를 선택함으로써 어머니의 흔적을 영원히 간직하려는 것인지도 모른다.

『성가신 사랑』은 읽기 쉬운 작품이 아닐 수도 있다. 과거와 현재, 상상과 현실, 거짓과 진실, 의도된 망각과 기억이 뒤섞여 있기 때문에 독자의 집중이 필요한 작품이다. 하지만 흡입력이 떨어지는 것은 아니다. 『성가신 사랑』에는 엘레나 페란테의 다른 작품들과는 다른 날것의 매력이 있다. 아마도 이 소설은 무엇보다도 현존하는 가장 잔혹한 또는 유일한 어머니와 딸의 사랑 이야기일 것이다.

『버려진 사랑』: 버림받은 여인의 한여름 밤의 악몽

『버려진 사랑』은 엘레나 페란테가 『성가신 사랑』으로 등단한 후 발표한 두 번째 작품이다. 어머니를 향한 딸의 집착에 가까운 사랑을 다뤘던 전작에 이어 엘레나 페란테는 여전히 '여성'의 이야기에 주목한다. 『버려진 사랑』은 30대 후반의 평범한 가정주부였던 올가가 자아를 찾는 과정을 보여준다.

평온한 봄날 올가는 남편 마리오에게 버림받는다. 느닷없이 이별을 통보한 남편은 무책임하게 떠나버리고 어린 남매 잔니와 일라리아, 몸집만 커다란 순둥이 셰퍼드 오토를 돌보는 일은 오롯이 올가의 몫이 된다.

올가는 남편이 자신을 떠난 이유를 끊임없이 자문하고 자책하며 서서히 시들어간다. 상실의 트라우마는 올가의 성격을 날카롭게 만들고 그녀의 외모마저 흉측하게 변형시킨다. 그녀는 남편이 자신의 모든 것을 앗아가 버렸다고 생각한다. 기본적인 품위와 여성으로서 자존감마저 가져갔다고 생각한다. 올가는 상스러운 말을 서슴없이 내뱉고 이유 없이 공격적인 태도를 보이며 주변사람들에게서 고립되어간다.

올가는 또한 자기 자신을 어린 시절 기억에 각인되어 있던 인물과 동일시하기 시작한다. 남편에게 버림받고 스스로 목숨을 끊었던 여인은 이름마저 잊혀 동네사람들에게서 '불쌍한 여자'라 불리던 인물이다. 남편을 잃고 소금에 질인 멸치처럼 빼쩍 말라가다 결국은 바다에 몸을 던진 여인의 환영이 절망적인 순간마다 올가의 눈앞에 나타난다.

올가는 어떻게 해서든 '불쌍한 여자'를 멀리하려고 애쓴다. 자신은 '불쌍한 여자'처럼 미치지도 않았고 그녀처럼 한 남자에게 목매지도 않았고 그녀만큼 절망하지도 않았다고 되뇐다. 그런데도 '불쌍한 여자'의 환영은 좀처럼 사라지지 않는다.

남편이 떠난 후에 엉망이 된 것은 올가의 정신 상태뿐만이 아니다. 그녀의 일상생활도 엉망이 된다. 남편에게 버림받은 충격이 너무나 커서 올가는 가스 불을 끄거나 고지서를 납부하는 등의 가장 평범한 일조차 제대로 해내지 못하고 아이들을 방치한다. 무더위가 기승을 부리던 8월의 어느 날 올가는 최악의 하루를 맞는다. 전날 밤 올가는 남편 때문에 잃어버린 자존감과 여성성을 되찾고 싶은 마음에 충동적으로 아랫집에 사는 음악가 카라노를 유혹하지만 별 볼일 없는 사내마저 사정에 이르지 못하게 했다는 패배감만 맛본 채 잠이 들고 만다. 그리고 찾아온 다음 날 그녀는 악몽 같은 하루를 경험한다.

잔니는 아프고 오토는 죽어가고 현관문 자물쇠는 열리지 않는 데다 설상가상으로 전화까지 고장나는 바람에 올가는 사실상 자신의 집에 감금되는 지경에 이른다. 정상적인 판단이 불가능해진 상태에서 올가의 일상은 지옥이 된다. 그 지옥을 묘사하는 페란테의 필력은 가히 폭발적이다.

일라리아가 멍하게 바라보는 앞에서 나는 열쇠를 입에 대어 보았다. 그러고 나서 입술로 맛을 보고 플라스틱과 금속으로 된 열쇠 냄새를 맡았다. 그런 다음 이빨로 열쇠를 꽉 물고 돌려 보았다. 무방비 상태인 열쇠를 기습 공격이라도 하는 것처럼 갑자기 고개를 홱 돌려 억지로 열쇠 위치를 바꿔보려 했다.

'어디 누가 이기나 한번 해보자.'

나는 늘큰하고 짭조름한 맛이 입안에 퍼지는 것을 느끼며 생각했다. 하지만 아무런 효과가 없었다. 아무리 돌려도 꿈쩍하지 않는 열쇠 때문에 얼굴이 변을 당하는 느낌이었다. 얼굴이 통조림 따개로 따듯 찢겨져 머리와 목구멍의 끈적거리는 내부가 적나라하게 드러나면서 이빨이 코뼈와 눈썹 하나와 눈 한쪽을 줄줄이 매달고 통째로 머리에서 쏟아져 내리는 느낌이었다.

나는 얼른 열쇠를 입에서 빼냈다. 얼굴이 칼로 껍질을 벗기다 만 오렌지 껍질처럼 한쪽에 대롱대롱 매달린 것 같았다. 이제 무엇을 더 할 수 있을까. 나는 마룻바닥의 차가움을 느끼려고 뒤로 벌러덩 누워 맨다리를 자물쇠판에 갖다 댄 다음 발바닥으로 열쇠를 감쌌다. 나는 사나워 보이는 주둥이처럼 튀어나온 열쇠를 발꿈치 사이에 넣고 다시 돌려보았다. 열쇠는 살짝 돌아가는 듯하다 또다시 나를 절망의 늪으로 빠뜨렸다.(『버려진 사랑』, 279~280쪽)

일관성을 유지하면서 인간으로서의 품위를 지키며 어떻게든 일상을 살아가려던 노력이 한계에 달한 순간에 폭발하는 올가의 분노와 격렬한 감정을 페란테는 가차 없이 그린다.

절망과 좌절의 순간 아이들의 존재는 올가에게 전혀 도움이 되지 않는다. 아이들은 사악한 요정처럼—실제 올가는 자신의 화장을 따라 한 일라리아의 모습에서 어린 시절 어머니에게 들었던 늙은 난쟁이 노파들을 떠올리기도 한다—집 안을 어지럽히고 올가의 말에 사사건건 말대꾸를 하면서 올가의 마음을 헤집어놓는다. 올가는 익숙하지 않은 적나라한 수사법으로 모성에 대한 절망감과 혐오감을 표현한다.

나는 내 아이들이 쉴 새 없이 씹어대는 음식물에 지나지 않았다.

'나는 살아 있는 물질로 만든 음식물이다. 살아 숨 쉬는 재료를 끊임없이 뒤섞어 부드럽게 만들어놓은 음식에 지나지 않는다. 내가 낳은 두 흡혈귀는 위액 냄새를 풍기면서 그런 내 몸을 게걸스럽게 먹어치우고 있다.'

수유는 혐오스러운 짐승 같은 행위다. 이유식에서 나는 미지근하고 들큼한 냄새는 또 어떤가. 아무리 씻어도 찌든 엄마 냄새는 지워지지 않았다.

가끔 마리오는 내게 몸을 딱 붙이고 잠결에 내 몸을 취하곤 했다. 그 역시 일에 지쳐 아무런 감정 없이 나를 안았다. 그는 우유와 쿠키와 시리얼 맛이 나는, 거의 의식을 잃은 내 몸을 집요하게 파고들었다. 그럴 때면 미처 눈치챌 틈도 없이 남편의 절망이 내 절망과 겹쳐졌다. 내 몸뚱이는 근친상간의 대상이었다. 나는 잔니가 토한 냄새 때문에 머리가 멍해져서 생각했다. 그에게 나는 범할 수 있는 어머니의 몸뚱어리일 뿐 연인이 아니었다.

마리오가 사랑하기에 적합한 대상을 다른 곳에서 찾기 시작한 것도 그때부터였을 것이다. 그는 죄책감을 피하고 싶어서 그렇게 했을 것이다. 그래서 그렇게 우울해하며 한숨을 내쉬었을 것이다.(『버려진 사랑』, 176~177쪽)

하지만 올가는 '불쌍한 여자'로 상징되는 운명 순응적인 인물과는 다르다. 올가는 끔찍한 현실에 대한 부정과 분노, 자기 비애와 타협, 우울함과 수긍 단계를 거쳐 결국에는 평온함을 되찾는다. 서면 인터뷰와 수필 등을 모은 『라 프란투말리아』에서 페란테는 올가에 대해서 이렇게 말한다.

"올가는 버림받았다는 상처 때문에 부서지지 않고 대응할 줄 아는 현대 여성입니다. 저는 제 소설의 등장인물들이 자신이 처한 상황에 대해서 어떻게 반응하고 어떻게 견뎌내는지에 주목합니다. 그들이 어떻게 죽음에 대항하고 어떻게 고통을 감내하는 법을 배우는지, 이들이 역경 끝에 다시 삶을 영위하기 위해 어떤 전략을 짜고 무엇을 가장하는지가 제 관심사입니다."

실제로 서서히 나락을 향해 추락하는 중에도 올가는 자신의 감정 변화를 명확하게 인지하는 모습을 보인다. 격정적인 감정을 주체하지 못하면서도 타자화된 시선으로 자신을 바라보고 자신의 증상을 인지하면서 자신의 퇴행적인 모습에 맞서고자 한다.

고통스러울지언정 문제의 본질을 파헤치려는 올가의 태도는 마리오의 피상적인 태도와는 확연히 구분된다. 자신을 왜 더 이상 사랑하지 않는지 묻는 남편에게 올가는 이렇게 대답한다.

"정말로 나를 사랑하지 않아?"

"응."

"왜? 내가 당신을 속여서? 당신 곁을 떠나서? 당신에게 모욕을 줘서?"

"아니. 당신이 나를 속이고 모욕했을 때도, 당신에게서 버림받았을 때도 나는 당신을 너무나 사랑했어. 함께했던 그 어느 때보다 당신을 원했어."

"그런데?"

"내가 당신을 사랑하지 않는 건 당신이 나를 배신한 이유가 공허함 때문이라고 해서야. 당신은 공허함 속에 떨어졌다고 했지. 모든 것이 무의미한 공허함 속에 빠졌다고. 하지만 그건 사실이 아니었어."

"사실이었어."

"아니. 이제 나는 공허함이 뭔지 알아. 그곳에서 다시 표면으로 떠오르는 것이 무슨 의미인지도 알고. 당신은 아니야. 당신은 몰라. 당신은 고작 공허함의 심연 속을 들여다봤을 뿐이야. 그러고는 겁이 나서 그 구멍을 카를라의 몸으로 막은 거야."(『버려진 사랑』, 364~365쪽)

그녀는 마리오와는 달리 심연의 중심으로 몸을 내던져

절박한 몸부림 끝에 수면 위로 다시 떠올랐기 때문에 이별 전의 평온함을 되찾을 수 있었던 것이다. 올가는 괴로움을 이겨내고 아내나 어머니로서가 아닌 독립적인 여성으로서의 자아를 되찾는다. 그녀는 아랫집 카라노의 수줍지만 헌신적인 구애를 받아들이고 둘은 오랫동안 평온한 사랑을 나눈다.

『잃어버린 사랑』: 모성애의 어두운 그림자

'나쁜 사랑 3부작'의 마지막 작품 『잃어버린 사랑』은 어머니가 된다는 것이 얼마나 어려운지, 자식과의 관계가 얼마나 복잡한 것인지를 다룬다. 주인공 레다는 마흔여덟 번째 생일을 앞두고 있는 대학교 영어강사다. 그녀는 나폴리 출신이지만 대학교 진학을 위해 고향을 떠나 피렌체에서 살았다. 젊은 나이에 결혼해서 마르타와 비앙카라는 두 딸을 낳지만 남편과 이혼한다. 레다는 딸들이 아직 어릴 때 자기 자신을 찾고 싶다는 명분하에 가족을 떠났다가 3년 만에 아이들 곁으로 돌아와 딸들을 키우는 데 최선을 다한다. 그런데도 두 딸은 어머니 곁이 아닌 아버지가 있는 캐나다를 삶의 터전으로 선택한다.

『잃어버린 사랑』은 구조적으로 흥미롭다. 독자는 소설을 끝까지 읽어야만 소설의 시작을 이해할 수 있다. 즉 소설의 시작이 실질적으로는 소설의 결말이 되는 구조다. 소설은 여름휴가를 마치고 집으로 돌아오던 레다의 자동차 사고로 시작한다. 다행히 크게 다치지는 않았지만 그녀의 옆구리에는 사고와는 관련이 없는 것으로 보이는 의문의 상처가 발견되고 그 상처의 원인은 소설의 결말 부분에서 밝혀진다.

소설은 레다가 사고나기 전 여름휴가 동안 있었던 일을 회상하는 방식으로 진행된다. 이미 플래시백 시점으로 진행되는 레다의 서술 사이에 그보다 더 먼 과거에 대한 기억이 중간중간 삽입되는 형식이다. 레다는 소란스러운 나폴리 가족을 보면서 그만큼 요란했던 자신의 가족을 연상한다. 니나가 딸 엘레나와 인형 나니와 놀아주는 모습을 보면서 자신의 어머니와 딸들에 얽힌 기억들을 떠올린다. 레다는 틈만 나면 자기를 버리고 도망쳐버리겠다고 위협하던 어머니와 어느 때부터인가 자신의 관심을 탐탁지 않게 생각하는 딸들과의 관계를 해변에서 만난 모녀의 평화로운 모습과 비교하며 질투심에 가까운 부러움을 느낀다.

하지만 레다가 자신의 처지나 과거에 대해 깊은 사유를 하는 것은 아니다. 예컨대 레다는 『버려진 사랑』의 올가처럼 자신이 처한 상황과 심리를 잔혹하다 싶을 정도로 해부하지는 않는다. 페란테는 담담한 어조로 레다의 눈에 비치는 광경과 그녀의 기억을 들려줌으로써 자신이 원하는 주제에 대해 생각해보도록 독자를 자연스럽게 유도한다.

『잃어버린 사랑』의 중심에는 인형 나니의 실종 또는 도난 사건이 있다. 레다는 충동적으로 해변에 버려진 나니를 훔친다. 페란테는 그 이유를 명확하게 설명하지 않는다. 레다 스스로 자신이 왜 그런 짓을 했는지 모르겠다고 한다. 단지 인형 안에 누구에게도 보이고 싶지 않았던 자신의 가장 어두운 면이 숨겨져 있는 것 같은 막연한 느낌만을 가질 뿐이다.

애초에 레다가 나니에게 관심을 가지게 된 것은 23세의 젊은 엄마 니나와 그녀의 세 살배기 딸 엘레나 때문이다. 레다는 니나와 엘레나의 관계에서 자신이 딸로서도 경험하지 못하고 엄마로서도 해주지 못했던 이상적인 모녀상을 보고 부러움과 질투를 느낀다.

젊은 여인은 원래도 아름다웠지만 어머니로서 뭔가 특별한 면이 있었다. 오직 딸만 바라보고 사는 것 같았다.(『잃어버린 사랑』, 25쪽)

인형을 훔친 레다의 심리 이면에는 너무나도 완벽하게 보이는 모녀 관계를 시험해보고 싶은 욕망도 있었을 것이다. 실제 인형이 사라진 후 엘레나는 퇴행적인 모습을 보인다. 좀처럼 찾지 않던 고무젖꼭지를 입에서 떼지 않고 갓난아이처럼 엄마 품에만 안겨 있으려고 한다. 인형이 없어진 후로 잠시도 쉬지 않고 울고 떼쓰는 엘레나 때문에 지친 니나 역시 그동안 숨겨왔던 감정을 드러낸다. 그제야 니나는 가부장적인 가족들과의 관계에서 오는 스트레스와 어머니 역할에 대한 피로감, 억압적인 남편과 사사건건 자신과 엘레나 사이에 끼어들어서 착한 엄마 노릇을 하려 드는 시누이에 대한 거부감을 드러내며 현실에서 도피하고 싶어 한다.

이 과정에서 레다는 니나에게서 과거의 자신과 똑같은 의구심과 나약함을 보고 동질감을 느낀다. 니나 역시 레다에게서 자신이 이루지 못한 모든 것을 이루어낸 이상적인 여성상을 보고 그녀를 동경하고 의지하게 된다. 과거에 왜 아이들을 떠났느냐는 니나의 물음에 레다는 아이들을 너무나 사랑한 나머지 자기 자신의 자아를 잃어버리는 것 같았기 때문이라고 한다. 그러면 왜 다시 아이들에게 돌아갔느냐는 물음에 그녀는 지금껏 자신이 이루어낸 그 무엇도 딸들과 비교할 수 없다는 사실을 깨달았기 때문이라고 한다.

니나는 그런 레다의 대답을 딸 곁에 머무르라는 것으로 해석하고 안심하지만 레다는 니나에게 자신이 딸들에게 돌아간 것은 결국 자신을 위해서였다고 한다. 혼자일 때보다는 딸들 곁에서 존재의 이유를 느꼈기 때문에 돌아갈 수밖에 없었다는 것이다.

"그렇게 잘 지냈으면서 왜 돌아갔어?"

나는 어휘 선택에 신중을 기울였다.

"내가 창조할 수 있는 것 가운데 딸들과 견줄 만한 것은 아무것도 없다는 사실을 깨달았기 때문이야."

니나는 갑자기 만족스럽게 웃었다.

"그럼 딸들을 사랑해서 돌아간 거네."

"아니. 내가 딸들에게 돌아간 이유는 내가 딸들을 떠났던 이유와 똑같아. 나 자신을 사랑했기 때문이야."

니나의 표정이 다시 어두워졌다.

"그게 무슨 뜻이야?"

"아이들과 함께할 때보다 아이들이 없을 때 내 자신이 더 쓸모없게 느껴지고 더 절망적이었다는 뜻이지."(『잃어버린 사랑』, 215쪽)

『잃어버린 사랑』은 모두가 당연히 따뜻하고 아름다워야 한다고 생각하는 모성애의 어두운 면을 다룬다. 어머니라면 누구나 모성애를 느껴야 하는 것일까. 그것은 예외를 허용할 수 없는 보편적인 진리일까. 엘레나 페란테가 묘사하는 모성애는 결코 아름답기만 한 감정이 아니다. 레다는 자신이 아끼던 인형을 딸 비앙카가 사인펜으로 지저분하게 칠해놓은 것을 보고 딸이 보는 앞에서 인형을 도로에 내던져 버리고 그 인형이 자동차 바퀴 아래 무참히 짓밟히는 광경을 딸과 함께 바라본다. 레다는 스트레스를 이기지 못하고 아이에게 폭력성을 드러내고 아이 면전에서 유리창이 부서질 정도로 세게 문을 닫아버리기도 하는데 그런 그녀의 모습에서 우리는 잔혹하고 폭력적인 모성애의 단면을 본다.

임신도 마찬가지다. 페란테가 묘사하는 임신의 경험은 공포영화를 연상시킬 정도로 너무나 끔찍하다.

나는 다시 마르타를 낳았다. 마르타는 내 몸을 공격해 통제 불가능한 상태로 만들어놓았다. 마르타는 비앙카와는 달리 처음부터 마르타가 아니었다. 뱃속에 살아 있는 철 조각이 들어 있는 것 같았다. 임신 기간 내내 몸 전체가 피로만 구성된 액체 덩어리가 된 것 같았다. 그 안에 끈적끈적한 침전물이 있고 그 침전물 속에 난폭한 강장동물 같은 것이 자라나고 있는 것 같았다.

인간과는 거리가 먼 그 물질은 자기가 영양분을 취하고 팽창하기 위해서라면 나를 생명 없는 썩은 시체로 만들어놓을 기세였다. 시꺼먼 침을 뱉어내는 나니의 모습은 둘째를 임신했을 때의 내 모습 같았다.(『잃어버린 사랑』, 225쪽)

어머니의 생명을 갉아먹는 끔찍한 강장동물… 레다는 임신이 여자의 육체를 기형적으로 만드는 끔찍한 경험이라고 한다. 실제 레다는 나니의 뱃속에서 엘레나가 억지로 집어넣은 벌레를 꺼내준다.

여기서 한 가지 주목할 점은 엘레나가 인형 나니를 대하는 태도다. 엘레나와 나니는 유사 모녀관계를 형성하고 있지만 아이가 인형을 가지고 노는 모습은 섬뜩함과 에로틱함이 혼재된 그로테스크한 느낌을 준다. 게다가 엘레나는 나니의 뱃속에 벌레를 집어넣음으로써 인형을 '임신'시킨다. 욕조에서 엘레나가 집어넣은 진흙을 게워내는 나니의 모습에서 어린 엘레나의 잔혹함과 여성에게 임신과 출산과 양육을 강요하는 사회 제도가 겹쳐지는 듯하다.

『잃어버린 사랑』에서 다루는 또 하나의 주제는 레다와 딸들 사이의 소통의 부재다. 레다는 딸들이 자기를 이해하지 못한다고 생각한다. 딸들이 자기 이야기를 듣고 싶어 하지도 않고 이해하고 싶어 하지도 않기 때문에 자신의 감정을 제대로 전하지 못한다. 레다는 어린 시절 왜 자신이 어린아이들을 두고 떠날 수밖에 없었는지 진심을 담은 편지를 두 딸에게 전하지만 아이들은 엄마의 편지에 아무런 반응을 보이지 않는다. 비앙카와 마르타는 자신들의 일상에 방해가 될까봐 어머니와의 깊은 대화를 회피

한다. 딸들은 대화할 준비가 되어 있지 않다. 딸들은 자신들 역시 미래에 겪게 될 수도 있는 여성의 문제를 함께 고민함으로써 이를 해결해나갈 수 있는 기회를 잃어버리고 '건설적인 여성 공동체'를 형성하는 데 실패한다.

레다가 니나와의 관계에 더 깊이 빠져 들게 된 것은 이러한 딸들과의 소통의 부재, 여성들간의 연대감에 대한 공감의 부재 때문일 것이다.

> 딸들에게 속내를 털어놓을 생각을 한 내가 어리석었다. 딸들이 적어도 오십은 될 때까지 기다렸어야 했다. 나를 엄마라는 역할이 아닌 하나의 인격체로 봐달라고 요구하기에는 너무 일렀다.
>
> 나는 너희들의 역사이자 기원이라고, 그러니 내 말을 들으면 도움이 될 거라고 말하기에는 때가 너무 일렀다. 하지만 니나에게만큼은 나는 이미 흘러가버린 역사가 아니었다. 니나라면 내게서 과거가 아닌 미래를 볼 수 있을 것 같았다. 나는 타인인 니나를 딸처럼 대하며 외로움을 달래고 싶었다. 니나를 찾고 싶었다. 니나와 가까워지고 싶었다.(『잃어버린 사랑』, 144쪽)

『잃어버린 사랑』의 결말부에 니나는 레다에게 애인인 지노와의 밀회를 즐길 수 있게 아파트 열쇠를 빌려달라고 부탁한다.

여기서 레다의 열쇠는 니나의 인생에 있어서 중요한 변곡점을 의미한다. 열쇠를 받는 순간 니나는 기존 체재에 대한 반항을 선택하게 되는 것이고 받지 않는다면 순응하는 것이기 때문이다.

레다는 니나에게 열쇠를 주고 훔쳐갔던 인형을 되돌려준다. 하지만 인형은 니나에게 예상치 못한 반응을 불러일으킨다. 니나는 사라진 인형 때문에 고통받았던 자기 딸과 그 때문에 힘들었던 기억이 떠올라 분노를 이기지 못하고 레다가 선물로 준 브로치 핀으로 그녀의 옆구리를 찌른다. 결과적으로 니나는 자신을 각성시키려 한 레다를 거부하고 가부장적인 시스템으로 돌아가는 것을 택한 것이다. 이것은 니나에게는 과거 레다와 같은 결단력이 없었기 때문에 일어난 결과다. 레다가 자아를 찾기 위해 아이들을 떠나야 한다는 목표를 분명히 가지고 있던 것에 비해 니나는 그저 현재 상황에서 도피하고 싶었을 뿐이다.

유사 모녀관계를 형성했던 니나에게 공격당하고 버림

받은 레다는 마침 안부 전화를 걸어온 딸들에게 이렇게
말한다.

"엄마는 죽었지만 잘 지낸단다."(『잃어버린 사랑』, 258쪽)

언뜻 보면 모순적인 이 문장의 의미를 '나쁜 사랑 3부
작' 관련 서면 인터뷰에서 페란테는 다음과 같이 설명
한다.

"제게 죽음이란 내면의 무엇인가를 지우는 행위를 의미합
니다. 이러한 행위는 두 가지 결과를 초래하는데 회복이 불가
능할 정도로 망가지거나 병든 부분을 완전히 근절시켜서 궁
극적으로는 치유되는 것입니다."

'나쁜 사람 3부작' 주인공 중에서 레다만 이 과정을 겪
는 것은 아니다. 델리아와 올가도 이 과정을 거친다.
레다는 스스로 자신이 '비뚤어진 어머니'라는 사실을
인정한다. 그녀는 어머니라는 역할을 자연스럽게 받아들
이지 못하고 끊임없이 여성과 어머니의 정체성 사이에서

갈등한다. 그녀는 여성으로서의 자신의 삶을 희생하거나 포기하지 않고도 딸들을 사랑하고 딸들에게서 사랑받는 것이 가능한지 자문한다. 어쩌면 한여름의 소동 끝에 그에 대한 답을 얻었을 수도 있다.

『잃어버린 사랑』에 대한 이야기를 '나폴리 4부작'에 대한 언급 없이 끝낼 수는 없을 것 같다. '나쁜 사랑 3부작'을 구성하는 세 작품 중에서 가장 마지막에 쓰인 이 소설은 어떤 면에서는 '나폴리 4부작'의 습작이 아닌가 싶을 정도로 '나폴리 4부작'과 겹치는 부분이 많다.

우선 캐릭터 부분에서 니나는 여러모로 릴라를 연상시킨다. 둘은 똑같이 어린 나이에 가부장적인 나폴리 남자와 결혼한다. 키가 작고 다부진 니나의 남편 토니노와 호리호리하고 지적인 지노는 '나폴리 4부작'에 등장하는 릴라의 남편 스테파노와 그녀의 연인 니노와 외모도 성격도 유사하다.

설정 면에서도 비슷한 면이 많다. 리노와 사랑에 빠져 어린 데데와 엘사를 버리고 여행을 떠나고 아이들이 듣고 있는데도 수치심을 버리고 전화로 니노와 사랑을 속삭이던 '나폴리 4부작'의 주인공 레누 역시 비앙카와 마르타가 빤히 듣고 있는데도 하디 교수와 통화를 하는 레다의 모습에 겹쳐진다.

무엇보다 사라진 인형이 있다. '나폴리 4부작' 전체를 아우르며 결말을 장식한 사라진 인형의 테마는 『잃어버린 사랑』에서도 결정적인 의미를 가진다.

'나폴리 4부작'을 사랑하는 독자라면 밑그림과 완성작을 비교하듯 해변을 중심으로 펼쳐지는 『잃어버린 사랑』의 세계가 어떻게 60년을 아우르는 두 여인의 이야기로 확장됐는지 확인하는 재미를 맛볼 수 있을 것이다.

맺는말

'나폴리 4부작'의 번역을 마치고 그녀의 전작인 '나쁜 사랑 3부작'을 번역한 것은 페란테의 세계관의 근원을 찾아가는 흥미로운 경험이었다. 페란테의 데뷔작 『성가신 사랑』이 발표된 지 근 30년이 지나는 동안 그녀가 쓴 소설이 '나쁜 사랑 3부작' 세 작품과 '나폴리 4부작'이라는 사실을 생각하면 페란테가 과작의 작가라는 사실은 분명하다. 뿐만 아니라 페란테는 주제와 소재 면에서도 일관적이다. 그녀는 장르와 주제를 넘나들며 다양한 작품 세계를 보여주는 작가는 분명히 아니다. 그보다는 여성과 자아 탐구라는 주제를 심도 있게 파헤치면서 독자의 공감대를 이끌어낸다.

　페란테의 여성들은 강인하다. 이는 그녀들이 두려움이 없거나 감각이 무디다는 뜻이 아니다. 페란테의 여성들은 누구보다 섬세하고 자기 자신과 타인에 대해서 민감하며 자존감이 높다. 그녀들의 강인함은 그 어떠한 상황에서도 피상적으로 현상을 바라보는 데 그치지 않고 본질을 이해하려는 노력에서 기인한다. 페란테는 자신의 모든 행동에 대한 도덕적인 모호성에 대해 자각하고 자신과 타인에게 진정으로 이롭고 해로운 것이 무엇인지 이해하기 위해 최선을 다해 노력하는 인물에게 이끌린다고 했다. 우리가 올가와 델리아와 레다 그리고 더 나아가 릴라와 레누에게 이끌리고 공감하는 것은 그녀들이 바로 그런 사람들이기 때문일 것이다.

　2019년 6월

　김지우

엘레나 페란테 Elena Ferrante

이탈리아 나폴리에서 출생한 작가로, 나폴리를 떠나 고전 문학을 전공하고 오랜 세월을 외국에서 보냈다는 사실 외에 알려진 바가 없다. '엘레나 페란테'라는 이름조차도 필명이다. 작품만이 작가를 보여준다고 주장하는 페란테는 어떤 미디어에도 모습을 드러내지 않고 서면으로만 인터뷰를 허락한다. 이탈리아에서는 여전히 작가의 정체와 관련된 여러 가지 소문이 떠돌지만 아직도 베일에 싸여 있다.

1999년 첫 작품 『성가신 사랑』을 출간해 이탈리아 평단을 놀라게 한 페란테는 2002년 『버려진 사랑』을 출간한다. 에세이집 『라 프란투말리아』(2003)와 소설 『잃어버린 사랑』(2006), 『밤의 바다』(2007)를 출간한 뒤 2011년 '페란테 열병'(#FerranteFever)을 일으킨 '나폴리 4부작' 제1권 『나의 눈부신 친구』를 출간한다. 이어서 『새로운 이름의 이야기』 『떠나간 자와 머무른 자』 『잃어버린 아이 이야기』까지 총 네 권을 출간해 세계의 베스트셀러 작가가 된다.

『타임』지는 '세계에서 가장 영향력 있는 100인' 가운데 한 명으로 엘레나 페란테를 선정했다.

김지우 金志祐, 1978 –

이탈리아에서 어린 시절을 보냈고 한국외국어대학교 이탈리아어과를 졸업했다. 동 대학교 국제지역대학원에서 유럽연합지역학으로 석사학위를 받은 후 현재 이탈리아대사관에서 근무하고 있다. 주요 번역 작품으로는 엘레나 페란테의 '나폴리 4부작' 『나의 눈부신 친구』 『새로운 이름의 이야기』 『떠나간 자와 머무른 자』 『잃어버린 아이 이야기』와 파올로 발렌티노의 『고양이처럼 행-복』이 있다.

나쁜 사랑 3부작 제2권

버려진 사랑

지은이 엘레나 페란테
옮긴이 김지우
펴낸이 김언호

펴낸곳 (주)도서출판 한길사
등록 1976년 12월 24일 제74호
주소 10881 경기도 파주시 광인사길 37
홈페이지 www.hangilsa.co.kr
전자우편 hangilsa@hangilsa.co.kr
전화 031-955-2000~3 팩스 031-955-2005

부사장 박관순 총괄이사 김서영 관리이사 곽명호
영업이사 이경호 경영이사 김관영
편집 백은숙 노유연 김지수 김지연 김대일 김영길
관리 이주환 문주상 이희문 김선희 원선아 마케팅 서승아
디자인 창포 031-955-9933
인쇄 및 제책 예림

제1판 제1쇄 2019년 6월 24일
제1판 제2쇄 2019년 7월 5일

값 14,500원
ISBN 978-89-356-6796-3 04880
ISBN 978-89-356-6798-7 (세트)

세계의 독자들
엘레나 페란테에 빠지다

역작이다. 『성가신 사랑』은 위기에 빠진 여성의 참혹한
심리 상태를 묘사한다. 『잃어버린 사랑』과 더불어
이탈리아 최고의 작가라는 페란테의 명성을 다시 확인시켜준다.
미국_시애틀 타임스

바로 이 순간에도 작가는 우리에게 우리 자신이 버려진다는
고통을 안겨준다. 우리를 뒤처지게 하고, 바닥으로 넘어뜨리고,
괴물처럼 기어 다니며 주절거리게 한다.
미국_산디에고 유니온 트리뷴

페란테의 자기 이해는 대단하다. 그녀의 솔직함은 놀랍다.
미국_뉴욕타임스

남편에게 쉽게 잊힌 아내의 특별한 고독을 진지하게 그려낸 걸작.
미국_필라델피아 인콰이어러

엘레나 페란테로부터 버려진다는 것은 놀라운 경험이다. 『잃어버린
사랑』의 주인공은 그녀의 인생 중 가장 치열한 삶을 살게 한다.
영국_리터러리 리뷰

왜 베스트셀러인지 이해가 되는 찬란한 작품. 솔직한 감성,
거침없는 성욕. 강력하다! 오랜만에 나를 기분 좋게 만들어준 소설.
미국_뉴욕타임스

당신이 페란테에 관해 무엇을 읽었든 간에, 그녀의 소설이 주는
맹렬함에 대응하기는 어렵다.
미국_뉴욕타임스

페란테가 그려내는 여성의 경험은 너무나 현실적이어서,
독자들이 마치 작가를 개인적으로 알고 있다고 착각하게 만든다.
미국_뉴욕타임스 매거진

세상의 어머니들에게 선물할 만한 가장 완벽한 소설.
미국_허핑턴포스트

페란테는 이탈리아의 앨리스 먼로다.
모나 심슨_작가

엘레나 페란테, 그는 단연 우리 시대 최고의 작가다.
존 워터_감독

『잃어버린 사랑』은 굉장히 성공적인 작품이다.
섬세하면서 대담하고, 정교하면서 덧없다.
독자들을 상처처럼 아프게 하지만 연고처럼 치유해준다.
이탈리아_라 리퍼블리카

『잃어버린 사랑』은 여성의 삶에 대한 소설이다.
사랑과 열정과 소멸, 갈등을 체험하게 한다. 이 소설은 기이하게도
성숙한 인간으로의 성장에 걸림돌이지만 성장을 돕는 문학의 힘이다.
이탈리아_라 스탬파

페란테만큼 여성의 속마음을 잘 표현하는 작가는 없다.
그녀의 글은 놀랄 만큼 솔직하고 민망할 정도로 대담하다.
미국_북리스트

기억 속에서 결코 떠나보낼 수 없는 소설.
미국_보스턴 글로브

『잃어버린 사랑』에서 구현되는 페란테의 문장은 놀라울 정도로
솔직하고, 단도직입적이며, 잊히지 않는다.
미국_퍼블리셔스 위클리

『잃어버린 사랑』은 어머니라는 존재에 대한 많은 질문을 던지지만,
이해하기 쉬운 답변은 주지 않는다. 쉬운 답변이란 것은
확실히 없다는 것을 우리에게 알려준다.
미국_퍼스트 스트리딩

페란테는 모든 소설을 보잘것없게 만든다.
그녀는 놀랍도록 대단한 소설가다.
리처드 플래너건_작가

페란테의 소설은 여성과 어머니에 대한 강렬한 사색이다.
미국_월드 리터러처 투데이